LETTRES

D'UN

MAMELUCK.

LETTRES

D'UN MAMELUCK,

OU

TABLEAU MORAL ET CRITIQUE

de quelques parties des Mœurs de Paris.

PAR Jᴴ LAVALLÉE,

de la Société Philotechnique, etc., etc.

DE L'IMPRIMERIE DE BRASSEUR AINÉ.

A PARIS,

CHEZ CAPELLE, LIBRAIRE-COMMISSIONNAIRE,

RUE J. J. ROUSSEAU.

AN ONZE (MDCCCIII).

LETTRES

D'UN MAMELUCK,

ou

TABLEAU MORAL ET CRITIQUE

de quelques parties des Mœurs de Paris.

Par Jᴴ LAVALLÉE,

de la Société Philotechnique, etc., etc.

DE L'IMPRIMERIE DE BRASSEUR AINÉ.

A PARIS,

CHEZ CAPELLE, LIBRAIRE-COMMISSIONNAIRE,

RUE J. J. ROUSSEAU.

AN ONZE (MDCCCIII).

PRÉFACE.

Ce n'est point au plaisir, toujours assez frivole selon moi, que l'on trouve à fronder les ridicules qu'il faut imputer cet ouvrage : le simple desir de faire apercevoir les inconvéniens, les dangers mêmes que peuvent entraîner à leur suite quelques habitudes, quelques usages, quelques modes, m'a seul enhardi à le publier. Je n'aspire point à corriger ; je suis loin de m'abandonner à une aussi pitoyable vanité ; et si, par malheur, les prestiges de cette vanité eussent un moment égaré mon imagination, j'ose croire que la raison aurait eu assez d'empire sur moi pour m'éclairer sur la faiblesse de mes moyens, et me rappeler que le rôle de réformateur n'est pardonnable qu'aux hommes supérieurs.

Observateur par goût, par caractère peut-être, l'habitude d'étudier sans cesse le mobile tableau de la société m'a conduit à quelques résultats que j'ai pris pour des vérités. Mais sont-ce réellement des vérités? Je soumets au jugement de ceux qui perdront quelques instans à parcourir ce livre, mes observations et mes réflexions. Je n'ai cru ni les unes ni les autres méprisables, puisque je les publie; mais je n'en ferai ni une apologie déplacée, ni n'en prendrai la défense contre ceux qui pourraient les réfuter. Ce n'est ni par modestie ni par orgueil que je m'exprime ainsi. Nul homme n'écrit ou ne doit écrire sans se proposer un but d'utilité : malheur à l'écrivain qu'un pareil esprit n'anime pas! Mais, en général, l'homme est si facilement dupe de sa manière d'envisager les objets, son opinion se compose de tant d'élémens extérieurs, son jugement n'est si souvent que l'effet d'une impulsion dont il n'aperçoit pas la puissance, qu'il serait réellement fou d'affirmer qu'il a vu de ses propres yeux, et de soutenir qu'il a bien vu. L'intention du bien est, d'après cela, la seule propriété sur laquelle ses droits réels soient authentiques, et la seule aussi dont il doive être jaloux. C'est donc pour l'intention seule que je demande bienveillance. J'ose croire qu'il n'est aucune de ces lettres où cette intention

no se fasse sentir. Je livre sans récri-
mination à la censure les erreurs de
l'esprit: je n'espère faveur que pour la
droiture des sentimens.

Lorsque des lettres sont destinées à
traiter des sujets divers, et qu'elles sont,
par conséquent, indépendantes les unes
des autres, le seul ordre indispensable
à suivre est celui que commandent les
convenances de tems. Il est naturel de
penser que ce Mameluck, en arrivant
à Paris, devait être totalement étranger à nos mœurs : mille objets entièrement nouveaux pour lui auront
frappé ses regards. Ce choc imprévu
aura nécessairement jeté quelque confusion dans ses idées premières ; et,
jugeant d'abord avec un peu d'humeur,
il aura dû exprimer ses premières sensations avec une sorte d'âpreté. On sentira

sans peine qu'il lui aura fallu quelque
tems pour s'instruire, pour connaître,
pour comparer, pour s'éduquer lui-
même, si j'ose parler ainsi, pour arriver enfin à apprécier les vertus d'une
nation dont, à son arrivée, il n'aura
vu que la superficie et les bizarre-
ries. Dès lors on reconnaîtra que
d'assez longs intervalles auront dû s'é-
couler entre quelques - unes de ses
lettres, surtout dans le commencement de l'ouvrage : mais à mesure que
ses connaissances se seront accrues,
sa correspondance aura pris un caractère plus prononcé; et plus il se
sera naturalisé parmi nous, plus il se
sera francisé, pour ainsi dire, et plus
le ton, la couleur, la logique de ses
lettres auront contracté de rectitude,

de vigueur, de dignité ou de gaité, selon les sujets.

Tel est l'ordre unique auquel j'ai cru devoir m'assujettir. Il m'a semblé que, pour conserver la vraisemblance, je devais dans le commencement ne livrer ce Mameluck qu'à son esprit naturel, qu'à son penchant assez prononcé pour la critique, qu'à cette disposition assez familière à tous les hommes de blâmer d'abord ce qu'ils voient chez les étrangers. J'ai cru qu'il convenait de faire sentir progressivement l'accroissement de ses connaissances; que je devais lui donner, par degrés, une sorte d'aplomb, si je puis me permettre cette expression, et lui prêter insensiblement plus de clarté dans les idées; plus de maturité dans le raisonnement, moins de préventions dans les jugemens.

Quant à l'ordre des matières, j'ai pensé qu'un ouvrage de ce genre ne pouvait ni ne devait en comporter aucun ; qu'il fallait même, autant qu'il était possible, éviter l'uniformité ; que des lettres ne devaient avoir aucune ressemblance avec des chapitres, et que l'homme qui rend compte à un ami, dont il est séparé par de grandes distances, des sensations que lui font éprouver les objets dont ses regards sont frappés, devait en parler selon que le hasard les lui présentait. J'ai dû de même supposer que, si Paris était un spectacle aussi nouveau qu'extraordinaire pour un Mameluck, il devait cependant avoir déjà des connaissances préliminaires du caractère des Français, et je n'ai pas besoin de rappeler, ce me semble, que la gloire de ma patrie me dispense de dire comment et pourquoi un Mameluck a pu connaître des Français avant de venir en France.

Ne faites point Brutus petit-maître, ni Caton dameret, a dit le sévère législateur de notre république littéraire. Et d'après cette loi, dont je sens toute la justesse, l'on sera fondé à me reprocher d'avoir donné à ce Mameluck une tournure d'esprit que son éducation, le climat où il vit le jour, les préjugés dont il vécut entouré ne durent certainement pas lui inspirer. J'avoue que je n'ai point d'excuse bien valable à opposer à ce reproche, et, en reconnaissant cette faute, je conviendrai franchement que je n'ai pas toujours examiné si je le faisais raisonner en Mameluck, et que je ne me suis attaché ; le plus souvent, qu'à le faire parler en homme. Mais je m'occupe de cette faute, tandis qu'il en est peut-être de bien plus importantes dans la totalité de l'ouvrage. (1)

---

(1) On sent qu'il n'est nullement question içi de fautes typographiques. Quant à celles-ci, je dois ce témoignage d'estime au prote qui a surveillé cet ouvrage, qu'elles y sont en petit nombre. Il en est une cependant dont je dois dire un mot, parce qu'elle présente un contre-sens, je veux parler du nom de *Collatin* qui, dans la lettre sur l'art dramatique, s'est glissé, je ne sais comment, à la place du nom de *Valérius* : c'est donc Valérius qu'il faut lire.

LETTRES

D'UN

MAMELUCK.

LETTRE Ire

GIÉSID, Mameluck, à son ami GIAFAR.

O GIAFAR ! je t'ai promis à mon départ de t'écrire ; mais tout ce que je vois est si nouveau pour moi, tous les objets s'offrent encore si confusément à mon imagination, tout ce peuple dont je me vois entouré est si bizarre, si mobile, si volage, qu. je ne sais par où commencer.

Nous voilà donc à Paris ! Ces Français appellent cela une ville. Pour moi, en y arrivant, je crus entrer dans une vaste carrière. Les maisons s'élèvent tellement dans les nues, que l'on

pourrait presque dire que cette ville a autant
en hauteur qu'en superficie ; la distance entre
l'habitant du rez-de-chaussée et celui des man-
sardes est si grande , qu'ils ne peuvent com-
muniquer ensemble sans se résoudre à entre-
prendre un voyage ; et tant de nations diverses
occupent les étages qui les séparent , qu'il serait peut-être prudent de prendre un passe-
port pour monter un escalier.

Ils prétendent que leur Paris a dix lieues de
circonférence ; et comme toutes leurs maisons
ont à peu près sept étages, voilà, comme tu vois,
sept villes de dix lieues de tour , superposées
les unes sur les autres : mais comme tous les
habitans de ces sept villes sont nécessairement
obligés de descendre dans les rues pour leurs
affaires , et qu'à cet égard la différence est
de sept à une , tu concevras facilement quel tumulte, quelle confusion , quels engorgemens la
foule y fait régner sans cesse. Les Français ne
marchent pas ; ils courent. Pour moi , je crois
que l'on ne fit les rues si étroites que pour les
corriger de ce défaut ; mais vainement : les
chevaux, les chars, les carrosses, les cabriolets , les bouchers, les porteurs d'eau, les hus-
sards , les piétons , tout cela court à perdre
haleine ; ils se heurtent, se poussent , s'ac-

crochent, se renversent, se relèvent, se me-
nacent, et reprennent leur course comme si
de rien n'était. Ici les ânes seuls marchent
gravement; ce n'est pas que de tems en tems
on ne veuille à coups de fouet les mettre à
la mode : peu leur importe ; ils n'en vont
pas plus vîte : partout les ânes ont du caractère.

A Paris, les étages des maisons sont en général l'indication assez exacte des différentes
conditions de la société : les marchands occupent le bas; les gens riches le premier; les gens
aisés le second ; les salariés le troisième ; les
ouvriers le quatrième ; les pauvres les étages
supérieurs. Je ne sais si un philosophe présida
à cette division, mais chaque maison de Paris
offre une allégorie assez piquante des méta-
morphoses qu'éprouvent communément ici
les familles dans une période de quelques
générations. L'aïeul commence la fortune do
sa race par l'industrie, le commerce, les
métiers, etc. : voilà l'habitant du rez-de-
chaussée. Ses fils s'abandonnent à l'oisiveté, au
luxe, aux dépenses immodérées : voilà le premier étage. Les petits-fils ont les mêmes goûts,
et moins de moyens ; ils ne sont qu'aisés, et
veulent paraître riches, et le reste de la for-

tune se dissipe : voilà le second. Leurs enfans,
sans héritage , sont obligés de vendre à autrui leur tems, leurs services, leurs talens,
vivent sans rien amasser, et meurent sans rien
laisser : voilà le troisième. Leurs successeurs,
sans patrimoine, et souvent sans génie, fon-
dent leur existence sur leurs forces physiques; ils se font ouvriers : et voilà le quatrième.
Leurs fils, dès leur enfance, livrés à eux-
mêmes, sans ressources, sans éducation, sans
connaissances, et conséquemment sans énergie
et sans courage, végètent dans la pauvreté, et
périssent dans la misère : voilà le cinquième.
Jusqu'à ce qu'il plaise à la nature de douer de
quelque intelligence un habitant du sixième ,
il redescend au rez-de-chaussée, et fait recom-
mencer à sa race les degrés de l'échelle. Si
l'homme daignait y prendre garde , ce serait
une belle leçon pour lui que la disposition
d'une maison de Paris : il verrait que, hors
du travail, il est la victime du luxe, de la paresse, de la prodigalité, de l'esclavage, de l'a-
bandon , de l'indigence et de l'ignorance.

Tu croiras difficilement que , dans cette
énorme multitude de maisons, si l'on a affaire à
quelqu'un dont on ignore l'adresse , il soit plus
facile de parvenir à découvrir celle du pauvre

que celle du riche. Si c'est le pauvre que vous cherchiez, et que, par aventure, vous rencontriez quelqu'un qui le connaisse, point de difficulté; il vous indique son quartier, sa rue, sa maison : vous allez, vous arrivez, vous le trouvez, et tout est dit. Mais celui que vous voulez voir est-il riche ? tous ceux à qui vous vous en informerez se diront ses amis : il demeure là, dira l'un. Non, c'est ailleurs, dira l'autre; c'est dans telle rue, sur tel quai, à telle barrière. Et voilà Paris devenu pour vous un labyrinthe. Remarque bien que cet homme dont il est question peut-être ne l'ont-ils jamais vu; mais leur mémoire est une tablette sur laquelle l'orgueil et la fraude gravent le nom d'un homme riche : les uns s'en servent au besoin pour usurper votre considération ; et les autres votre confiance. Le nom d'un homme puissant est un effet de commerce pour les intrigans : le grand art est de l'agioter à propos. Enfin vous rencontrez quelqu'un qui vous dit : Vous cherchez un tel? Il a une maison dans tel faubourg. On y court, on le demande : on ne le connaît pas. — Mais on m'a dit que c'était ici sa maison. — Il est vrai ; mais il n'y demeure pas. Vous parcourez de la sorte dix maisons : toutes sont à lui; mais vous ne le trouvez dans aucune. Cet usage me parut d'abord assez singulier : dix ou douze maisons pour un seul individu ! Quoi qu'il fasse, cependant, il ne peut tout au plus habiter qu'une chambre. A quoi bon, disais-je à un Français dont j'ai gagné l'amitié, tant de maisons pour les laisser vides ? — Comment, vides ! — Sans doute, puisqu'il ne peut être que dans une. — Qu'importe ; elles sont peuplées depuis la cave jusqu'au grenier. — Ah ! j'entends ; ce sont ses parens qu'il y loge. — Y pensez-vous ? ses parens sont plus riches que lui. Oh, que non ; il est bien plus sage que cela. — Ah ! mille fois pardon : étranger, j'ai peu de connaissance de vos mœurs ; mais je vous comprends maintenant : il a beaucoup de maisons, c'est pour loger beaucoup d'infortunés. — Des infortunés ! peste ! quels infortunés ! il n'est pas une seule famille qui ne lui paie au moins mille écus pour loger dans une de ses maisons. O Giafar ! je restai stupéfait. Tu le vois, ils ont mis à l'encan la plus sainte des vertus ; ils ont fait une ferme de l'hospitalité ! et ils se moquent des Arabes !

LETTRE II.

Le même au même.

LA première fois que je parus dans la rue, ils
accoururent, ils s'attroupèrent, ils m'entou-
rèrent. C'est le Mameluck ! voilà le Mameluck ! voyez le Mameluck ! J'écoutai bien : je
n'entendis pas un seul dire : c'est un homme.
J'étais honteux, non pas pour moi ; mais cela
me gênait : je crus que leur curiosité me poursuivrait long-tems, et je voulus rentrer. Je ne
les connaissais guère ! un *tam tam* se fait entendre ; la foule me quitte, et court vingt pas
plus loin. Qu'était-ce ? un saltimbanque qui
faisait danser des chiens. Je leur entendis dire :
Voilà les chiens ! voyez les chiens ! comme ils
avaient dit : voilà le Mameluck.

Si les hommes ici sont un peu fous, leurs
femmes et la raison ne sont pas toujours parfaitement d'accord ; mais elles sont jolies, et
les grelots de Momus ne déparent point les

Grâces. La veille de mon arrivée, elles étaient
toutes habillées comme on l'était il y a trois
mille ans : les rues étaient remplies de Zéno-
bies, de Cléopâtres, de Sapho, de Cornélies : chaque marchande de modes aurait
jouté contre Caylus et Montfaucon. J'arrive :
soudain elles sont à la mameluck, et les bibliothèques n'ont plus assez de Norden ni de
Volney. Mais comme ces dames n'ont jamais
vu de femmes mameluck, et que je suis la
poupée qui sert de patron à cette nouvelle
folie, les voilà toutes sans y penser en habit
d'homme.

Le grand prophète avait à coup sûr savouré
un peu trop de schiras quand il pesa mes
destinées. Qui m'eût dit, quand je reposais
tranquillement à tes côtés, sur ces bords
que le Nil arrose de son onde opulente,
qu'un jour je serais transporté à mille lieues
de toi, que mon turban ornerait la tête de
toutes les odalisques de Paris, et que je de-
viendrais le sujet d'un vaudeville? Tu ne sais
pas ce que c'est qu'un vaudeville? et comme
tu n'as point d'idée de leurs théâtres, tu me
comprendras difficilement. Ces théâtres un
jour je te les ferai connaître. En attendant,
sache qu'un vaudeville est une espèce de mi-

niature au pastel , dont les couleurs ne durent
souvent qu'un jour : un mois d'existence ,
c'est l'éternité. Tous les personnages de
ces petits tableaux sont mouvans : ils vont,
viennent, entrent, sortent; le tout, assez
souvent, sans trop savoir pourquoi. Des toi-
les peintes et découpées forment le paysage ;
ce sont tantôt des bois , tantôt des jardins,
des palais , des chambres , des chaumières ;
et comme les peintres de ces tableaux n'ont
pas, à ce qu'il paraît, une très-grande connaissance de la perspective , il arrive quelquefois que les personnages sont plus grands
que les maisons, ce qui n'est pas le moins
comique de ce spectacle. Des lampes éclai-
rent cette petite lanterne magique. Les figures de ces tableaux changent non seulement
tous les jours, mais encore trois ou quatre
fois dans une soirée. Elles ne parlent qu'en
chantant. Tristes ou gais , sages ou fous ,
vieux ou jeunes, une chanson , voilà leur esprit, leur douleur , leur gaîté. Ces figures
représentent tantôt leurs grands hommes ,
tantôt ceux qu'ils veulent tourner en ridicule : ils font chanter Voltaire, Malesherbes,
Patru ; que sais-je ? quelque jour ils feront
chanter Massillon , Pascal et Montesquieu.

Leur tour viendra, et le mien est passé : car, ainsi que Racine et les éléphans, j'ai reçu un petit hommage du petit Vaudeville. Moi, pauvre Mameluck, qui sais à peine prononcer deux mots de leur langue, ils m'ont fait parler français tant bien que mal ! Par conséquent ils m'ont fait dire ce que je n'ai jamais dit. Leur langue je la saurai bientôt, je l'espère ; je commence à la lire et à l'entendre : je l'étudie en lisant leur histoire. Elle est curieuse cette histoire ; je t'en parlerai plus d'une fois.

LETTRE III.

Le même au même.

CE peuple se vante d'être le plus industrieux des peuples du globe, et il a raison. Il ne parle que de son industrie, des progrès de son industrie, des fruits de son industrie : hé bien ! qu'une place soit à donner, même médiocre, grande rumeur ! vous croiriez qu'il n'a ressource d'existence aucune. Qui nommera-t-on ? qui est nommé ? est-ce toi ? est-ce moi ? est-ce lui ? Telles sont les conversations, les questions habituelles. Je n'y conçois rien : est-ce donc que les places feraient aussi chez eux partie de l'industrie ?

En général, ce peuple est singulier : depuis que je l'examine, je m'aperçois que, pour lui, espérer c'est jouir. Il ne dit jamais je suis bien, mais je serai bien. Pourquoi vous privez-vous de tel plaisir, de telle occupation, de telle société ? demandais-je un jour à l'un de leurs dévots. — C'est pour être heureux

après ma mort. Interrogez ensuite un de leurs
incrédules, et demandez-lui pourquoi il ne
consent à aucunes privations. — C'est que je
veux être heureux avant ma mort. Que t'en
semble ? Espérer être heureux avant ou
après la mort, la folie n'est-elle pas la même ?
L'avenir est toujours pour eux un palais de
fées : l'ont-ils atteint, ce n'est plus qu'une
masure. La nuit pour le Français n'est pas le
tems des songes ; c'est le jour. Si vous souriez
de cette manie, ils vous diront que l'espoir
est un bonheur. Fort bien ; mais c'est le bonheur des malheureux.

Aussi est-ce le peuple par excellence pour
les projets ; car les projets sont les fils aînés de
l'espérance. Ils font tous ici des incursions
dans la postérité, à peu près comme nos Arabes en font dans le désert. Ceux-ci rencontrent des caravanes, et les pillent : les caravanes que les Français dévalisent sont les
projets de leurs semblables ; ils les heurtent,
les renversent, les dispersent, s'enrichissent
même par fois de leurs dépouilles, jusqu'à ce
que d'autres leur rendent la pareille. Voilà
pourquoi chez eux, sur vingt projets qu'ils
conçoivent, à peine en réussit-il un seul.

Cette vérité est écrite sur tous leurs monu-

mens : ils respirent un air de grandeur, mais
il en est peu qui soient terminés. Sais-tu pourquoi ? C'est qu'une espérance les fit entre-
prendre, et qu'une espérance d'un autre
genre les fit interrompre : et comme leurs espérances, par une originale bizarrerie, prennent toujours la nuance des objets présens, et
jamais celle des objets dont ils sont privés, ce
qui devrait être pourtant, il arrive que la
mode, ou les circonstances, ou le tems effa-
çant ces objets pour leur en substituer de nouveaux, un même genre d'espérances ne se re-
produit jamais à leur imagination, et que rien,
par conséquent, ne les ramène sur un travail
interrompu pour les déterminer à l'achever.

Ils aiment le mot IMMORTALITÉ. Cela doit
être : l'idée vague et indéfinie qu'il fait naître
se rattache fort bien à leur goût pour l'espérance. Vous montrent-ils un de leurs palais,
un de leurs portiques, ils vous disent : Admi-
rez ! cela est immortel. Regardez le revers : que
trouvez-vous souvent ? des ruines. Que dirais-
tu, Giafar, d'un fou qui graverait IMMORTA-
LITÉ sur le marbre d'un tombeau ? Tu sou-
lèverais la pierre, n'est-il pas vrai ? et tu
lui dirais : Regarde.

Plus je vois ces Français, plus ils m'éton-

nent : quand on vit avec eux, on est forcé
de les aimer ; mais par fois on se demande
par quelle raison on les aime. Ils sont gra-
cieux, affables, prévenans : abordez-les, ils
vous caressent ; quittez-les, ils vous oublient.
Tant mieux, peut-être ; car pour être l'ami de
prédilection d'un Français, il faudrait tous
les jours faire connaissance avec lui. Sont-ils
bons ? sont-ils méchans ? C'est un problême :
ni l'un ni l'autre, peut-être. Leur amitié est
un phosphore ; leur haine une épigramme.
Gais, folâtres, volages à l'excès, ils font toujours le contraire de ce qu'ils disent. Ils s'ac-
commodent de tout, et ne sont jamais contens
de rien : rire et plainte sont pour eux syno-
nymes. Comme leur chagrin est sans gravité,
leurs consolations sont sans éloquence : ils dépensent leurs douleurs comme leurs richesses,
sans songer au lendemain.

Dans l'homme français il y a toujours
deux hommes ; l'homme parlant et l'homme
agissant ; et ces deux hommes ne se consul-
tent jamais. L'homme parleur s'attendrit souvent ; l'homme acteur très-rarement : le parleur passera six mois à faire un traité sur la
bienfaisance ; et l'acteur froissera chaque jour
l'infortuné sans lever les yeux sur lui. Le

parleur et l'acteur sont pourtant le même être. La sensibilité de beaucoup de Français a une logique toute particulière : ils ont toujours l'air de dire : *Je m'attendris ; que d'autres soulagent.*

J'étais avec un Français : un pauvre l'implore ; il lui donne quelque monnaie. Pauvre malheureux ! me dit-il, que je le plains ! cela meurt de faim. Cent pas plus loin un homme descend d'un char magnifique : il aborde mon Français, et l'implore aussi. Le Français se fouille avec empressement, et lui donne vingt-cinq pièces d'or. Quand nous fûmes seuls : Qu'il est heureux ! me dit-il ; fortune immense, tout à souhait ; il acheterait Paris. La tête vous tourne, lui répondis-je ; c'est au pauvre qu'il fallait donner les pièces d'or, et la monnaie au riche. Il éclata de rire, et me dit : Tais-toi ; tu ne m'entends pas, Mameluck.

Tant mieux pour moi, me dis-je tout bas. Bonsoir, Giafar.

LETTRE IV.

Le même au même.

LE printems commence. Ils sont bizarres cés Français! à les entendre, ils touchent à la fin de la saison des plaisirs. La fin des plaisirs! et la nature se réveille!

Chez eux plaisir est un mot; amusement un projet; joie une agitation; jouissance un changement, et distraction le but unique.

Depuis que leur langue m'est familière, j'ai lu leur histoire, et maintenant je la connais. Depuis quinze cents ans c'est de toutes les nations la plus fertile en grands hommes dans tous les genres. Hé bien! telle est la frivolité du Français, qu'il semble n'avoir d'autre soin que de se distraire du souvenir qu'il est homme : tu croirais qu'ainsi la décadence, à la longue, deviendra totale? Erreur : la destinée est plus forte que la mode, et les choses iront leur train.

Cette nation offre un phénomène historique bien singulier, qu'elle ne voit pas, dont elle ne se doute même pas : il m'a tellement frappé, il m'est si visiblement démontré, que j'en ferai, dans la suite, le sujet particulier d'une lettre. Maintenant je me contenterai de te l'indiquer.

Dans ces contrées, les peuples indigènes se nommaient les GAULOIS : leur origine est de la plus haute antiquité. Qui la connaît ? personne. Il y a quinze siècles qu'un peuple conquérant vint s'incorporer avec eux : il se nommait les FRANCS. Même bravoure, mais non pas mêmes mœurs. Ils croient qu'ils se sont mêlés, que toutes les nuances ont disparu. Cela n'est pas : ce sont deux fleuves; ils ont coulé dans le même lit, à travers les âges, sans se confondre. Pendant douze années qu'ils viennent d'employer à leur moderne révolution, mille évènemens leur paraissent une énigme. Ils sont aveugles : qu'ils regardent; le mot est là : les FRANCS, toujours âpres, toujours indomptés, toujours licencieux; les GAULOIS, toujours frivoles, toujours inconstans, toujours superstitieux; et les uns et les autres, toujours terribles à la guerre. Voilà tout le mystère.

Qui donc parviendra à les confondre ? Ce

qui n'a point existé pendant quinze cents ans, des institutions capables d'adoucir les uns, et fixer les autres. Le mélange ne s'est point défait; et je t'expliquerai ailleurs pourquoi.

Mais, diras-tu, leur monarchie a duré si long-tems : il est vrai; mais il ne suffit pas qu'un homme tienne entre ses mains les rênes de vingt états, si l'on veut, pour que le caractère des nations s'efface. Tous traînent le char; mais l'un ronge le frein, l'autre le porte. Les Espagnols ne sont pas devenus Germains pour avoir été régis par Charles-Quint. Il faut aux Francs la liberté; il faut des dieux aux Gaulois : donnez des dieux aux uns, une liberté raisonnable aux autres, l'agriculture à tous : elle est le lien de tous les hommes : pour fondre ensemble les nations, un seul épi en fait plus que les lois. Le travail, voilà le principe; bondance, voilà la politique; le bonheur, voilà l'alliance : les lumières et les arts feront le reste; et l'avenir sera l'océan où disparaîtra pour jamais la teinte des deux fleuves.

Cette fusion est commencée, mais seulement depuis la révolution, et je te le prouverai un jour; mais la nuance se fait encore sentir. S'agit-il de commotion, viennent les Francs : de jeux, de spectacles, de modes, d'inconstance, de légèreté, ce sont les Gaulois : d'héroïsme, tous les deux.

Les Français ne ressemblent point aux autres hommes : entourez un Français de ce qu'il appelle les douceurs, les charmes, les voluptés de la vie, ce ne sera presque toujours qu'un être ordinaire : environnez-le d'obstacles, qu'il éprouve des contrariétés, qu'il connaisse une seule fois l'adversité, il est rare qu'il ne devienne un homme sublime. Que de peuples ont péri, parce qu'ils ne furent qu'orgueilleux dans l'infortune, et féroces dans les succès ! Le Français seul sait être grand dans les revers, et magnanime dans les triomphes : il y a de l'or en lui, mais il faut le creuset.

Difficile à gouverner dès qu'on l'abandonne à son caractère malin, on le subjugue par des spectacles. Aussi, prends bien garde que dans les grands mouvemens politiques les chefs des factions ne laissent jamais les spectacles ouverts : il ne faut pas de jeux, disent-ils, dans les dangers de la patrie. Ne les en crois pas ; ce sont les intérêts de leurs drapeaux qui les occupent : ils seraient bientôt solitaires si les spectacles n'étaient suspendus. Les spectacles ! ils en sont avides, le peuple

surtout : tous le contentent. Quelle mine à
exploiter si l'on voulait le rendre meilleur !
Les hommes de *bon ton*, pour me servir
d'une expression qui leur est familière, sont
en cela peuple tout comme le peuple ; ils
leur faut des spectacles : cela tient au caractère national. Il est du *bon ton* d'y courir
chaque jour, et du *bon ton* d'y trouver tout
mauvais. Selon eux, dans les ouvrages de
leurs auteurs vivans tout est pitoyable, et
dans ceux des morts tout est sublime. Crois-
tu qu'ils raisonnent ainsi par délicatesse de
goût ? Nullement ; c'est par une petite jactance qu'ils se lèguent de père en fils : sur
mille d'entre eux, il ne s'en trouverait peut-
être pas cent capables d'arranger seulement
un vers comme le plus médiocre de leurs gens
de lettres. Ils sentent bien cette insuffisance :
ils s'en vengent par un petit dédain apparent ;
et, en ce genre, pour déguiser leur nullité,
ils jugent à tort et à travers de ce qu'ils entendent ou n'entendent pas, et feignent sans
cesse de regretter ce qu'ils n'ont plus, pour
faire croire qu'ils se connaissent à ce qu'ils ont.
Ainsi leurs aïeux glosaient sur Corneille, Racine et Molière, en regrettant Duryer et Ta-
barin ; ainsi leurs pères sifflaient Crébillon,

Voltaire, Regnard et Destouches, en regrettant Racine et Corneille; ainsi ceux d'aujour-
d'hui sifflent tels et tels, en regrettant tels
morts illustres, et il en sera de même jusqu'à la
consommation des siècles, s'il existe encore des
Français. Tout cela est misérable; et sans leurs
journaux ils s'en corrigeraient peut-être, mais
leurs journaux, pour se rendre nécessaires,
ont soin de les entretenir dans cette espèce de
forfanterie et d'ignardise. Tu ne sais pas ce que
c'est que leurs journaux? Je te l'apprendrai
dans la suite : de toutes les institutions de l'i-
gnorance, c'est bien la plus extraordinaire;
ce sont des pierres qu'elle a jetées sur le chemin de l'instruction pour la retarder dans sa
marche. Au reste, tant que leurs petits jugemens littéraires n'ont d'autre caractère que
leur présomption héréditaire, ils ne sont que ri-
sibles; mais quand l'esprit de parti s'en mêle,
ce qui ne manque jamais d'arriver dans les
révolutions, c'est autre chose; ce qui n'était
qu'un ridicule devient une noirceur : ce n'est
plus l'ouvrage qu'ils jugent; c'est l'opinion
politique : ils ne sont plus censeurs; ils sont
proscripteurs. Ce n'est plus du goût dont ils
s'inquiètent, ce n'est plus de la critique dont
ils s'arment; c'est l'atroce méchanceté qu'ils

écoutent : que l'ouvrage soit bon ou mauvais,
ils veulent également sa chûte, non pas simplement pour humilier l'auteur, mais pour le
réduire à la misère, pour ravir le pain à sa
femme et à ses enfans, pour charger la faim,
la soif et les douleurs de creuser le tombeau
de toute une famille. Et ne crois pas que j'exa-
gère ; je l'ai vu : j'ai vu un vieillard dont on
estima vingt ans les talens ; ses opinions politiques n'avaient pas été celles de quelques
feuillistes : il donna une pièce non inférieure
à ses ainées. Ils savaient que son aisance dé-
pendait de son succès ; ils le savaient, et s'u-
nirent pour l'accabler. Ils voulaient sa perte :
ils la préparèrent par le faux goût ; ils l'obtin-
rent par la cabale, et la consommèrent par
l'outrage. La loi condamne les incendiaires :
que font de moins les feuillistes de cette
trempe ? ne brûlent-ils pas les moissons ? Le
public se contente de dire : ils sont méchans.
Belle punition ! Ils seraient bien fâchés de
n'être pas méchans ; s'ils ne l'étaient pas, que
seraient-ils ?

Dans leur fureur pour les spectacles, les
Français ne se contentent pas toujours d'être
simples spectateurs, il en est encore où
ils sont tous acteurs ; tel le carnaval, par

exemple. C'est là que la folie va jusqu'à la démence : ils se revêtent d'habits grotesques ; les sexes troquent leurs parures ; ils parodient les mythologies, les cultes, les nations, les magistratures, les professions, les animaux mêmes ; ils se couvrent d'un faux visage de cire ou de carton, et les voilà lancés. Cette saturnale dure à peu près quinze jours. Rien de plus singulier que l'extrême agitation de tous ces visages immobiles : tout est action dans des hommes dont la figure a l'inaction de la mort. Cela ressemble assez à la danse d'Holbein : taille, démarche, gestes, habitudes, son de voix, tout est déguisé. Ils s'affublent de toutes les livrées de la dissimulation et du mensonge, pour avoir, prétendent-ils, le droit de se dire réciproquement toutes les vérités : mais quelles vérités peuvent sortir de la bouche d'un homme dont le grand art est de mentir sur lui-même aux yeux de tous ceux qu'il aborde? De telles vérités ressemblent bien à des perfidies. Aussi, dans ces jours d'ivresse publique, le plus habile, le plus triomphant, le plus heureux, surtout, est-il celui dont la langue acérée, dont le babil indiscret ont fait le plus de blessures. Pendant ces heures de frénésie générale, les rues, les

places publiques, les maisons, les théâtres;
les bals sont autant de foires où se fait un
continuel échange de malignités, de médi-
sances, de calomnies et de scélératesses : et
quand ils ont ainsi frotté leurs réputations les
unes contre les autres, qu'ils les ont bien
froissées, bien déchirées, ils croient avoir
rendu un grand service à la société. C'est à
peu près comme si l'on disait à un volcan :
que fais-tu là? et qu'il répondît : j'organise.

LETTRE V.

Le même au même.

PARLONS de leurs vertus : ils en ont une que l'on ne remarque pas assez, et que l'on n'estime pas ce qu'elle vaut ; c'est qu'en général ils ne font jamais le mal avec réflexion. Pour m'entendre, observe qu'il est rare que l'homme enclin à faire le mal de dessein prémédité le répare. Les Français ne sont pas méchans ; ils ne sont que malins.

L'abeille pique une main indiscrète quand elle lui dispute la fleur sur laquelle elle se repose ; mais le baume que l'on étendra sur la blessure se composera du miel et de la cire que, l'instant d'après, aura prodigués l'abeille sans rancune. Le frelon blesse aussi ; mais qu'offre-t-il pour la cure ? Rien. Le Français est l'abeille : beaucoup de peuples sont le frelon.

' Ils sont bons ces Français ! je commence

à m'en convaincre : ils ont donc beaucoup de
vertus ; car c'est la mère de la famille que la
bonté. Quel dommage que les systêmes et les
préjugés les paralysent quelquefois !

Les Français sont d'excellens pères dans
l'ordre de la nature ; ce sont des pères détes-
tables dans l'ordre social : ils n'ont de joie que
dans leurs enfans ; ils les chérissent, les caressent, les embrassent à toute heure : ils ne
les approchent qu'avec le sentiment dans les
yeux ; ils ne les quittent qu'avec les larmes sur
la paupière. Jusque là tout est bien : mais
chaque père suspend la liste de ses propres
travers au chevet du berceau de son fils, et lui
dit : Voilà l'itinéraire de ta vie. Que d'égoïsme
ici dans l'amour paternel ! que de présomption dans l'autorité paternelle ! que d'absurdes
théories dans l'éducation paternelle ! Ecoutez-
les raisonner : ne les croirait-on pas les pères
de l'ame comme du corps ? Hommes sans mémoire ! ils oublient que l'ame n'a point de famille !

Leurs moralistes leur répètent sans cesse :
Formez l'ame de vos enfans. *Loquaces prédi-
cans !* que reste-t-il à former dans ce que Dieu
forma ? Un diamant en brillera-t-il davantage si vous lui mettez une enveloppe d'argile ?

Quelle pitié ! ou taisez vos dogmes, ou taisez vos conseils. Ne dites point à vos enfans : faites ceci, faites cela ; mais ne faites devant eux que ce qui est bon, que ce qui est juste, que ce qui est touchant : conduisez - vous ainsi, non pour l'orgueilleuse et vaine prétention de former leur ame, mais par respect pour la présence de cette émanation divine devant laquelle vous agissez. Quand je leur dis ces vérités, ò Giafar ! légers comme l'oiseau, ils s'envolent, et fredonnent.

Ils ont confiance à l'amitié; mais croient-ils aux amis? Je ne sais : rarement voit-on ici deux hommes tête à tête; car les dialogues d'affaires ne sont pas à mes yeux des tête à tête. Un Français dit souvent : quand serai-je riche, pour jouir du bonheur de rassembler mes amis ?. Le malheureux! il n'en a donc pas.

Au reste, quand ils sont riches, qu'appellent-ils rassembler leurs amis ? L'homme est ici solitaire jusqu'à cinq heures du soir, ou bien il s'est occupé d'objets bien étrangers à l'amitié. Cinq heures sonnent : les portes de l'hôtel s'ouvrent, et les chars bruyans pénètrent dans la cour. Les trois quarts de ces amis qu'il rassemble se voient pour la première fois : ils

pensent bien moins à lui qu'aux figures nouvelles qu'ils aperçoivent. Les femmes se passent en revue, se critiquent de l'œil, et se caressent des lèvres. Les hommes s'examinent,
se toisent, et se taisent. On se cherche une connaissance dans la foule, pour ne pas s'ennuyer
chez son ami. On sert : on est à table : tout
est brillant, tout est splendide. Qu'ils soient
francs, et demandez-leur alors quel est l'objet
secret de leur plus vif attachement : l'homme
aux amis vous répondra : C'est mon cuisinier,
mon maître d'hôtel, et l'orfèvre qui cisela ma
vaisselle; — et le convive : C'est le laquais dili-
gent qui me sert de ce vin délicieux. L'on a
dîné : la médisance promène un instant ses
phrases laconiques autour du cercle. Bientôt
l'ennui vient en bâillant attacher des ailes à
tous ces sylphes. Ils sortent ; ils sont sortis. Et
voilà la journée de l'amitié française. J'ai bien
examiné ces dîners, ô Giafar ! quel que fût
le nombre de ces prétendus amis, je n'ai jamais vu que deux personnages à table, l'orgueil et l'indifférence.

Ne va pas cependant les juger insensibles.
Ce qu'ils appellent l'usage et le bon ton sont
pour eux des tyrans qu'il leur faut adorer : la
fausse opinion qu'ils se sont faite de l'em-

ploi des richesses veut que l'homme qui les
possède *reçoive du monde :* c'est leur expression. Il n'ignore pas que le seul tourbil-
lon de la mode conduit *ce monde* chez lui:
s'il donne à ces hommes le nom d'amis, il
est plus à plaindre qu'à blâmer. Il cherche
du moins , par le mensonge du sentiment ,
à se dérober au dégoût de l'indifférence, et,
si j'ose m'exprimer ainsi , il substitue pour
solder les besoins de son cœur la monnaie de l'imagination aux trésors de la sensibilité. ,

Ils ont une sorte de ténacité dans les attachemens de leur enfance ou de leur jeunesse :
ils retrouvent avec joie les compagnons de
leurs études, les camarades qu'ils se firent
dans les camps, les hommes de leur âge que
les circonstances, les lieux, les convenances
associèrent à leur destinée dans le matin de
leur vie. Mais ce n'est pas là tout à fait ce que
l'on peut appeler amitié; c'est réminiscence
agréable. Cette vue leur retrace les plaisirs
qu'ils ont goûtés; elle les reporte sur leurs
jouissances : c'est par amour pour eux-mêmes
qu'ils cultivent avec soin leurs premières liaisons. Te rappelles-tu, leur disent-ils , quels
étaient alors les agrémens de ma figure, ce prix

que je remportai, ces éloges que je reçus de
mes maîtres, mon adresse dans nos jeux, ce
combat où je fus vainqueur, cette femme à
qui je sus plaire? Ils leur disent rarement: Te
souvient-il de notre douce union, de nos
épanchemens, de notre accord si doux, de
nos services mutuels, du bien que nous fîmes
ensemble? Quand ces hommes se rencontrent,
ô Giafar ! ils ne disent jamais nous ; c'est toujours moi.

A les entendre, il semblerait qu'ils aiment
beaucoup les morts célèbres. Non pas : gais
par caractère, ils sont nés pour l'épigramme.
Quelle différence mettent-ils entre l'homme
vivant et l'homme au tombeau? Tant qu'un
homme célèbre respire, ils le critiquent tout
haut, et l'admirent tout bas : est-il mort, ils
le persifflent tout bas, et le vantent tout haut.
Parlons vrai : il est une sorte de probité fière
dans cette conduite ; si leurs épigrammes sur
les morts ressemblent à des confidences, c'est
qu'ils sont assez généreux pour sentir que
ces morts ne peuvent plus répondre ni se
défendre. Ils ont cependant une sorte de timidité dans leurs petites malices : il m'a fallu
du tems pour deviner pourquoi ils désirent
toujours avec tant d'ardeur que l'on érige

des statues aux hommes célèbres quand ils sont morts ; c'est que tant qu'ils vécurent , beaucoup d'entr'eux n'osaient les regarder en face. Bonsoir.

LETTRE VII.

Le même au même.

Qu'elle soit bénie ta lettre ! qu'il soit béni l'Éternel, qui, du sein de sa gloire, aveillé sur les jours d'Achmed, a fermé sous ses pas les abymes des mers, et n'a pas permis que cette lettre chérie s'engloutît avec lui dans les flots soulevés par les tempêtes ! Sois béni toi-même, ô mon Giafar ! pour m'avoir appris que mon père est heureux ! Oh ! comme le bonheur d'un père adoucit le sommeil, embellit l'aurore, accroît les délices du jour ! Depuis mon départ, toutes les fois que l'airain annonçait au monde les pas gigantesques du tems , je me disais : Que fait mon père ? Je le disais quand l'étoile du soir m'appelait au repos : sans doute je le disais encore en dormant, car au lever du soleil ces mots échappés à mes lèvres frappaient mon oreille engourdie : elle n'entendait pas encore le ramage des oiseaux, et déjà elle avait

redit à mon cœur attentif: Que fait mon père?
Mais hier, ô Giafar! je me suis dit : Mon père
est heureux! Cela est, puisque Giafar le dit.
J'ai bien moins dormi, mais j'ai bien mieux
dormi! Les longs sommeils ne sont que pour
l'infortune : les cœurs heureux voudraient
toujours veiller. Oh! que Mahomet conserve
ces Français généreux dont la main a garanti
mon père de la misère, dont les bienfaits per-
mettent à sa vieillesse de goûter le repos! Je
vois d'ici la place où il se promène, je vois le
palmier dont l'ombre sacrée garantit sa tête
auguste des rayons du soleil; les eaux du Ca-
lis roulent à ses pieds : un sourire vient d'a-
doucir l'austérité de cette barbe aussi blanche
que les sables des déserts ; et ce sourire salue
l'abondance promise par les ondes du Nil,
de ce fleuve qui, semblable à mon père, est
étranger au mensonge. Il est grand parmi les
fleuves notre Nil! Quel poëte oserait le comparer aux grands de la terre? Il refuse quelquefois ses bienfaits, mais quand il les promet, il ne trompe jamais. Souviens-toi, me
disait mon père, de la leçon qu'il donne aux
humains.

Il veut me rejoindre, me dis-tu. Oh!
s'il est ainsi, Giafar, ne l'abandonne pas ; ne

souffre point que ce vieillard s'expose seul
aux caprices des flots. Il n'est que toi dans
l'univers à qui j'osasse confier mon père : qui,
loin de moi, sur un vaisseau étranger, sou-
tiendrait son corps appesanti contre l'agitation des vagues? quels yeux appelleraient le
calme autour de sa couche nocturne ? quelles
mains présenteraient la coupe à ses lèvres al-
térées ? quelle voix se mêlerait à la sienne
pour invoquer sur lui les faveurs du dieu des
Mameluks? Et si l'orage, ô Giafar ! allait
gronder sur son front vénérable, si les vents
courroucés heurtaient contre les rocs la frêle
nef qui porterait mon père, si le bruyant et
funèbre appareil des naufrages se déployait
autour de lui, s'il n'avait plus, entre la tombe
et sa vieillesse, que la perfide et mobile surface de l'écume des mers, qui lui prêterait l'appui d'un corps audacieux de force et de jeunesse ? qui d'un bras vigoureux le guiderait
sur l'humide élément, et saurait lui frayer encore sur la cime des vagues le sentier de la vie ?
Voudrais-tu qu'à cette heure suprême ce
vieillard s'écriât : J'allais chercher mon fils :
mon fils avait un ami ; il m'a laissé seul, et je
meurs solitaire entre la terre où mon fils m'at-

tend, et la terre où son ami m'oublie! O Giafar! tu ne le souffriras pas !

Que ce peuple au milieu duquel je me
trouve transporté, que ces hommes avec qui je
vis maintenant vantent leurs lois, leur puissance, leur grandeur, leur esprit, leur commerce, leurs arts : ils sont moins riches que
nous ; ils ne connaissent pas si bien la piété
filiale. Combien de fois t'ai-je vu quitter ta
jeune Aski pour voler vers ta mère ! Ma mère
m'attend, disais-tu ; et la flèche eût été moins
rapide. Tu lisais dans ses yeux, et ses desirs
étaient à peine formés, qu'ils étaient exaucés.
L'austère commandement n'est jamais sorti
de sa bouche : ton oreille est vierge des ordres
d'une mère ; mais que de fois fut-elle honorée
par l'expression, par le langage de sa reconnaissance ! Ici, mon ami, ils caressent leurs
enfans au berceau : une mère est-elle jeune,
sa coquetterie est flattée ; un fils qu'elle allaite,
relève sa beauté : est-elle âgée, c'est encore
coquetterie ; l'orgueil de la fécondité succède
à l'orgueil des appas. C'est moins par tendresse
que par vanité qu'elles sont jalouses d'être mères : la naissance d'un enfant atteste la puissance de leurs charmes sur leurs époux. Quant
aux pères, c'est autre chose; mais ce n'est pas non

plus la nature : ils ne voient trop souvent dans
leurs fils que la perpétuité de leurs charges, de
leurs honneurs. Ce n'est pas un fils qui leur est
né, mais un prétexte heureux d'invoquer les faveurs, les emplois, les richesses : père de famille est la phrase banale de l'ambition comme
de la misère. Qu'arrive-t-il ? c'est que cette
éternelle prodigalité d'une expression presque toujours factice dessèche la sensibilité de
ceux qui gouvernent; que, trouvant des pères
de famille partout, ils n'en voient plus nulle
part; que la paternité, qui dans un état doit,
avant tout, être honorée, n'éprouve plus qu'indifférence, et que l'homme dont le cœur a conservé les sentimens de la nature est repoussé
avec la même indifférence que l'ambitieux qui
les suppose pour parvenir, ou le pauvre qui
les affiche pour intéresser.

· Je passe auprès d'un palais : un vieillard
était à la porte ; des haillons le couvraient à
peine. Mameluck, me dit-il, viens au secours
d'un pauvre père de famille. Quoi ! Mahomet ! m'écriai-je, il n'est qu'un mur entre les
trésors et lui, et sa voix ne l'a pas percé ! Bon
vieillard, prends ce sequin. Je dis, et je m'é-
loigne. Tout à coup une réflexion me frappe:
Est-ce assez, me dis-je, un sequin ? S'il a beau-

coup d'enfans, demain il gémira encore. Je retourne ; il n'y était plus. Je l'aperçois ; il était déjà loin. Je le suis : il entre dans une maison. Je monte : je m'arrête quelque tems à sa porte ; j'écoute : une femme était avec lui. Le croirais-tu ? ils riaient de ma simplicité! J'ouvre enfin : ils étaient à table : l'abondance la couvrait. Où sont donc vos enfans ? — Je n'en ai point. — Vous m'avez donc menti ? — Non ; je vous ai parlé notre langue : voilà tout. Je sortis. Il n'est pas coupable, me disais-je en soupirant : c'est le crime des lois ; elles n'ont pas veillé sur la sainteté du titre de père de famille. Il me fit un grand mal cet homme ! il me força de renoncer à l'étonnement que m'avait causé l'insensibilité des maîtres du palais. Il fit plus ; il m'apprit à craindre de donner. Voler la bourse avec un pistolet ou au nom de la vertu, où donc est la différence ? Cependant ils punissent l'un de mort, et l'autre reste sans châtiment. Comment donc raisonnent-ils en morale ? C'est pourtant le même crime.

Les enfans deviennent hommes à leur tour. Ces Français, extrêmes dans toutes leurs affections, sont plutôt rois que pères dans leurs familles : comme ils n'ont point de mode uniforme pour leur tendresse, ce ne sont point les pères qui élèvent leurs fils, mais leurs passions. L'avarice, l'égoïsme, la dureté, quelquefois aussi les préventions, les préjugés, l'entêtement, l'ignorance établissent une barrière entre les pères et les enfans. Qu'est-ce pour leur amour que leur fils au berceau? Une conséquence de leurs plaisirs. A quoi tient la continuation de cet amour? A l'imitation de leurs défauts, et souvent de leurs vices. Ils ne disent jamais : mon fils sera un homme; mais toujours : mon fils me ressemblera. Et s'il était vrai que personne ne voulût ressembler au père ! Juge d'après cela, Giafar, quels misérables dons un semblable système de tendresse paternelle fait à la société ! Hé bien ! écoute-les : ils se plaignent sans cesse des mœurs. A qui la faute? Ils ne veulent que des copies : l'on apprend à un enfant le caractère de son père, comme on apprend un rôle à un comédien.

Mais quand se montre la barrière? Le jour où la raison s'éveille dans les fils. Les pères se croyaient une famille ; et souvent les malheureux ne sont entourés que d'indifférens ou même d'ennemis. Alors cette raison compare : les passions des pères et des enfans sont en présence, et la guerre est déclarée;

et si quelque scandaleux éclat n'ajoute pas aux affronts de la nature, il faut en rendre grâces aux convenances qu'ils ont eu l'art de substituer aux sentimens. Mais, dans le fond, mon ami, quel peut être le bonheur de famille chez un peuple où l'on appelle le respect humain pour arbitre de la conduite des enfans envers leurs pères, et des pères envers leurs enfans?

Qui donc leur apprit à répéter sans cesse : L'on doit des égards à ses enfans, l'on doit du respect à son père? Il est donc chez eux une lacune que la nature ne remplit pas, puisqu'ils ont trouvé le tems de calculer des devoirs. Des devoirs entre les hommes, à la bonne heure ; mais entre les membres d'une même famille ! s'il en est ainsi, à quel usage réservent-ils le cœur ? Eh ! qu'on ne s'étonne pas si ces hommes, si policés d'ailleurs, manquent si souvent à leurs devoirs envers leurs semblables ; il faut le dire à leur honte ; c'est qu'ils se sont créé des devoirs envers les prochés. Qu'est-ce que l'homme peut attendre de l'homme, quand l'homme ne tient aux siens que par le devoir?

Ils traitent leurs enfans comme leurs jardins : à leurs yeux, les jardins consacrés aux fruits sont ignobles ; on ne les approche point des palais ; ils ne les aiment que parés et stériles. Ainsi leurs fils : les grâces du corps, le clinquant de l'esprit, les talens frivoles, voilà ce qu'ils cultivent en eux. Le cœur occupe rarement les regards : c'est le jardin fruitier que l'on dédaigne. Un jour vient où l'hymen achève de dénouer des liens déjà si faiblement serrés : heureux quand la licence n'a pas prévenu l'hymen en les brisant avec fracas ! Le gendre emmène l'épouse, ou bien le fils va se choisir un asile loin du foyer paternel : quitter la maison paternelle, il semble que ce soit pour eux échapper à l'esclavage. Ils prétendent que leur dieu le veut ainsi : à les entendre, il leur a dit : Femmes, quittez vos pères et vos mères pour suivre vos époux : époux, renoncez à tout pour vos femmes. Et quand on leur dit : Ce dieu vous a donc commandé l'impiété filiale ? que dites-vous ? répliquent-ils : voici son quatrième commandement : *Père et mère honoreras*. Quelle contradiction ! Ils les honorent, et les abandonnent ! Sais-tu ce que je crois, Giafar ? Ce dernier précepte est d'un Dieu ; l'autre est l'ouvrage de l'homme. Dites-leur cette vérité, ils vous traiteront de mécréant, d'infidèle, d'athée ; d'athée surtout : c'est le nom qu'ils donnent à tous ceux qui révoquent en doute, non pas Dieu, mais l'opi-

nion qu'ils ont de Dieu. Si je ne m'abuse sur
le langage de leurs dévôts, celui qui croit un
Dieu bon ne croit pas en Dieu. J'ai lu leur
histoire : jadis ils égorgeaient, massacraient,
brûlaient quiconque leur disait : Laissez-moi
servir Dieu à ma manière. Des sages les ont
un peu corrigés de cette démence : puissent-ils
l'être pour toujours ! Mais le sont-ils? Sont-ce
les bûchers qu'ils maudissent? Non; mais les
sages qui les ont éteints.

Cependant ne t'alarme pas; ces sages sont
nombreux. Je les observe : ils sont égale-
lement ennemis des hypocrites d'impiété
comme des hypocrites de dévotion. Ils ont
un moyen pour répandre leurs conseils, que
nous ne connaissons pas aux bords du Nil :
croirais-tu qu'ici , si je le voulais, trois ou
quatre heures me suffiraient pour avoir cinq
ou six mille copies de cette lettre que j'écris.
C'est le chef-d'œuvre de leur industrie, c'est
la plus admirable portion de leurs arts. Ainsi,
en moins de cinq ou six jours, un homme
instruit de sa pensée non-seulement toute la
France, mais toute l'Europe. Tant que l'imprimerie subsistera, il ne resterait sur la terre
que cinq ou six sages, qu'il ne faudrait pas dé-
sespérer encore. Heureusement, pour le triom-

phe même des lumières , ce peuple est contra-
dicteur par essence ; indévot quand on veut
qu'il soit dévôt ; dévôt quand on se moque de son
indévotion. Mais son gouvernement est tolérant, ses lois sont philosophiques ; et bientôt, arrivé à ce point sur ce chapitre de ne plus trouver
d'aliment à la contradiction , rencontrant sans
cesse des lois qui lui diront : Soyez dévôt , si
cela vous plaît, ou ne le soyez pas, si cela vous
plaît encore , son attention à ces matières s'af-
faiblira insensiblement : le plaisir de faire sera
émoussé par la possibilité de faire. En per-
dant le titre de persécuté , le fanatisme sera
sans crédit ; et à la longue il ne restera
à ce peuple de sa versatilité religieuse que
l'idée claire, simple et naturelle d'un Dieu
qui soutient dans la vertu , console dans l'infortune , imprime un caractère de grandeur à
toutes les actions , et tranquillise l'homme de
bien sur un avenir inconnu à tous. Bonsoir ;
Giafar.

LETTRE VII.

Le même au même.

JE reviens encore à leur éducation de famille.
Je me trouvais, il y a quelques jours, chez une
de ces dames qu'ils appellent de la haute compagnie. Elle était entourée de fleurs ; ses gens
empressés étalaient devant elle la dépouille de
vingt jardins peut-être. Elle examinait, grondait, rejetait, dédaignait : il n'y avait point à
son gré de roses assez fraîches, d'œillets assez
beaux, de lis assez purs. Dans un coin du salon un grand homme sérieux, sec et maigre,
fredonnait un air entre ses dents, et, assis devant une table, écrivait, raturait, regardait le
plafond, se grattait le front, écrivait de nouveau, puis raturait encore. Que ces fleurs sont
belles ! dis-je à cette dame : pourquoi les mé-
prisez-vous ? Le printems n'offre rien de plus
superbe. Affreuses ! me répondit-elle. Voulez-
vous que j'offre de semblables fleurs à mon

père? — C'est pour votre père? je vous pardonne alors d'être difficile. Hé bien, attendez à demain; la nuit prochaine sera moins orageuse sans doute, et l'aurore vous rendra des roses que l'ouragan n'aura point flétries. — Demain! rêvez-vous? demain aurai-je besoin d'offrir des fleurs à mon père? — Je ne vous entends pas : est-ce que le plaisir de fleurir votre père n'est pas pour vous un besoin de tous les jours? — Il est plaisant ce Mameluck! Tous les jours sont-ils pour moi la fête de mon père ? — Je le croyais. Et revient-elle souvent cette fête ? — Une fois tous les ans : c'est bien assez, ce me semble. — Pour ne le fêter qu'un jour autant vaudrait ne pas le fêter du tout. — Et l'usage donc! — Ah! l'usage veut qu'ici l'on ne fête son père qu'une fois par an! Mais l'année est un peu longue, et si vous oubliez le jour... — On danse chez mon père. — J'entends; sans la danse..... — Ma foi, même avec la danse. Si, par hasard, une de mes femmes n'avait prononcé devant moi le mot bal, j'oubliais tout net la fête de mon père : j'eusse été inconsolable. — De l'oubli du bal? — Du bal?.. non, mais de sa fête : c'eût été d'une gaucherie! — Mais comment hier la vue de votre père ne vous a-t-elle point rappelé que c'était aujourd'hui? —Hier! il y a deux mois que je ne l'ai vu. — J'entends; il n'habite point Paris. — Comment! son hôtel est à quatre pas d'ici. — A quatre pas d'ici! et il y a deux mois.... — Que voulez-vous; sa maison est sérieuse, il dîne de bonne heure, il voit peu de monde, il ne joue point: mon mari s'y ennuie. Que ferais-je là? Nos goûts, nos âges sont si différens! Si je le voyais plus souvent, je le fatiguerais; cela me fatiguerait moi-même, et j'aime tant mon père!.... Hé bien, monsieur, dit-elle en s'adressant au grand homme sec, et ces couplets? — Qu'est-ce que ces couplets? lui dis-je. — Un compliment pour mon père. — Pourquoi pas une excuse? —Une épigramme! — Tout au plus un conseil. Mais pardonnez mon ignorance; vous préparez un compliment pour votre père, et vous le faites écrire par un autre! Vous l'avez donc dicté? — Est-ce que je sais faire des vers! — Et pourquoi des vers? pourquoi ne pas lui dire tout bonnement: mon père.....—Comme le peuple, n'est-il pas vrai? Cela serait galant! —Non pas galant, mais naturel. — Et puis ne faut-il pas que je chante? Il y aura là cent personnes qui n'y viendront que pour m'entendre.—A merveille: vous chanterez, vous danserez, et vous

appelez cela la fête de votre père ! Il me semble
que ce sera un peu la vôtre. — Pourquoi non?
Quand on est sage, il faut semer de fleurs la
route des devoirs. Pendant ce tems elle par-
courait les couplets. — Mais cela est pitoyable,
monsieur ! il n'y a point de trait, point d'esprit dans ces couplets; ils sont d'une fadeur,
d'un morose, d'une langueur ! — Quoi donc,
madame ! j'ai fait parler le cœur, le respect,
la nature : j'ai cru.... — Fi donc ! — Madame a
raison, monsieur : refaites ces couplets : le
respect, l'amour, la nature ! est-ce qu'on peut
applaudir à cela dans une famille dont on fête
tendrement le chef une fois par an? Madame
veut être applaudie; cela est très-simple : n'est-
ce pas une comédie qu'elle va jouer ? Le poëte
sourit. Je pris congé, et je sortis. Et voilà, Giafar, leur piété filiale ! Hé bien ! que l'on interroge le public sur cette dame, c'est la fille
la plus tendre, son père l'adore, elle idolâtre
son père ! Elle lui fera tous les deux ou trois
mois une visite de cérémonie ; elle entrera,
l'embrassera, s'asseoira, bâillera, se lèvera,
s'en ira. Son père dîne-t-il chez elle, Dînez
avec moi, dira-t-elle à huit ou dix personnes;
je ne veux pas que mon père soit seul. Seul
avec sa fille ! Est-ce le père qui l'invite, vingt

étrangers sont priés ; c'est une affaire, c'est tout l'appareil de la cérémonie. Le dîner se termine : c'est son jour de loge à l'Opéra ; elle part : on a fait une toilette, il ne faut pas la perdre. Le vieillard est-il malade, elle y volera une fois....... deux fois peut-être : il faut prendre garde cependant ; la maladie n'est pas déclarée, on ne sait ce que c'est ; et puis l'appartement d'un malade est si mal sain ! Mais cinq ou six fois par jour un laquais se présentera à la porte pour avoir le bulletin. Et qui oserait dire après cela que tous les devoirs ne sont pas remplis ? Voilà pourtant à quoi se borne cette grande idolâtrie !

Dans la bourgeoisie c'est autre chose : comme dans cette classe tout est assez communément au rebours du sens commun, les héritiers directs, au lieu d'être, comme ailleurs, en ligne descendante, y sont, au contraire, en ligne ascendante ; c'est à dire que chaque génération se croit d'un degré plus élevée que la génération précédente. Les enfans y regardent leurs pères du haut de leur gloire : Qu'irions-nous faire chez eux ? disent-ils ; il y règne un ennui mortel : le dimanche, à la bonne heure ; la boutique est fermée. Sont-ce les enfans d'un avoué, d'un no-

taire, d'un homme de justice, Ne me parlez
pas de la maison de mon père : dîner avec ses
clercs! fi donc! ces gens-là me salueraient dans
la rue, au spectacle, à la promenade : moi,
femme d'un commis , d'un chef de bureau,
d'un banquier, d'un administrateur, puis-je
voir une telle société? — Mais votre père!
votre mère! — Je les aime beaucoup; mais
qu'ils viennent chez moi s'ils veulent. Assurément mon parti est bien pris ; je n'irai point
m'enrhumer dans une boutique, respirer la
poussière d'un magasin, traverser l'air pes-
tilentiel d'une étude : le public n'aurait qu'à
nous y voir , l'on en plaisanterait : pour qui
nous prendrait-on? On les prendrait pour les
enfans de leurs pères , et c'est ce qu'ils
craignent.

Tu crois, Giafar, que le spectacle du
peuple te dédommagera de ces tableaux re-
poussans? Désabuse-toi : tu viens de voir l'orgueil étouffer la nature ; ici tu vas la trouver
subjuguée par la grossièreté, l'impudeur, l'i-
vrognerie, quelquefois la misère, quelquefois pis encore, la débauche. Le même grenier
renferme la famille : des enfans au berceau ,
des garçons adolescens, des filles nubiles, le
père , la mère, et quelquefois l'aïeul. La paille

est la couche commune; les haillons, la livrée; les juremens, le langage. Là, la vieillesse
est sans hommage; l'âge mûr sans retenue; la
jeunesse et l'enfance sans garantie : le père et
la mère tiennent le diapason de ce discordant
assemblage. La misère aigrit, et l'on blasphè-
me; l'ivresse égare, et l'obscénité circule; les
caractères se heurtent, et les rixes éclatent; et
devant qui? devant le front sillonné d'un
vieillard courbé sous les années, et dont la
profanation actuelle est la dure et juste punition de son antique et populacière licence; et
devant qui encore? devant des enfans dont
l'oreille attentive avale à longs traits toute la
fange des propos qu'ils commentent déjà,
qu'ils sont loin d'entendre encore, et dont
la flexible intelligence saisit avidement tous
les idiomes de la débauche pour bégayer leur
innocence.

En France, et surtout à Paris, la police
est une chose admirable : elle veille à ce que
les rues soient bien balayées, les réverbères
bien éclairés, les quais libres, la navigation
facile; elle tonne contre les cabriolets plus
rapides que l'éclair, contre les brochures pro-
duites dans l'ombre, contre les gravures li-
cencieuses à demi cachées derrière les jalousies

d'une boutique ; il n'y a point d'escroc qu'elle
ne surprenne, de filou qu'elle ne dépiste, de
brigand qu'elle ne découvre ; elle rend des ordonnances pour éviter au public le danger des
chiens, des chevaux quinteux, des bœufs échappés ; par décence elle défend les bains, par pru-
dence les patins, par politesse les coups de poing.
Tout cela est fort bien sans doute ; mais elle
passe sans sourciller à côté de l'enfant de cinq
ou six ans qui répond par des blasphêmes à la
mercuriale, par fois blasphématoire, de son
père ou de sa mère. Une voie de charbon,
un sac de farine, un baquet de poisson sont
le privilège inviolable d'un idiome sacrilège:
elle laisse l'oreille de l'enfance ouverte à cette
grammaire dont la syntaxe eût fait dresser
les cheveux aux Titans mêmes quand ils dé-
fiaient les dieux. C'est le langage des halles,
et tout est dit. Que dis-je ? c'est peu de le
souffrir, on s'en amuse ! les gens du bel air
viennent en repaître leur curiosité ; on le
transporte sur la scène ; on lui prostitue la
poésie : Vadé, Jeannot et Brunet lui doivent
l'immortalité ; ils ont fait époque comme Homère, Virgile et Voltaire. Enfin c'est un spectacle que ce langage : je le crois ; il touche aux
cieux par la foudre qu'il provoque, et à la

terre por la licence qu'il irrite. Mais, en attendant, le tympan de l'adolescence vibre sous sa
rédondante et sale énergie. Avec le vocabu-
laire du crime arrive bientôt l'idée du crime:
la corruption de la langue prépare la gan-
grène du cœur. On confisque une gravure in-
décente, et l'on souffre gesticuler en paix dix
mille, cent mille caricatures imberbes, agis-
santes et vivantes, que l'Arétin n'a pas même
prévues! Elles s'arrêtent, se mêlent, se heurtent avec les milliers de courtisanes et leurs
milliers d'amans, dont les rues sont le harem
et le divan, et qui les ont devancés dans la
carrière qu'ils commencent. Ainsi s'attirent,
ainsi se rattachent tous les anneaux de la
chaîne de la corruption. De cette gymnastique
sortira, quand le rasoir aura fait tomber leur
première barbe, de nouveaux filoux, de nouveaux bandits, de nouveaux brigands que la
police débusquera encore, cela n'est pas dou-
teux; mais qu'à coup sûr elle n'aurait pas la
peine de chercher si l'on ne trouvait pas que
le langage des halles est un langage très-plaisant, qu'un enfant du peuple peut blasphé-
mer Dieu sans conséquence, parce que son
père n'a pas un carrosse, et qu'un marmot de
sept à huit ans peut répondre à sa mère ce

que le plus effronté Tartare ne répondrait pas
à la plus vile prostituée. Ils ont eu un mauvais
moment dans leur révolution : quelques tyrans
faisaient chaque jour tomber une centaine de
têtes : le peuple accourait en foule à ce spectacle hideux. Comment, disaient-ils, ce peuple, au lieu d'assommer les bourreaux, leur
applaudit! De là des milliers de discours de
leurs moralistes, de leurs philosophes, de
leurs publicistes sur la démoralisation de leur
peuple : tel accusait le pouvoir des factions ;
qui l'absence de la religion; qui l'or de l'é-
tranger ; qui l'impuissance des lois ; qui l'oisiveté ; qui la misère. Malheureux aveugles !
fallait-il chercher si loin ? Le langage des
halles était là : voilà tout le mystère.

A entendre quelques-uns, tout ce désordre est moderne. Cela n'est pas vrai ; il
ne faut que du bon sens pour le voir. On
ne peut se méprendre à son air d'antiquité.
Les dames de la halle! ce n'était pas peu de
choses pour les rois! C'est le bon peuple de
notre bonne ville de Paris, disaient-ils. Ces
dames, elles allaient à Versailles, elles em-
brassaient ce Louis XIV, qui n'embrassa
jamais ses enfans; ce Louis XV, qui n'em-
brassait que ses maîtresses. Quelques dou-

zaines de jurons composaient leur harangue.
Quels bons cœurs! disait-on, comme elles
ont bien juré! On les enivrait, on les pro-
menait dans les carrosses du monarque : la
vanité prêtait son char au triomphe de l'in-
tempérance. Voyez comme le peuple vous
aime! disaient les courtisans. Ils appelaient
cela le peuple! Pourquoi pas? ils traitaient
les laboureurs en esclaves. Ces dames reve-
naient à Paris : elles criaient vive Louis ;
mais quel louis? ceux qu'on avait · versés
dans leur giron, mais non pas celui qu'elles
avaient embrassé. Et voilà ce peuple! Mais
ne t'y trompe pas, Giafar ; ce n'est pas là le
peuple français : ce n'est simplement qu'une
espèce d'ilotes, qu'on ne trouve que dans
les grandes cités : je dis ilotes, parce que les
sujets du dévergondage, de la débauche et
de la grossièreté sont esclaves par le droit de
conquête que les plus viles passions imposent
aux vaincus; je dis ilotes, parce que cette
classe est constamment esclave, non par nature, mais par abrutissement, quel que soit le
régime, ou monarchique ou républicain, qui
la gouverne : sous le despotisme, elle ne sait
qu'adorer et trembler ; sous la monarchie,
que se rebéller et fuir; sous la liberté, qu'in-

jurier et piller. Il serait facile de la tirer de
là, non pas en un jour sans doute, mais en
moins d'un quart de siècle ; car sous cette
épaisse croûte on trouve encore le cœur
français : et quel cœur, ô Giafar , que celui de cette nation ! Et que faudrait-il pour
cela ? Des peines sévères contre le langage :
châtiez la langue , purifiez l'oreille ; les mœurs
viendront.

Si quelques-uns de leurs beaux esprits , de
leurs journalistes, par exemple, de ces hommes
enfin dont Paris fourmille, accoutumés à trouver beaucoup plus commode de jeter du ridicule sur une question que de l'examiner, parce
que pour l'un il ne faut que du jargon , et que
pour l'autre il faut du savoir ; de ces hommes
bien plus empressés à trancher qu'à discuter ,
parce que l'un déguise la nullité , et que l'autre
la découvre ; si , dis-je , quelques-uns de ces
hommes m'entendaient, ils crieraient à la niai-
serie : soit ; mais moi je crierais à l'orgueil.
Comment à l'orgueil ! L'on était bien aise
jadis que le peuple eût un langage grossier ,
parce qu'alors, quand on ne parlait pas comme
le peuple , la politesse du langage faisait apercevoir que l'on avait un cordon bleu , un plumet, une épaulette , une robe de palais ; choses

que l'on n'eût pas remarquées, peut-être, si le
peuple eût usé d'un langage décent. Hé bien !
aujourd'hui, par la raison contraire, on est
bien aise encore que le peuple conserve son
langage rebutant : l'on n'a plus d'ordres, de
cordons, d'armoiries ; hé bien ! la politesse du
langage tient lieu de tout cela : il faut bien que
le peuple parle mal. Ne vois-tu pas que par
l'élégance de l'expression l'homme du monde
dit tacitement : *Sentez-vous la distance qu'il y
a entre moi et ces gens-là ?* Dans leur révolution ils ont beaucoup parlé d'égalité ; mais ils
se sont bien gardé de toucher cette corde. Si
l'on eût fait une loi générale de la politesse du
langage, l'égalité se fût établie malgré eux, et
c'est ce qu'ils ne voulaient pas. Aussi leurs
faux patriotes eurent-ils grand soin de singer la
grossièreté du langage : c'était bien le meilleur
moyen pour que jamais on ne songeât à le
corriger.

On dit que dans ce moment-ci ils révisent le
dictionnaire de leur Académie française. Tu
me demanderas ce que c'est que l'Académie
française ? Tout, avec le tems. Je suis curieux
de voir s'ils conserveront certaines formules
de ce dictionnaire, de savoir, par exemple,
s'il y aura encore des mots avec cette explica-

tion banale: *mot populaire, il est bas;* c'est
à dire, ne vous en servez pas, car vous parleriez comme le peuple. Or, comme ce mot est
bas, il est évident que le peuple qui l'emploie
est bien au-dessous de vous. Il eût été plus
naturel sans doute, plus philosophe peut-être
d'écrire : mot que l'on invite le peuple à ne
pas employer, parce que son usage ferait
présumer qu'il existe dans l'état des classes
qui lui sont supérieures. Je ne sais pas trop,
quand un pareil mot tombe sous les yeux
d'un homme instruit, quel traité il fait alors
avec sa conscience : je ne m'en servirai pas,
dira-t-il, parce qu'il est populaire. Fort bien;
le voilà donc distingué, par le langage du
moins, de la masse du peuple : et s'il n'est
pas peuple, qu'est-il donc dans l'état? Et ce
principe une fois posé pour la langue, d'a-
bord, me diras-tu, Giafar, où s'arrêteront
les conséquences?

Je les admire; ils ont dans les dénomi-
nations de leurs dignités républicaines emprunté la majeure partie de celles de Rome
antique : ils ont des sénateurs, des tribuns,
des préfets, des édiles, des orateurs, des
avoués, des jurisconsultes. Ils ont eu des trium-
virs, des décemvirs, des proconsuls, dont

on se souviendra longtems. Ils n'ont pas de questeurs, il est vrai ; mais, au nom près, ils ont des hommes qui en ont toutes les qualités. Ils n'ont oublié que les censeurs : cette charge n'était pas inutile pourtant. Adieu.

L E T T R E   V I I I.

Le même au même.

JE te disais dernièrement que ce peuple possède un fonds d'esprit de contradiction. Il lui
donne une physionomie fort gaie aux yeux de
l'observateur : quand il vivait sous la monarchie, tous les livres que dans les collèges on met-
tait entre les mains des enfans ne parlaient que
de république ; c'était Brutus chassant les Tarquins ; Cicéron déconcertant Catilina ; Caton
se poignardant pour ne pas survivre à la liberté.
Aujourd'hui qu'ils vivent en république, c'est
autre chose : combien voudraient pour leurs
enfans une éducation où ces mots de république
et de liberté ne fussent jamais prononcés ! Je
crois, en honneur, qu'ils trouveraient l'histoire des rois perses ou mogols trop démocra-
tique pour la leur confier. Chaque jour suffit
à peine à la variété de leurs modes en habits,
en bijoux, en meubles, en équipages. En édu-

cation, c'est tout le contraire ; dans tous les
tems ils n'eurent de goût que pour les choses
surannées.

Si je ne me trompe, jadis en France les
hommes n'étaient que formés, et point élevés :
aujourd'hui ils sont élevés, et point formés.
Alors les habitudes venaient contredire l'éducation : aujourd'hui certaines éducations con-
trediront les habitudes. Ainsi, les habitudes se
formaient sans le concours de l'éducation ; et
maintenant plusieurs voudraient des institutions sans le concours des habitudes : dans
tous les tems ce fut et ce sera un grand vice. J'ai
bien interrogé leurs vieillards, j'ai lu attentive-
ment leur histoire, et je connais les Français
parfaitement. Jadis un jeune homme, né sous
la monarchie, sortait du collège sans se douter
même de ce que pouvait être une monarchie :
il était tout romain ; il n'avait vécu qu'avec les
Décius, les Fabius, les Scipion. Combien de
fois, peut-être, n'avait-il pas en idée exercé le
consulat, la préture, que sais-je ? siégé au capitole, vaincu Carthage, humilié les rois ! Combien de fois son oreille, noblement éveillée par
une généreuse ambition, n'avait-elle pas savouré le titre d'*imperator* ! Aussi remarque
bien que dans leur révolution les plus généreux,

les plus magnanimes, les plus héros furent les jeunes gens, parce que ceux-ci se trouvèrent à une époque où ils n'eurent aucune lacune à remplir entre les opinions reçues au collège et les opinions nouvellement adoptées alors par la nation : imbus des principes de Rome antique, il ne leur en coûta point d'agir en Romains. A cette époque, hélas trop courte! l'enthousiasme national avait effacé les habitudes ; et l'éducation, dans quelques-uns, n'ayant point à lutter contre elles, elle se développa toute entière. On peut dire, à la gloire de ceux-ci, qu'ils n'ont point dégénéré de Rome : ce sont ces jeunes gens qui ont vaincu le monde. Mais avant, mais sous Louis XV, sous le régent, sous Louis XIV, et plus au-delà', peins-toi, s'il se peut, la surprise de tous ces adolescens, alors que, franchissant le seuil du collége, et porteurs de toutes les idées du *forum*, ils venaient se heurter contre tous les préjugés des Assyriens et des Perses! au lieu de Marcellus, de Paul Emile, de Pompée, ne trouvaient que des Denys, des Aristobules, des Mithridates ; au lieu de pères conscripts, qu'un grand conseil; au lieu de tribuns, que des satrapes. A leurs premiers regards, toutes les femmes étaient des Virginies, des Cornélies, des Por-

cies ; et dans la première qui les subjuguait ils ne
rencontraient souvent qu'une Cléopâtre. Ainsi
donc ils se voyaient tout à coup transportés sous
le joug de ces rois que cent fois peut-être, dans
leur imagination enfantine, ils avaient vaincus;
au milieu de ces grands dont ils dédaignaient
le luxe ; de ces peuples dont ils méprisaient
l'esclavage. Ils ne rêvaient que fer et liberté,
et ne rencontraient qu'or et mollesse; que co-
mices, et ne voyaient que des serfs; que harangues, et ne trouvaient que le silence. Pour
comble de mal, on se riait de leur simplicité,
on bafouait les notions libérales qu'ils avaient
puisées dans leurs livres ; on persifflait tout ce
que leur ardent génie avait adoré jusque là.
Qu'arrivait-il? C'est que, déconcertés, confus,
honteux, ils ne regardaient plus que comme
des chimères brillantes tous ces principes généreux dont l'histoire avait enrichi leur mémoire; ou souvent, ce qui était cent fois pis encore, ils en venaient à détester ces semences
de vertus politiques, qu'ils accusaient de cet
air gauche, emprunté, mal-adroit, que le
monde dans lequel ils entraient cherchait à
corriger en eux par des épigrammes. Ainsi
donc, de fait, ils n'étaient point élevés, puisque
dix ans d'éducation étaient pour eux comme

non avenus, du moins quant aux opinions qu'il leur fallait prendre sur les gouvernemens, la politique et la morale publique, pour régulateur du reste de leur vie. Ainsi les habitudes de la société les enveloppaient au sortir du collège, et se hâtaient d'effacer ce que l'éducation avait gravé. Si cette éducation était perdue pour l'individu, elle l'était encore pour la patrie; car, n'ayant point été élevés pour le régime de l'état, l'état, par conséquent, ne trouvait point en eux des hommes attachés à ses principes : ils ne lui tenaient que par l'empire des habitudes, à peu près comme les étrangers cèdent, par politesse ou par intérêt, aux lois, aux mœurs et aux usages des nations qu'ils visitent.

Sous la monarchie, l'éducation était républicaine, parce qu'elle était dirigée par des prêtres. Ceci te paraîtra un paradoxe; c'est cependant une vérité.

L'alliance était grande entre le sacerdoce et le trône; mais cette alliance n'assurait pas la même garantie aux deux puissances, et la sécurité ne devait pas être égale entr'elles. Le sacerdoce régnait par l'opinion : pour se conserver l'appui du trône, il semblerait qu'il lui fallût faire tourner l'influence de cette opi-

nion sur les peuples au profit de l'obéissance.
Le trône avait donc un grand auxiliaire dans
le sacerdoce ; mais le trône savait bien qu'il
pouvait être sans le sacerdoce , et que le sacerdoce ne pouvait être sans l'opinion. Dès lors
le trône n'avait pas à craindre que jamais le sacerdoce s'avisât de désiller les yeux des peuples
pour les ravir à son autorité ; car on ne se réduit
pas à la nullité absolue pour l'unique plaisir
de renverser l'empire de son allié. Ainsi, quoique le sacerdoce ait plus d'une fois fait trembler le trône par l'abus des opinions religieuses , il est de fait qu'il était plus dépendant du
trône que le trône de lui : il n'était donc pas de
son intérêt de mettre assez de franchise dans son
alliance pour se prêter à rendre l'esclavage com-
plet , car il pouvait arriver telle circonstance
ou de caprice, ou de politique, ou d'inconstance,
ou de despotisme ; telle circonstance , dis-je ,
où le trône eût rompu sans danger son traité
avec le sacerdoce : alors il fût demeuré seul et
sans secours au milieu de ces peuples qu'il
eût accoutumés lui-même à l'immobilité de
l'esclavage. Il est donc facile de sentir que ,
dans cette alliance , la garantie était presque
toute entière pour le trône , et toutes les inquiétudes du côté du sacerdoce : en pareil

cas, celui qui risque le plus est le plus politique. Le sacerdoce crut avoir paré au danger, en accoutumant insensiblement la terre à voir s'élever un trône pontifical au milieu des trônes du monde : donnant un libre essor à toute l'influence de l'opinion, il détourna l'obéissance des peuples de sa route naturelle, pour l'attacher à ce trône qu'il avait placé à la porte du ciel : il enhardit les hommes à penser que les rois n'étaient rois que par la volonté ou la permission de celui-ci, et les trônes se trouvèrent en seconde ligne. La lutte fut terrible ; elle dura plusieurs siècles. Le mal en vint à ce point, que l'abrutissement des nations passa pour perfection divine ; la résistance des rois pour sédition populaire ; et le despotisme d'un pontife pour la volonté de la nature ; et cela durerait encore si le sacerdoce avait eu assez de constance politique pour contenir éternellement son monarque dans une majesté purement céleste. Mais à la longue l'homme perça, malgré la magique auréole : l'encensoir, en cessant de fumer, laissa distinguer le glaive : on reconnut que ce Jéhova mortel n'était autre chose qu'un roi, qu'il ne voulait que des rois pour lieutenans ; et, pour la première fois, les succès de l'ambition creusèrent le tombeau de l'ambition elle-même. Que fit le sacerdoce alors? Ennemi, profondément humilié, mais plus profondément savant, il ne souffrit pas à ses ressentimens de lui conseiller de séparer sa cause de celle des trônes. Il lui fallait renoncer à l'orgueil de placer les rois entre lui et les peuples; il écouta l'adresse : elle lui conseilla de se placer entre les peuples et les rois. Partout il s'empara des générations naissantes, partout, propriétaire exclusif de l'éducation, il la fonda sur deux bases uniques, l'intolérance religieuse, l'étude des langues mortes. Pourquoi l'intolérance? Pour éterniser ses défenseurs. Pourquoi les langues mortes? Pour voiler aux yeux de la jeunesse la connaissance, trop dangereuse pour lui, de l'histoire moderne, et, maître du choix des antiques auteurs, n'ouvrir aux élèves que ceux dont les écrits pourraient verser dans leur cœur un levain de haine contre les rois. Par un calcul non moins terrible, Quint-Curce et les Commentaires de César furent seuls admis à l'honneur de partager, avec les historiens des républiques, l'attention des disciples. Pourquoi? Pour vicier dans leur berceau même, en inspirant à de jeunes têtes le délire des conquêtes; pour vicier, dis-je, les principes des républiques, dont il ne vou-

lait pas que les hommes pratiquassent les vertus, mais si fait bien la licence. Et pourquoi encore? Pour faire, sans se compromettre lui-
même, cette confidence indirecte à ses disciples, qu'il n'est point de potentat si superbe
que l'on ne puisse abattre quand on le veut.
Ainsi, par ce plan vraiment étonnant dans sa
sombre et profonde politique, aperçu, mais à
peine ébauché par les universités, qui n'eurent
pas l'art de le pousser au-delà de l'indiscipline
de leurs écoliers, mais saisi depuis dans tout
son ensemble, balancé dans toutes ses parties,
considéré dans tous ses résultats, exécuté dans
toute son étendue par un corps religieux que
les Européens appelaient Jésuites, le sacerdoce
était parvenu à se créer lui-même une garantie
contre les rois, et, en semant ces germes de
républicanisme qu'il se flattait de développer
ou d'étouffer au gré de son intérêt, à se ménager des moyens de comprimer les monarques,
ou de se venger d'eux au besoin, s'ils ten-
taient de séparer leur cause de la sienne.

Remarque surtout l'aveuglement des rois:
ce corps religieux était, par principe, par religion et par constitution, indépendant de tous
les potentats. Conçois-tu cette démence des
trônes toujours attachés à ne reconnaître que

des sujets, et cependant confiant l'éducation des sujets à des hommes indépendans? Les rois bannirent ces Jé-uites de leurs états peu d'années avant la révolution. Entends-tu, Giafar, peu d'années avant la révolution. On leur imputa bien des crimes! Ce mode d'éducation et l'usurpation de ce droit d'éducation étaient les seuls dont on eût dû les punir dans les principes monarchiques : ce furent les seuls auxquels on ne songea pas. Aperçois tu maintenant le mystère si étonnant de cette éducation républicaine sous les rois?

Il fut un moment où elle emporta les hommes plus loin que l'intérêt du sacerdoce ne l'exigeait, et qu'il ne le prévoyait sans doute, puisqu'il parut un instant lui-même enveloppé sous la chûte du trône : mais enfin le trône est abattu, et le sacerdoce s'est relevé presque triomphant de ses propres ruines. Reporte maintenant un œil observateur sur ce plan de l'ancienne éducation que je viens de te tracer, et juge si cette éducation était dirigée pour l'avantage du trône ou l'avantage du sacerdoce : vois si l'atteinte que les trônes lui portèrent par l'expulsion des Jésuites n'a pas été rapidement punie, et si cette vengeance n'a pas été la première conséquence des principes de cette éducation : vois si la résurrection du sacerdoce a trouvé les mêmes obstacles que la résurrection du trône, et si cette résurrection n'est pas la seconde conséquence de ces mêmes principes.

Au reste, je ne sais pas si cette résurrection mérite si fort les alarmes que les philosophes en conçoivent. Le sacerdoce, n'ayant plus les mêmes craintes, n'aura plus les mêmes intérêts : sa politique, n'ayant plus à maintenir l'équilibre entre le trône et lui, ni à se prémunir contre les mêmes dangers, doit infailliblement prendre une autre direction : il donnera à la perfection de la morale l'esprit qu'il consacrait aux soins et aux inquiétudes de sa conservation. Ici c'est un proverbe banal : *Il faut une religion au peuple.* Le plaisant de la chose, c'est que toujours l'homme qui le dit se détache du peuple. Il faut une religion au peuple, dit-il : c'est comme s'il disait : On sent bien qu'il faut une religion à ces gens-là, mais non pas à un homme comme moi. Si de la sorte on les consultait tour à tour, il arriverait qu'ils voudraient tous une religion pour les autres, et que personne n'en voudrait pour soi. Quels écerveaux désorganisés ! Il faut une religion, dit ce comédien ; et

demain cette religion le retranchera de la liste
des vivans et des morts. Ils le disent aussi ce
petit-maître, cette élégante, cette prude, cette
coquette surannée ; et demain les temples de-
viendront le théâtre de leurs scandales, de
leurs rendez-vous, de leur irrévérence. Ils le
disent aussi ces magistrats, ces hommes de
loi, ces négocians, ces financiers ; et demain
peut-être de frauduleuses spéculations de commerce ; demain peut-être les soins donnés à
faire triompher le puissant injuste du faible
opprimé ; demain peut-être la condamnation de l'innocence, vendue à l'or du coupable, dévoreront les heures réclamées par le
culte. Ils le disent aussi ces ouvriers de toutes
les classes ; et les cabarets, les guinguettes, les
promenades auront la préférence sur les pompes religieuses. Ce n'est donc pas pour eux que
tous ces hommes veulent une religion, puisqu'ils ont l'intime volonté de ne pas la suivre ?
Et pour qui donc ? Pour le peuple, disent-ils.
Montrez-moi donc le peuple.

Oh ! que le sacerdoce et la philosophie ont
tort de ne pas s'entendre! L'un dit : Il faut une
religion ; l'autre dit : Il faut une morale ; et
tous deux, en se regardant, froncent le sourcil.
Que disent-ils, cependant, sinon la même

chose? Le nom seul diffère; mais qu'ils le tra-
duisent chacun dans leur langue, et ils ver-
ront que l'idée est la même. Est-il deux êtres
plus excellens sur la terre qu'un bon prêtre et
un vrai philosophe, quand ils conseillent les
hommes, quand ils leur parlent de la divinité,
quand ils les consolent dans leurs peines,
quand ils les soutiennent par leurs bienfaits,
quand ils les encouragent à la vertu? Quelle
est donc la distance qui les sépare? Mais le
prêtre dit qu'à lui seul appartient le droit de
faire ces choses : alors le prêtre a tort; car il
vaut mieux que deux hommes fassent le bien
sur la terre qu'un seul; et ce prêtre-là n'est pas
l'excellent prêtre dont je parle. Mais le prêtre
dit que le meilleur des philosophes est toujours
l'ennemi de Dieu; alors le prêtre a tort, car
le philosophe ne prétend jamais que Dieu soit
l'ennemi des bons prêtres; et ce prêtre-là n'est
pas l'excellent prêtre dont je parle.

LETTRE IX.

Le même au même.

Je te parlerai aujourd'hui de leurs spectacles. Ce fut un genre de plaisir que l'esprit inventa pour seconder la morale ; il s'associa la poésie pour donner plus de grâce à son langage, et prêter à son éloquence une forme plus brillante ou des accens plus touchans, afin que ses leçons se gravassent plus aisément dans la mémoire, et exerçassent un empire plus certain sur les cœurs. Tantôt il ouvrit l'histoire, s'empara des actions mémorables, soit vertueuses, soit criminelles ; ressuscita les personnages qui les avaient commises, les fit agir et parler comme ils durent le faire à telle époque de leur vie ; et, pour instruire le peuple auquel il offrait ces simulacres, supposa souvent à ces grands coupables, ou à ces héros les récompenses, ou les punitions que la providence divine, ou la justice humaine leur avait

dues, et qu'ils n'avaient pas toujours obtenues:
et c'est ce qu'ils appellent tragédie. Tantôt
il observa les sociétés, en étudia les vices
ou les ridicules, en revêtit des personnages,
les entoura d'interlocuteurs secondaires, dont
les mouvemens, habilement combinés, fissent
ressortir davantage les caractères principaux;
s'attacha à faire avorter les desseins, ou méchans, ou perfides, ou bizarres, de ceux-ci
par des intrigues capables d'inspirer le rire;
chargea le badinage d'immoler gaîment ses
victimes sous les yeux des originaux qu'il
prenait pour modèles, et travailla à corriger
l'homme en le forçant à rire lui-même de ses
travers : et ce fut la comédie. Ainsi donc la tragédie et la comédie, voilà ce qui constitue leur
spectacle. Ces deux genres primitifs ont eu,
si j'ose m'exprimer ainsi, leurs dérivés, espèces de mixtes, que je te ferai connaître tout
à l'heure.

Ils disent que l'antiquité leur a fourni le
modèle de cette sorte d'amusement, et cela
est : ils ont des droits à ce parallèle ; mais
souvent il enfle trop leur orgueil; et il arrive
que cela dégénère quelquefois en ridicule : le
plus mauvais poëte tragique ou comique est,
pour sa coterie, Sophocle, Aristophane ou Té-

rence. Qu'importe; un jour suffit pour faire justice de la pièce, de la coterie et de l'épithète; et cela ne change rien à l'excellence de ce genre d'amusement que des hommes d'un génie extraordinaire, et bien au-dessus réellement des célèbres anciens, élevèrent ici à un point de perfection rare. Ce n'est pas seulement en France que l'on trouve des théâtres, toute l'Europe en possède; mais les conceptions théâtrales ont des caractères remarquables, suivant les nations : en Angleterre, gigantesques; en Allemagne, sombres et larmoyantes; en Espagne, extravagantes; en Italie, encore dans l'enfance : chose assez singulière, soit dit en passant, si l'on considère que ce pays passe, aux yeux des autres peuples, pour le berceau des arts. Poursuivons : en France, sages, raisonnables, et souvent sublimes : circonstance en contradiction apparente avec l'esprit mobile, léger et folâtre de cette nation, mais qui prouve que le goût a quelquefois la puissance de la sagesse et de la raison, tandis que la raison et la sagesse ne possèdent pas toujours l'autorité du goût.

Le Français a eu le bon esprit d'asservir ses conceptions théâtrales à des règles nécessaires et invariables : il a voulu qu'un ouvrage dramatique offrit, tout à la fois, unité d'action, unité de temps, unité de lieu. Accoutumé, hors du théâtre, à effleurer tous les sujets, à promener son attention sur mille objets divers, à saisir tout à la fois une foule d'aperçus, à en comparer les résultats, et à faire parcourir à son esprit, avec la rapidité de l'éclair, les contrastes les plus opposés, il a trouvé, par inimitié même pour la contrainte, une sorte de plaisir à s'en imposer une passagère. On dirait que ce fut pour goûter la puissance de se mettre, quand il le voudrait, dans une situation étrangère à sa légèreté habituelle, qu'il consacra l'unité d'action, et qu'il trouva très-plaisant de se commander une attention factice pendant deux heures, tandis que dans le reste de sa vie il refusait une attention réelle aux objets les plus importans. En effet, s'agit-il des intérêts de l'état, il se plaindra de la fatigante longueur des conseils : au bout d'une heure il quittera le livre le plus instructif ; il donnera à peine quelques secondes à la lecture d'un contrat dont sa fortune dépend ; il traversera en courant les monumens de vingt siècles, et se vantera de les avoir vus ; il épuisera dans un dîner la matière de cent conversations, et ne sera pas un seul instant attentif à ce qu'il mange, à

ce qu'il boit, à ce qu'on dit, à ce qu'il dit.
Est-il au théâtre, alors, et seulement alors,
toutes ses facultés intellectuelles se fixent sur
un objet; là seulement il est penseur, méditatif, réfléchi. Malheur à l'auteur qui tenterait
de l'occuper de divers intérêts! de nombreux
sifflets puniraient bientôt ce crime de lèze attention théâtrale. Il semble qu'en conséquence
de cet esprit de légèreté, trop souvent étranger
à l'attention due à la vérité et à la réalité,
c'est par inattention même qu'il veut être attentif à une fiction : mais enfin que ce soit vice
ou bouffonnerie, le goût a profité de cette disposition. Ici une pièce de théâtre ne présente
qu'un intérêt, point d'épisodes qui ne lui soient
relatifs, point de développemens qui ne le
concernent, point de ressorts qui ne s'y rattachent : le sujet, la morale qu'il renferme,
l'exemple qu'il propose, les conséquences qui
en résultent, la leçon qu'il donne, tout est un.
Une bonne pièce de leurs grands maîtres est
le chef-d'œuvre de la sagesse et du génie. On
dirait qu'une bonne pièce en France est une
ancre que la raison a jetée pour s'y garantir
du naufrage.

Ils ont voulu de plus que l'action représen-
tée fût censée ne pas durer plus de vingt-

quatre heures : c'est ce qu'ils appellent unité de
tems. Mais comment rassembler dans le cadre
de deux heures une action dont le cours en a
nécessité vingt-quatre? Songe bien d'abord
qu'il s'agit de spectacles : mais, tu diras, ceux
qui représentent agisssent, et sont supposés
agir pendant vingt-quatre heures Foit bien;
mais dans une action de vingt-quatre heures
combien de momens intermédiaires, d'épisodes
fugitifs ! si elles ne lui sont pas tout à fait étrangères, elles ne lui sont pas du moins nécessaires. Je veux même que les vingt-quatre
heures soient réclamées toute entières par l'action, n'est-il pas vrai que si tu te rencontrais
dans une ville où elle se passerait réellement,
tu n'apercevrais de ce grand événement que ce
qui s'en exécuterait sous tes yeux dans le point
où tu te trouverais? Tout le reste ne te parvien-
drait que par récits : ton attention élaguerait
toutes les inutilités, pour ne s'occuper que de
l'action elle-même, de sa naissance, de sa marche, de son dénouement. Tu ajouterais à ce que
tu en aurais vu toi-même ces détails auxiliaires;
mais il te faudrait assurément moins de deux
heures pour les entendre. D'après cela, tu conçois que, si, témoin d'une action réelle, telle par
exemple qu'une conjuration, une révolution,

que sais-je enfin , un grand évènement quelconque, dont le cours aurait duré vingt-quatre
heures , deux heures te suffisent non - seulement pour en apprendre ce que tu n'en aurais
pas vu , mais encore pour repasser dans ta mémoire tout ce dont tu fus témoin, et même ce
qui précéda et amena cet évènement , ton esprit, à bien plus forte raison , peut se prêter
à la brièveté d'une représentation qui renferme, dans le cadre de deux heures, une action qui en exigera vingt-quatre, puisque la représentation procède ici , à l'égard du spectateur , pour une action fictive , comme sa mémoire procéderait en lui pour une action réelle,
et qui, dans le jour même, je le suppose, se
serait passée sous ses yeux. Cette règle théâtrale des vingt-quatre heures est donc fondée
sur la raison : elle est le résultat de réflexions
profondes sur la manière dont l'esprit opère.
C'est ensuite au génie de l'auteur dramatique
à savoir rejeter habilement dans l'intervalle
des actes tout ce qui tient à l'action même,
mais que l'on peut éloigner de la vue, qu'un
mot suffit pour faire supposer, et dont la représentation ou le développement inutile nui-
rait à la concision nécessaire à l'ouvrage; et
de charger de la sorte l'intelligence du spec-

tateur du soin d'assembler, si j'ose m'exprimer ainsi, les anneaux de la chaîne de l'événement que l'art ordonne de lui dérober en partie. Enfin tout se réduit à co point : l'esprit peut-il saisir en deux heures les détails d'une action qui en employa vingt-quatre ? Oui, sans doute. Or, comme une représentation théâtrale, soit qu'elle s'empare d'une action connue, soit qu'elle crée une action possible, n'est que la répétition de la manière dont l'esprit de chaque homme agit quand il charge sa mémoire de lui retracer un événement dont il fut ou témoin ou acteur, il en résulte que non-seulement rien n'est pénible dans cette règle; mais qu'elle est mathématiquement fondée sur la nature.

A ces deux unités ils ont ajouté l'unité de lieu, et leurs grands maîtres l'ont respectée avec une attention telle, qu'elle semble aller jusqu'au scrupule : ils portent, à cet égard, la délicatesse au point de ne pas éloigner leurs personnages, je ne dis pas simplement du palais ou de tout autre édifice où ils les font agir, mais même de l'appartement ou de telle autre place où ils les auront montrés au lever de la toile. Corneille donne souvent l'exemple de cette difficulté vaincue, comme dans Rodo-

gune, Polieucte, Nicomède. Il s'en est écarté
quelquefois, comme dans Cinna, le Cid, les
Horaces, Sertorius, et ce n'en sont pas moins
des chefs-d'œuvres. Nul de leurs auteurs n'a été
à cet égard plus loin que Racine; et après lui,
Crébillon, qui, pour tout le reste, est si fort
au-dessous. Voltaire s'est moins gêné, témoin
Sémiramis, Tancrède, Mérope, et ce sont de
superbes ouvrages; mais on voit qu'il le fait
avec une précaution, une retenue, je dirais presque une économie, qui prouve toute
l'importance qu'il attachait à cette règle, et il
s'y est asservi toutes les fois qu'il a pu l'ac-
corder avec la grandeur de ses conceptions,
comme dans Zaïre, Alzire, etc., etc. Les
auteurs plus modernes se sont un peu relâ-
chés de cette sévérité, et je crains que ce ne
soit un mal. Il en est des règles en fait d'art
comme des lois en politique; on ne peut les
enfreindre sans reculer la borne élevée par le
respect; et cette borne déplacée, Dieu sait où
elle retrouvera des fondemens solides! L'unité
de lieu n'est plus pour ces derniers aujour-
d'hui un appartement ni même l'enceinte d'un
palais; ils la voient dans une ville entière,
dans toute l'étendue d'un camp, quelquefois
même dans une partie assez vaste d'une pro-

vince, que l'on puisse parcourir cependant
sans blesser la règle des vingt-quatre heures et
celle de l'unité d'action, auxquelles ils se mon-
trent plus fidèles. Ainsi, ils font passer leurs
personnages, sans exciter beaucoup de murmures de la part du public, parce qu'il y a
moins de gens instruits que d'autres, d'un palais dans une place publique, dans des prisons,
dans des temples, dans une forêt, et ainsi de
suite. Au reste, ce que je viens de dire de ces
règles est applicable à la comédie comme à la
tragédie.

Cependant l'unité de lieu est, ainsi que les
deux autres, fondée sur la raison et la nature.
Le spectateur, en entrant au théâtre, veut
bien se prêter à cette idée qu'il va se trouver
à Constantinople, à Babylone, ou partout
ailleurs : c'est un voyage imaginaire qu'il veut
bien faire avant d'entrer. Dès qu'il a pris place,
il se prétend arrivé : mais si l'auteur veut le
transporter tout à coup à quelques centaines
de lieues de là, le spectateur regarde la ban-
quette sur laquelle il est assis; il voit qu'il n'a
pas bougé de place, et il se met à rire : et
quand le Français rit, c'en est fait. Si les
étrangers agissent différemment dans leurs
conceptions dramatiques, il ne faut pas en

conclure que les Français se soient fait des
règles inutiles à l'art ; non, c'est simplement
parce que les dramatiques étrangers n'ont pour
auditeurs que des peuples sérieux. Pourquoi
le théâtre est-il plus parfait en France que partout ailleurs ? Par une raison bien simple ; c'est
qu'ici le rire et l'épigramme sont toujours éveil-
lés pour venger les atteintes portées au bon
sens, et que les dramatiques étrangers ne rencontrant jamais ces puissans correcteurs, leur
amour-propre n'est point compromis, et laisse
l'art, dans cette partie du moins, *in statu quo.*
Sans doute les arts, en France, doivent beaucoup au génie de ce peuple étonnant ; mais le
goût dans les arts doit tout à l'influence badine
et caustique de son caractère habituel. Quand
le blâme prend le sourire de la malice, que
d'efforts il faut faire pour attirer sur soi les regards sérieux de l'admiration ! C'est le seul
peuple qui ait connu l'art de tirer de ses défauts mêmes des résultats utiles.

Ce n'est cependant pas tout à coup qu'ils sont
parvenus à ce point de perfection dans l'art
dramatique ; il leur fallut faire un long no-
viciat avant d'arriver à Corneille et à Molière. Les prêtres, pendant de longs siècles,
s'emparèrent, en Europe, de la découverte de

tous les arts, pour étendre l'empire de la religion, et dominer l'homme dans toutes ses
facultés. Ils se saisirent également des premières étincelles du génie dramatique : des
théâtres furent dressés dans les nefs et sous les
portiques des églises ; mais la foule trop considérable les fit transporter bientôt dans les
places publiques. Rien de plus plat, et en
même tems de plus licencieux et même de
plus sacrilège que les farces religieuses que
l'on livra à ces infames tréteaux. Tous les objets
de leur plus profonde vénération ; les mystères les plus respectables pour eux ; toute la
hiérarchie céleste ; l'être incréé qu'ils dési-
gnent par le titre de Dieu le père ; leur législateur immortel, qu'ils nomment Dieu le
fils ; le Saint-Esprit, troisième extrémité de
ce triangle mystérieux ; toute leur cour d'ar-
changes, d'anges et de séraphins ; toute la
légende de leurs saints, tout enfin ce qui
constitue leur croyance religieuse éprouva l'a-
vilissant honneur de ces espèces de solemnités
sacerdotales, inventées pour imprimer au
peuple plus de respect pour ces choses mêmes
que l'on flétrissait avec tant d'impudeur. Le
langage le plus grossier, souvent le plus

obscène, était celui que l'on prêtait au Dieu
de l'univers et à son cortège.

Trois cents ans se sont écoulés depuis cette
époque; les progrès des lumières ont été ex-
extrêmes : hé bien! le croirais-tu? il est quelques cantons en France où ces farces, dévo-
tement impies, sont encore en usage : au fond
de la Bretagne, à l'extrémité de la Flandre,
on en retrouve des vestiges. J'ai vu une de
ces représentations à Rosenthal près de Dun-
kerque : le peuple lui-même était acteur. On
dresse, en plein air, un théâtre sur des ton-
neaux ; de vieilles tapisseries de Bergame
forment les coulisses ; une prodigieuse quan-
tité de tables, couvertes de viandes de toute
espèce, et entourées de buveurs, composent
le parterre peu silencieux de ce spectacle.
La représentation commença à huit heures
du matin, et n'était pas finie à neuf heures
du soir. Là je vis passer en revue tout le
Vieux Testament, depuis la création jusqu'à
la passion du Christ. Dès midi tous les acteurs
étaient ivres : les Scribes et les Pharisiens se
prirent de querelle avec Saint-Pierre : la rixe
ne fut pas petite, et la garde fut obligée de venir
mettre à la raison apôtres, disciples, voire
même Pilate, et, qui pis est, la Mâdeleine, mar-

chande de poisson , la mieux embouchée que
j'aie jamais entendue. L'on se rossa, on s'échi-
na , on hurla ; les saintes femmes surtout faisaient dans ce concert un dessus admirable : enfin on but , on s'appaisa ; le drame saint continua : mais quand on mit l'homme qui représentait le Christ dans le tombeau, il s'y endormit si
bien , que le coup de théâtre de la résurrection
ne put jamais avoir lieu. C'était l'été : heureusement une pluie d'orage survint ; elle dis-
persa acteurs et spectateurs : sans cela j'ignore
quel eût été le terme de cette orgie. A quatre
pas de là , le même jour, à la même heure,
on jouait sur le théâtre de la ville les *Guèbres*
de Voltaire. Conçois-tu cela ? Il n'y avait pas
six cents toises d'un théâtre à l'autre ; et il y
avait six cents ans entre les hommes.

A la naissance de leur théâtre, ils commen-
cèrent donc par admirer les *mystères* que les
prêtres soutenaient de tout leur pouvoir : mais,
pour me servir de leur langage , l'esprit im-
monde se mêle de tout ; on introduisit les sujets profanes sur la scène ; et dès lors les prêtres déclamèrent contre la comédie. Malheureusement un de leurs rois, Henri II, as-
sista à la représentation de la Cléopâtre de Jodelle : force alors fut aux prêtres de se taire :

c'est chose sainte qu'amusemens de rois. Ce
Jodelle était instruit; il avait lu les Grecs :
comme eux il employa les chœurs; il voulut
imiter leur simplicité, et ne fut que froid et
ennuyeux : d'ailleurs quelle énergie attendre
d'une langue qui sortait à peine de la barbarie? Hardy et Garnier vinrent ensuite : l'un ne
s'éleva guère au-dessus de son maître, l'autre
resta fort au-dessous. Leur premier tragique
fut donc Duryer : le pas fut immense; mais
pourquoi? C'est qu'ils sortaient alors de la
plus affreuse guerre civile, terrible, mais ordinaire époque de toutes les grandes conceptions. Le Scévole se joue encore, puis Mairet,
puis l'emphatique Gombaud, puis Rotrou,
puis Corneille; et le beau fut fixé. Voilà pour
la tragédie. La marche pour la comédie fut
à peu près la même jusqu'à leur Molière : il
posa les bornes. Ce sont deux hommes bien
extraordinaires que ce Molière et ce Corneille! Comment le même siècle les a-t-ils con-
tenus?

Je t'ai dit que ces deux beaux genres enfan-
tèrent des genres mixtes : de ce nombre, et au
premier rang, sont l'opéra tragique et l'opéra
comi   es Français seraient bien tentés
d'   les doivent au progrès de l'art;

ils ne l'osent pas : ils se contentent de dire
qu'ils sont le fruit de leur admirable talent à
varier leurs plaisirs. C'est une imposture dont
peut-être même ils ne se doutent pas. Ces spectacles prouvent seulement qu'ils ont eu des
génies du second ordre, des génies jaloux,
désespérant d'arriver à la véritable gloire, et
voulant s'en assurer une dont il fût difficile
d'apercevoir l'imperfection. C'est non-seulement à la difficulté d'atteindre à la sublimité des deux genres principaux, mais encore
à l'impossibilité, pour certains hommes, de
suivre les règles qu'on leur imposa, qu'il faut
rapporter l'origine de l'opéra sous les deux espèces. Si Richelieu et ses courtisans lettrés
n'eussent pas été envieux, la France n'aurait peut-être point d'opéra : leurs forces ne
répondaient point à leur haine contre Corneille ; ils ne pouvaient marcher égaux à lui :
ils pensèrent à dénaturer le genre de la tragédie
pour se créer une immortalité ; ils marièrent
leurs poëmes avec la musique : elle les dispensa
des développemens, et par conséquent ils pu-
rent travailler sans ame et sans cœur, grand
soulagement pour les esprits médiocres. Les règles les gênaient, et ils empruntèrent la baguette des fées pour les violer à leur aise. C'est

là, comme ils disent ici, que l'on voit passer le petit bout de l'oreille ; mais combien peu de gens l'aperçoivent ! Ils appelèrent encore à leur secours la danse et la pompe théâtrale ; et tant d'auxiliaires ne firent qu'attester l'impuissance des créateurs. Cette grande atteinte portée au véritable goût se cacha sous l'écharpe brillante de la nouveauté, souveraine toujours adorée par les Français. Enfin, ne pouvant faire une bonne chose, ils firent une chose magnifique. C'est la statue de ce sculpteur : il ne put la faire belle ; il la fit riche. Leur fameux satirique Boileau acheva de tout perdre. Quinault avait senti que l'on pouvait tirer parti de ce genre mixte, et faire une chose passable d'une chose mauvaise, en donnant aux poëmes une élévation, un sentiment, une sorte de chaleur amoureuse, capable de l'anoblir. Boileau lança un trait de satire sur Quinault, et chez le Français une épigramme suffit pour anéantir le mérite : c'est le grain de poudre qui fait sauter le rocher.

Après la mort de Quinault, peut-être le mal n'eût-il pas été sans remède, et que quelque bon esprit eût pu faire ce qu'il n'avait fait que tenter : mais Boileau, sans le prévoir sans doute, (tant il est vrai que le poëte, qui ne

voit dans un vers sentencieux que le plaisir de
le produire, et l'applaudissement éphémère
que lui vaudra l'assemblage heureux de quelques mots sonores, n'a pas toujours la sagesse
de calculer l'influence funeste que ce vers peut
avoir sur les opinions de la postérité) le satirique, dis-je, qui, en parlant de la poésie
lyrique, ajouta

Que Lulli réchauffa des sons de sa musique.

causa par ce vers, encore aujourd'hui dans la
bouche de tout le monde, un mal bien plus
irréparable au genre de l'opéra. Qu'est-il arrivé? C'est que depuis cent ans les musiciens, qui n'osent toutefois se targuer tout
haut de cette autorité, agissent cependant
comme si elle était consacrée ; que tous se
croient appelés à réchauffer les poëmes ; que
l'erreur, allant toujours croissant, s'est encore
renforcée du goût moderne pour la musique
ultramontaine ; qu'à ce décret du législateur
du Parnasse les musiciens italiens sont venus
ajouter le mépris qu'au delà des Alpes ils ont
pour les poëmes ridicules de leur patrie ;
qu'une erreur en amenant communément une
foule d'autres à sa suite, la danse, à son tour,
s'est imaginée avoir le droit de réchauffer

aussi cette musique, qui, par ses doubles cro-
ches, prétendait réchauffer la poésie ; que,
de la sorte, la partie poétique est dans ce
spectacle rejetée au troisième rang, tandis que
c'est le poëme, au contraire, qui seul devrait
avoir le droit d'échauffer la musique, et la
musique d'échauffer la danse : car, si tous les
arts se flattent d'avoir une poésie, sans laquelle en effet ils seraient sans chaleur, ou
pour mieux dire sans laquelle ils ne seraient
rien, il est évident que, toutes les fois que la
poésie veut bien s'allier avec eux, elle doit
avoir le rang suprême, puisque la poésie particulière à chaque art n'est qu'un démem-
brement de la poésie générale. Cette manière
inverse, et si contraire à la saine logique,
avec laquelle tous les arts procèdent pour embellir ce spectacle; je dis tous les arts, car le
décorateur a bien la vanité sûrement de croire
aussi réchauffer quelque chose, et peut-être
même que si l'on consultait le tailleur, on lui
trouverait encore un soufflet dont il croit user
pour irriter le brasier : cette manière, dis-je,
ressemble assez à la cendre qui, se plaçant au
centre du foyer, repousserait les charbons aux
frontières de la cheminée, et se dirait le principe de la chaleur. Voilà cependant la fausse

direction que Boileau donna à une institution faite pour obtenir tant de gloire par le concert de tous les arts, s'il ne les eût déplacés par un vers brillant, berceau d'une pensée si fausse dans ses conséquences, si elle ne l'était pas déjà quand il la publia : car il est permis de douter que jamais la musique de Lulli ait pu réchauffer quelque chose; et ne pourrait-on pas lui dire comme Léontine à Eudoxe ?

Voyez que de malheurs pour n'avoir su vous taire !

L'opéra comique est à la comédie ce que l'opéra lyrique est à la tragédie, mais avec moins de noblesse, quant à l'origine : car, enfin, si le grand opéra, comme ils l'appellent, n'a ni les beautés ni les vertus de sa mère, du moins est-ce un fils légitime ; au lieu que l'opéra comique, malgré les tons qu'il affecte pour se donner un air de parenté avec Thalie, n'est, dans le fait, qu'un fils naturel et clandestin du grand opéra. S'il a été heureux comme tous les enfans de son espèce, il n'en faut pas conclure que ce soit un enfant de l'amour; c'est tout uniment un sapajou capricieux : tantôt il singe le rire que son surnom suppose, tantôt emprunte à son père des larmes et des

boucliers, dont il mouille et affuble grotesque-
ment la marote de Momus. Le grand opéra
s'est figuré que l'on pouvait supposer des personnages qui ne s'exprimeraient qu'en chantant : joie, plaisirs, tristesse, combats, tré-
pas même, tout se chante. Il n'est pas assurément d'invraisemblance ni de folie pareilles ;
mais enfin une folie lui a paru le *nec plus
ultrà* de ce qu'il pouvait se permettre. Son fils
a été plus loin : il a voulu que ses personnages
parlassent et chantassent tour à tour; et pour
mieux blesser le sens commun, au lieu de charger la parole d'exprimer la passion, et de ne
confier qu'au chant ce qui tient à l'agrément,
il a confié la passion au chant, et n'a réservé à
la parole que les phrases, toujours froides, dont
on use dans un poëme pour lier ces passions
entr'elles. Ainsi, par exemple, si un personnage
veut exprimer l'amour, la douleur, la colère,
la fureur, que sais-je, il arrive, à la faveur des
phrases parlées, à la situation où l'expression
de ces passions lui est nécessaire ; et le voilà
s'arrêtant tout à coup, et mettant une longue ri-
tournelle de l'orchestre entre le moment où la
nature lui indique le mouvement de la passion, et le moment où le caprice du musicien
lui permettra de la peindre. Quand j'assistai,

pour la première fois, à la représentation de l'un de ces opéra, je crus bonnement que c'était à cette insigne baroquerie qu'il devait son surnom de comique, et mon erreur était d'autant plus excusable, que dans cet opéra comique on se battit, on emprisonna, on incendia, on tua, et que je ne trouvais rien de bien comique à tous ces crimes.

Tu vois que le grand opéra et l'opéra comique sont une dégradation des deux beaux genres de la tragédie et de la comédie. Le drame, le vaudeville, la pantomime dialoguée sont aussi des enfans de cette même famille, mais des enfans plus déshérités encore par la raison. Le drame est un composé de scènes bourgeoises, ou d'aventures de romans : ses personnages sont toujours montés sur des échasses ; un bourgeois y parle comme un académicien, un valet comme un philosophe ; une cuisinière comme un docteur de Sorbonne. Ce sont des amis perfides, des filles séduites, des épouses adultères ; des pères ruinés, des rapts, des duels, des emprisonnemens : enfin que te dirai-je ? c'est l'intérieur assez ignoble de quelques familles de marguilliers, de courtauts de boutique, d'artisans, d'ouvriers, de mendians, où des crimes, qui, dieu merci, sont in-

connus à cette classe d'hommes, ont soi-di-
sant établi leur empire, et livrent bataille
à des vertus de haut parage qu'elle ne connaît pas davantage. Que de travail! diras-
tu. Point du tout : la même recette sert à tous;
c'est le patron du tailleur : on prend un roman
bien extraordinaire, on le surcharge d'inci-
dens, un enfant trouvé, une vierge abusée,
un proscrit réfugié, ou quelque autre personnage de cette espèce, voilà les pierres fonda-
mentales de l'édifice. On entoure tout cela de
fripons actifs, de femmes indiscrètes, de pay-
sans révoltés : on associe à ce vacarme l'écrou-
lement d'un pont, le débordement d'un fleuve,
l'incendie d'une maison, un orage, un naufrage, une forêt, des voleurs. Quand l'auteur
ne sait plus comment démêler tout cela, il a
heureusement en réserve quelque tombeau
dont il fait sortir un revenant; en sa qualité
de mort il sait le passé, le présent, l'avenir.
Les cinq actes se remplissent; et pour dénouer tout cela, n'a-t-on pas toujours quelque parent venu des îles, quelque grand seigneur dont les remords font un homme de
bien, ou quelque roi que l'on rencontre à la
chasse, ou quelque messager d'état arrivant
par la diligence ? Enfin la toile tombe, et tous

les badauds, en remettant le mouchoir dans
la poche, de s'écrier : *Mon dieu, que de
talens !*

Au reste, le drame ne fait grâce de rien;
tous les détails du ménage sont de son ressort; et c'est là le sublime : une servante allant à la cave, un valet soufflant une lanterne
pour aller se coucher, le déjeûner, le dîner,
le souper, le drap que l'on aune dans la boutique, la planche que l'on varlope, les chevaux qui retournent du labourage, le chat de
la vieille, le chien de la ferme, le son de la
cloche, la pipe de la sentinelle, tout cela tient
son rang. Riez si vous l'osez ; vous vous ferez
une belle affaire avec tous les Kotzebues français !

Et la pantomime dialoguée ! O mon cher
Giafar, la *belle chose !* La pantomime dialoguée, c'est le drame perfectionné : quel effort de génie ! Et, dans le fait, comment faire
pleurer, gémir, heurler des personnages pendant trois mortelles heures ? quels poumons
y tiendraient? Hé bien! la musique, voilà la
grande ressource. L'auteur est-il épuisé de
phrases, et l'acteur de forces, l'orchestre com-
plaisant accourt; et toute cette troupe qui, tout
à l'heure, criait à tue tête, ne-sait plus que

gesticuler, mais gesticuler à fendre l'ame : les bras deviennent l'organe unique de la parole, du sentiment, de la pensée : comme ils se démènent ! quelles *magnifiques* contorsions ! Dieu sait si le tombeau de Saint-Médar en vit de pareilles ! Et comme la pantomime est très-amie de Terpsicore, il arrive souvent que les jambes folâtrent quand les bras se désespèrent, et que, dans la musique, qui, pour se *rapprocher* de la nature, ne peut que gagner à une alliance semblable, les basses rient quand les dessus pleurent.

Au reste, ces pièces de toute espèce se jouent dans des salles plus ou moins belles, plus ou moins commodes, plus ou moins éclairées, et c'est surtout à cette dernière condition que l'on reconnaît l'espèce de classe qui fréquente telle salle. Le dédain que le riche a pour le pauvre se remarque jusque dans les lieux consacrés aux plaisirs ; on s'autorise pour cette différence sur ce que les uns sont plus chers que les autres. Ainsi, en supposant que les théâtres soient consacrés à la morale, cela prouve seulement que l'on a fait une marchandise de la morale, et qu'il y en a à tous prix. Si on la vend plus cher au riche, cela ne veut pas dire qu'il en consomme davantage; si on la vend moins cher au pauvre, cela ne prouve pas qu'il en ait moins besoin; mais par une suite de cette contradiction que l'on remarque assez généralement ici dans les principes les plus simples de la raison, il se fait que, dans les diverses qualités de morale que chaque soir on met à l'encan, la meilleure est constamment pour les hommes le mieux éduqués, et la plus mauvaise pour ceux qui ont eu le moins d'éducation, et ce devait être précisément le contraire. Ainsi, l'on suit pour les théâtres la même législation que pour les magasins de vins, où le nectar est pour le riche, et la piquette pour le pauvre; et l'on ne s'inquiète pas plus des maladies que l'ame du peuple contracte à cette manière de la désaltérer, que l'on ne s'inquiète de celles dont les méchans vins de cabaret font couler le germe dans ses veines.

Les décorations des théâtres où l'on représente ces pièces sont communément assez belles, et l'illusion est par fois assez complette. On assure que depuis cinquante ans l'art du décorateur, et la sévérité dans les costumes, ont fait un grand pas: il est vrai que les acteurs principaux mettent une grande importance à s'habiller conformément au tems et

aux lieux où se passèrent les actions qu'ils représentent; mais les acteurs en sous-ordre,
moins riches, sont obligés de se servir d'habits
de magasin : cela fait le contraste le plus bizarre. Les magasiniers ignares s'imaginent qu'il
suffit qu'un habit ait u. e forme antique. Ainsi
à côté d'un héros de Sparte s'avance gravement
un confident babylonien ; ainsi la garde d'un
roi d'Assyrie aura l'uniforme des licteurs con-
sulaires. Dans la comédie ces contrastes sont
à peu près les mêmes : la révolution politique
en a amenée une dans les costumes ; celui des
Français d'aujourd'hui ne ressemble en rien à
celui des Français d'autrefois. Hé bien ! au
théâtre un petit maître, par exemple, est-il
obligé, par son rôle, de paraître tour à tour en
négligé et en grande parure, vous le voyez
successivement mettre l'habit paré de l'ancienne cour, et l'habit négligé des élégans
d'aujourd'hui ; et, de la sorte, il fait franchir
à son costume, dans la même pièce, un intervalle de cinquante ans sans se douter de ce ridicule anachronisme. J'ai vu sur le premier
théâtre de Paris, dans une pièce de Molière,
les vieillards avec l'accoutrement des grimes
et la calotte du tems de Louis XIII ; leurs valets avec la casaque et la perruque ronde, qu'ils

7

portaient à l'origine du théâtre ; le premier
rôle avec l'habit brodé, la coiffure, la bourse,
le plumet et les talons rouges du siècle de
Louis XV ; les femmes dans la même parure
que celles qui, la veille, assistaient à Tivoli ;
le jeune premier en chapeau rond , en frac,
en bottes , et la tête à la Titus, comme les
jeunes gens du jour, et son valet avec la veste
et le pantalon de jokey. Ainsi , entre le père
grondeur et le fils dissipé , entre le valet qui
menait l'intrigue et le valet qui apportait une
lettre, il n'y avait qu'une petite distance de
deux cents ans ; et , si cela est assez singulier,
j'ai vu quelque chose de plus singulier encore,
c'est que personne ne s'en aperçut.

En décorations, les anachronismes ne sont
pas moins bouffons : j'ai vu jouer le Brutus
vainqueur des Tarquins dans un palais magnifique , tandis qu'à cette époque son col-
lègue Collatin inspira la défiance par une
bicoque un peu trop apparente ; j'ai vu Virgi-
nie au milieu d'une place publique entourée
d'arcs de triomphe, de temples de porphyre,
de palais corinthiens, tandis que , cinq cents
ans après , Auguste se vantait d'avoir trouvé
Rome de brique, et de la laisser de marbre ;
j'ai vu le superbe Agamemnon assassiné aux

pieds d'une colonne que Callimaque n'inventa
que six cent quarante ans plus tard ; j'ai
vu Bayard donner audience dans des case-
mates que l'on doit à Vauban ; et mille autres
disparates de cette espèce.

Et tout cela chez un peuple si jaloux des
convenances ! On est fâché qu'il les respecte
à tant d'égards, car lorsqu'il y manque, on
est alors forcé de l'attribuer à l'ignorance : et
l'ignorance, bien qu'elle soit couverte d'or,
qu'elle roule dans un char brillant, qu'elle
soit embaumée de parfums, qu'elle se cache
sous l'enveloppe des grâces et de la beauté,
qu'elle loge dans un palais, qu'elle ait une
table splendide, qu'elle marche entourée d'un
cortège nombreux, n'en est pas moins l'ignorance.

Le Parisien saura à merveille le nombre
de révérences qu'il doit faire en entrant dans
un appartement ; il jugera sans faillir quelle
place d'honneur l'on doit donner à table ; il
connaîtra les nuances de respect qu'il doit
mettre entre tel et tel magistrat ; il indiquera
l'heure où la décence lui permettra de se présenter dans telle ou telle maison ; il parcou-
rera avec une étonnante facilité tous les éche-
lons de la politesse avec ses amis, de la civi-

lité avec les indifférens, des égards avec les
personnages audessus et audessous de lui :
hé bien ! dans une représentation théâtrale
les acteurs, oubliant le caractère, le rang, les
dignités des personnages dont ils sont chargés,
transgresseront en sa présence ces règles de
de bienséance auxquelles il s'est soumis et dont
il connaît si parfaitement l'hiérarchie ! il le
verra avec indifférence ; que dis-je ? il ne
se doutera pas même de cet oubli. Le plus su-
balterne confident viendra parler sous le nez
à Sémiramis ; un affranchi causera côte à côte
avec Auguste ; Couci abordera Vendôme sans
le saluer, lui prendra sans façon la main, lui
frappera familièrement sur l'épaule, comme
je l'ai vu faire à un comédien nommé Au-
fresne ; une soubrette éclatera de rire en présence de sa maîtresse ; un valet se couvrira
devant son maître ; et le spectateur, qui, à la
porte du théâtre, a mis entre son laquais et
lui un si grand intervalle ; qui, dans l'escalier,
tout à l'heure, a cédé le pas à l'homme en
place ; qui dans sa loge se lève avec tant de
respect pour offrir son siège à sa maîtresse ;
qui n'est pas même très-certain si ce n'est pas
trop de popularité dans son épouse de souffrir
que sa femme de chambre soit aux quatrièmes

loges quand elle est aux premières, verra sans
sourciller l'acteur sur la scène secouer toutes
les convenances dont il est lui-même si religieux observateur. Il ne manquera pas d'avoir
un sifflet pour punir un vers qui péchera contre
le goût, et il n'en aura jamais un pour châtier
l'acteur qui pèche contre l'urbanité.

Un jour, m'a-t-on dit, leur fameux Préville jouait le Cliton du Menteur : ce Cliton
est le valet, et ce valet se permettait de
mettre son chapeau en parlant à Dorante.
Cela est de tradition, disent-ils : donc, parce
que le premier acteur qui aura joué le rôle
aura fait une sottise, la voilà consacrée, et tous
ses successeurs la répéteront. Un laquais s'é-
tait introduit, je ne sais comment, dans les
coulisses : ce laquais n'était pas obligé de connaître la comédie, encore moins l'autorité
des traditions : à la livrée il prit Préville pour
un de ses camarades ; il s'approcha de lui
quand il quitta la scène : Parbleu ! lui dit-il,
vous êtes bien heureux, vous ; vous servez
un bon diable.—Comment cela?—Eh! ne vous
ai-je pas vu tout à l'heure lui parler le chapeau
sur la tête? Si j'osais en faire autant avec M. le
comte, mes épaules s'en souviendraient. Ce
laquais n'était-il pas meilleur juge que le pu

blic? Depuis, m'a-t-on dit , Préville ne so couvrit plus. Mais Préville était un homme de bon sens; un acteur ordinaire eût ri de la bonhomie du laquais.

LETTRE X.

Le même au même.

Tu crois sans doute que dans l'empire du théâtre les auteurs sont au premier rang, les acteurs au second? cela serait ainsi si l'empire du théâtre était celui de la raison.

Si l'on peut vraiment taxer le Français de bouffonnerie, si l'on veut réellement le surprendre insultant de gaîté de cœur au bon sens, et se faisant un jeu d'être plus fou que les fous de Charenton, il faut examiner comme il raisonne sur le peuple comédien, il faut examiner comme il procède avec le peuple comédien, il faut examiner comme le peuple comédien, de son côté, raisonne et procède envers le public.

Le pays où peut-être la profession de comédien mériterait le plus d'être honorée devrait être la France; et la France est de tous les pays celui où cette profession est la plus méprisée. Les gens bien élevés traitent les comédiens d'histrions, le peuple les appelle baladins ou bateleurs. Les uns ni les autres ne savent ce qu'ils disent : histrions et bateleurs ne veulent pas plus dire comédien, que comédien ne veut dire évêque. Avant la révolution, l'état d'abjection dans lequel les comédiens étaient plongés était extrême : passionnés pour les plaisirs du théâtre, les Français avaient accumulé tous les genres d'infamie sur la tête de ceux qui leur procuraient ces plaisirs; la religion leur refusait la sépulture, les lois les notaient d'infamie, l'usage les bannissait de la société. Un noble qui se serait fait laquais se fût avili; un noble qui se fût fait comédien eût encouru la dégradation. L'église ne les admettait jamais à ce qu'elle appelle la communion des fidèles, elle refusait le baptême à leurs enfans, elle ne voulait point bénir leurs mariages, elle leur déniait l'eucharistie, l'absolution, l'extrême onction, toutes choses sacrées et secours spirituels, indispensables, selon les catholiques, pour être sauvés après la mort. Le plus grand seigneur et le plus mince bourgeois eussent plongé leur fils dans un cachot éternel s'il eût embrassé cette profession, et les exemples en furent fré-

quens. L'homme du peuple qui n'avait pas
cinquante louis à mettre à une lettre de cachet
pour faire périr lentement son fils dans une
prison s'il se faisait comédien, se contentait de
le maudire, de le déshériter, de le bannir
de sa présence, et eût préféré le savoir dernier goujat d'une armée, et pis que cela,
plutôt que de le voir sur le théâtre. Ainsi, par
une inconséquence indéfinissable, tandis que,
d'un côté, ils travaillaient avec une ardeur
vraiment digne de l'élévation de leur génie et
de la délicatesse de leur goût à épurer leurs
ouvrages dramatiques, et à en faire des monumens éternels de la sublimité de leur poésie, de l'harmonieuse élégance de leur langue,
de l'excellence et de la pureté de leur morale, de l'autre ils s'attachaient, avec une opiniâtreté sans égale, à faire de ceux qu'ils char-
geaient du soin de leur répéter chaque jour
ces chefs-d'œuvres, la classe la plus impure,
la plus grossière, la plus ignorante : à force
de rendre le métier de comédien abject aux
yeux de l'homme bien élevé, instruit et honnête, et d'abuser même de la religion pour
alarmer la conscience de l'homme vertueux sur
les conséquences de ce métier, il fallait bien
qu'il devînt le partage des hommes assez in-

différens à la honte, assez dépourvus de pudeur, assez étrangers à leur propre estime pour affronter le mépris universel : et où les trouver ? sinon parmi les êtres ou tellement séparés de la société par leur obscurité, ou tellement abandonnés de l'éducation, ou tellement corrompus par les vices, qu'ils en fussent venus à regarder, eux-mêmes assez en mépris, le mépris général pour franchir ce que l'on pouvait regarder comme le dernier degré de l'opprobre, puisqu'enfin le métier de comédien était censé le *nec plus ultrà* de la débauche.

Qui leur aurait dit : il faut, il est convenable que les chefs-d'œuvres de Bossuet, de Fénélon, de Massillon soient aujourd'hui prêchés dans vos temples par des hommes excommuniés par l'église, retranchés du nombre des citoyens par les lois, séparés des gens de bien par leur conduite licencieuse, ils eussent crié à l'impiété : et cependant où donc est la différence ? et la morale est-elle moins sacrée, la leçon a-t-elle moins de valeur pour sortir de la plume de Corneille, de Molière, de Racine, de Voltaire ?

Des philosophes ont cherché à expliquer l'origine de ce préjugé contre les comédiens: resque tous l'ont attribué à la conduite peu réglée de cette classe d'hommes; mais c'est prendre l'effet pour la cause. A qui la faute? N'est-ce pas à ceux qui fermèrent cette carrière à l'homme bien né, instruit et vertueux? Vous leur avez ravi la religion, la protection des lois, le besoin de la probité, la renommée même, qui récompense des vertus publiques et privées; vous avez voulu que l'homme, qui parmi vous jouirait de tous ces avantages, en fût déchu à l'heure même où il monterait sur le théâtre. Si les comédiens sont méprisables, ce n'est donc ni par le vice de l'état en lui-même, ni par les vices de ceux qui l'exercent; ils sont simplement méprisables parce que telle fut votre volonté. Vous leur avez interdit la vertu, et vous vous fatiguez à rechercher pourquoi vous les méprisez! mais votre recherche même est un excès de barbarie; votre injustice est tellement odieuse, et vous en apercevez si peu les conséquences, que, si, par hasard, un comédien, renfermé dans le cercle d'opprobres dont vous l'avez entouré, y conserve ces vertus dont vous vous montrez si fiers, s'il y reste bon père, bon époux; bon fils, bon ami, bon citoyen, il est cent fois plus grand que vous.

Où donc est le déshonneur?

LETTRE XI.

Le même au même.

J'AI reçu tes lettres. Ton étonnement redouble, me dis - tu, à la réception des miennes : tu ne conçois pas ce peuple extraordinaire ; je le crois : depuis deux ans, je le vois, je l'observe, je vis avec lui, et j'ai peine encore à le concevoir moi-même. Non, Giafar, rien de romanesque dans mes récits ; et cependant je ne t'ai peint, pour ainsi dire, que quelques individus, des familles, une ville, peut-être : que serait-ce donc si je t'offrais le tableau de la nation toute entière, de cette nation la plus grande, la plus héroïque, la plus généreuse, la plus guerrière, la plus magnanime que le globe ait portée? Eh ! comment, diras-tu, cette société d'hommes légers, frivoles, inconséquens peut-elle........ C'est un phénomène sans doute; mais ce phénomène existe. A considérer les Français in-

dividuellement, ils sont tels que je te les ai montrés; mais à ne les voir qu'en corps de nation,
rien ne les égale ni dans l'antiquité ni parmi
les peuples modernes : et ces vertus nationales
se perpétuent depuis quinze siècles sans lacune, sans altération, sans nuances mêmes.
Vainqueurs ou vaincus, conquérans ou conquis, soumis à des rois sages, ou courbés sous
des monarques despotes, éclairés ou ignorans, esclaves ou libres, quels que soient les
tems, les circonstances, les revers, les fortunes,
les régimes, du moment qu'il s'agit pour eux
de figurer comme nation sur le théâtre du
monde, la majesté, la grandeur, la loyauté,
la bravoure, la bonne foi, la franchise, le
désintéressement, la clémence, voilà la nation française! Ouvre son histoire, et juge :
les individus ont des torts, et la nation jamais. Il n'est point de peuple qui n'ait eu un
grand vice national : Rome, l'orgueil; Carthage, la perfidie; Sparte, la haine; Athènes,
l'inconstance; la Grèce entière, l'égoïsme;
l'Egypte, la crédulité; l'Assyrie, l'avarice;
la Perse, la bassesse : et tant d'autres. De là;
depuis six mille ans, les malheurs du monde.
Seule sur la terre, la nation française est
vierge encore : il est impossible de trouver un

âge où elle ait pesé sur l'humanité par un vice national. Que lui reprocher? les croisades? elles appartiennent à l'Europe : les calamités de Charles VI? elles appartiennent aux prin-ces : la ligue? elle appartient à des hommes: jamais la nation n'est là. Mais faut-il des ver-tus pour réparer, elle arrive, elle paraît, elle se montre : qu'elle est brave sous Charles Martel! Qu'elle est grande sous Charlemagne! qu'elle est dévouée sous les premiers Valois! qu'elle est généreuse sous Charles VII! qu'elle est patiente sous les fils de Médicis! qu'elle est noblement prodigue sous Louis XIV! Et toutes ces vertus qu'elle offre éparses sur chaque siècle, avec quelle puissance, quelle autorité, quelle énergie elle les rassemble toutes dans la guerre de sa révolution! Que de crimes dans quelques individus!... mais que de vertus dans toute la nation!!!

Tu me demandes quelles furent les causes de cette révolution : c'est bien là, vraiment, un autre phénomène! Combien de questions ai-je faites! Ils me répondent, mais nuls ne s'accordent; chacun a son texte. Elle a servi beaucoup d'intérêts, et elle en a brisé beau-coup. Comment veux-tu qu'ils s'entendent sur ces causes? chacun les détermine et

les explique suivant son affection. Comment
écriront-ils l'histoire de cette révolution? Je
l'ignore. Ils demandent un Tacite! mais quand
ils l'auraient.... Qui sur la terre eût osé donner
un démenti à Tacite sur ses Césars? Quel
homme eût pris la défense de Tibère, de Caligula, de Claude, de Néron? Tacite écrivait
sous la dictée de l'univers. Mais ici comment
écrire quand les uns veulent que tout soit
crime dans les résultats, et les autres que tout
soit vertu dans les principes; et que, sans cesse
en contradiction sur les causes et les effets, ils
verraient toujours dans l'histoire la plus impar-
tiale une part faite au mensonge, puisqu'enfin
ici l'on abuse des conséquences pour entacher
les principes, et que là l'on se retranche sur
les principes pour nier les conséquences?

Qu'ils sont loin, ou je me trompe, d'avoir
songé à la véritable cause de cette révolution!
Je t'ai déjà dit ailleurs un mot de ce que je
pensais à cet égard; c'est peut-être ici le lieu
de te développer cette idée.

De ces causes il en est une principale, il
en est de secondaires.

Ils cherchent le germe de cette révolution
près d'eux : ils se trompent, à mon avis; il est
dans le berceau de la monarchie.

Et prends garde que je dis dans le berceau, et non pas dans les principes de la monarchie; car cette révolution ayant eu pour objet la liberté civile, ce serait avancer qu'il ne peut y avoir de liberté civile dans une monarchie, et ce serait un paradoxe : il ne s'agit pas de déterminer ici sous quel régime cette liberté civile a le plus de garantie, mais simplement du fait.

Il peut y avoir esclavage sous une démocratie, sous une aristocratie, sous une monarchie : la véritable liberté dépend du maintien des lois. Est-ce le peuple qui les viole? il y a alors tyrannie dans le peuple; sont-ce les hommes qui gouvernent? Il y a despotisme. Se croire esclave parce qu'un seul gouverne, c'est se croire aveugle parce qu'il n'y a qu'un soleil. Si cela était, il n'y aurait donc pour les peuples d'autre condition que l'esclavage. De quelque manière que l'on s'y prenne, quel que soit le vernis que l'on emploie pour brillanter les théories, dès que l'on réduit en pratique un système de gouvernement quelconque, on a beau faire, c'est toujours un seul qui régit. Dans la démocratie, c'est le plus ingénieux; dans l'aristocratie, le plus riche; dans la monarchie, le plus visible. La passion peut bien dissimuler à l'homme cet ordre invariable de la nature; mais comment l'intervertir? Peu ou beaucoup de magistrats, qu'importe; l'avis d'un seul prévaut toujours: l'on n'échappe pas à cette puissance. Mais ce n'est pas là ce qui compromet la liberté; c'est l'excès, quelque part qu'il se trouve, soit dans le gouvernement, soit dans le peuple. Que j'obéisse à Cicéron, je suis libre; à Marius, je suis pire qu'esclave : tous deux pourtant commandaient au nom de la liberté.

Pourquoi cette révolution? Il faut le dire enfin : depuis quinze cents ans deux peuples bien distincts habitent la surface de la France; un peuple de vainqueurs, un peuple de vaincus : voilà la grande cause. La fusion, si j'ose m'exprimer ainsi, ne s'est jamais faite; l'époque actuelle est le premier instant où elle commence à s'opérer.

Les Francs arrivèrent dans les Gaules : ils s'en emparèrent, s'y établirent, s'y maintinrent, mais sans expulser les Gaulois. S'ils se sont mêlés par les alliances, la ligne paternelle est directe pour les Francs, car ce furent les Gaulois qui fournirent les femmes. Les Francs apportèrent leur âpreté, leur fierté, leur audace, leur inconstance, leur sauvage amour pour la domination, leur invincible penchant pour la licence. Les Gaulois conservèrent leur intrépidité, leur bravoure, leur urbanité, leur douceur, leur amour pour les arts. Ceux-ci devaient leur éclat à leur long attachement pour les Romains; ceux-là leur renommée à leur profonde haine pour eux. Ils étaient donc loin de s'entendre sur le caractère de la véritable grandeur. Premier germe de division.

L'autorité devint le partage des vainqueurs : cela devait être. Lois, gouvernement, emplois, charges, honneurs, tout émana des Francs : et quand l'histoire ne le dirait pas, la raison suffirait seule pour faire concevoir que ce n'est pas le vaincu que le vainqueur appelle à partager la puissance. Ainsi donc, généralement parlant, les Gaulois devinrent peuple, et les Francs privilégiés. Ils usèrent du droit de conquête dans toute sa plénitude : ils effacèrent l'antique nom des contrées qu'ils avaient subjuguées : on cessa de dire les Gaules; on dit la France. Les Gaulois relégués dans la classe du peuple, les noms celtiques disparaissent de l'histoire, qui n'écrit jamais que les actes des puissans, et les noms slaves y paraissent en foule; la langue se corrompt, les mœurs changent, l'ignorance arrive avec un peuple qui ne

sait pas lire : contraste dans les jouissances de
la vie entre un peuple qui n'estime que les
armes, et un peuple qui naguère s'honorait encore d'Ausone. Second germe de division, terrible toutefois ; car le joug le plus insupportable pour l'homme est celui qui le force à renoncer à ses goûts.

Un roi franc gouverne ; c'est Clovis : il partage son empire entre ses fils ; ce sont des
Francs qui se divisent les Gaules. Les grands
officiers de leur domesticité, les gouverneurs
de leurs provinces, les chefs de leurs armées
sont autant de Francs. Ce ne sont pas des Gaulois qui s'élèvent au rang de maires du palais ;
ce sont aussi des Francs. Ces maires, à la longue, renversent leurs maîtres, et forment la
seconde dynastie : cette seconde dynastie est
donc encore du sang franc. En sera-t-il de
même de la troisième ? Oui ; car les honneurs
accordés, à l'origine de la conquête, aux premiers Francs sont devenus héréditaires, et
Hugues Capet est un de ces seigneurs : Le nom
même le prouve ; il est franc. Puisque ces
changemens de dynasties ne plaçaient sur le
trône que des hommes du sang des vainqueurs,
ces espèces de révolutions ne changeaient rien
à l'abaissement des Gaulois : elles avaient leur

source dans cette jalousie assez ordinaire entre
des vainqueurs non encore policés, qui supportent impatiemment que l'un obtienne un
prix plus grand que l'autre dans un triomphe
commun. Qu'un soldat franc dispute un vase
à Clovis, ou qu'un grand seigneur franc dé-
trône sa race, c'est toujours le même esprit.
Ce fut encore de ce même esprit jaloux que naquit l'anarchie féodale : chaque acteur de la
conquête croyait avoir un droit égal à gouverner les conquis ; et par cette raison que les
premiers chefs avaient donné les grands emplois à leurs plus affidés, les descendans de
ceux-ci en concluaient que leurs ancêtres auraient pu tout aussi bien occuper le trône : et
ainsi, en se formant un état à part, ils croyaient
ne faire autre chose que recouvrer le droit de
régner, dont l'ambition et l'habileté d'un seul
avaient privé leurs aïeux. Cette ligne de dé-
marcation entre les conquérans et le peuple conquis; cette descendance non interrompue de
privilège pour les uns, et d'humiliation pour
les autres ; cette prétention à dominer, d'autant plus inquiète qu'elle n'a de titre que la
force, se retrouvent jusque dans les expressions proverbiales, sorte de monumens dont
le témoignage n'est pas à dédaigner, parce que

leur naissance se rattache toujours à des faits que
l'histoire tait ou déguise trop souvent. Depuis
Clovis jusqu'à la fin du dix-huitième siècle,
quelle fut constamment l'expression favorite
des monarques, des grands, des nobles, des magistrats dans les solemnités comme dans la vie
privée, dans les discours, dans les harangues,
dans les ordonnances, comme dans les conversations particulières et confidencielles? Nos
BRAVES ANCÊTRES LES FRANCS. Et ce qui est
bien digne de remarque, c'est que jamais, non,
jamais, le peuple n'en usait. NOS BRAVES ANCÊ-
TRES LES FRANCS ! Pourquoi donc jamais NOS
BRAVES ANCÊTRES LES GAULOIS? La raison
en est simple ; et c'est la nécessité d'entretenir
constamment dans l'esprit du peuple la terreur
première inspirée par le nom des vainqueurs.
Je veux que, depuis quelques siècles, on usât
de cette espèce de formule plus par habitude
que par sentiment ; mais qu'importe , c'est la
trace. NOS ANCÊTRES LES FRANCS ! On ne s'est
souvenu des Gaulois que depuis la révolution.
Charlemagne, dont l'ame avait de la grandeur,
et savait mesurer ce que valait le peuple, voulut ressusciter ce nom de Gaules : vain desir
dont on ne souffrit pas l'héritage à ses successeurs.

La noblesse fondait ses prétentions sur l'orgueil du sang : a-t-on bien examiné ce préjugé? un homme illustré par les exploits de ses pères ! Un semblable raisonnement aurait-il traversé les âges ? Lorsqu'une prétention paraît ridicule, et qu'elle existe, il faut, pour la juger, se dépouiller soi-même de tout préjugé; car enfin il n'y a point de prétention qui, dans son origine, n'ait eu un motif, si toute une classe d'hommes l'adopta. Un homme peut bien former une prétention bizarre, incivile, insensée, parce qu'un homme peut être fou; mais tout un corps, non pas. Examinez bien cet orgueil du sang; saisissez le fil, suivez-le, remontez le long du préjugé : où aboutit-il? à l'orgueil de la victoire. L'expression, l'interprétation se sont dénaturées; mais voilà le principe; et dès lors ce qui semblait ridicule, cesse de l'être, car la chose était fondée sur la raison des conquérans. Dira-t-on qu'elle était juste? Non pas en morale, mais en politique; comment atténuer la raison des vainqueurs? Respectez-moi, disaient les nobles. Pourquoi? Parce que nous descendons des Francs, qu'ayant été vos conquérans, ils eurent droit à vos hommages, et qu'héritiers de leurs conquêtes, nous avons hérité des privilèges qu'elle leur valut. Cela

sans doute est fondé sur le droit du plus fort :
on en gémit; mais l'absurdité de la prétention
disparaît; et c'est en cela que l'on doit bénir
les lumières, parce qu'elles servent à éclaircir
les préjugés, et qu'elles conduisent insensiblement les hommes à se dépouiller de prétentions nées d'une raison barbare. Mais, dira-
t-on, des plébéiens furent anoblis, et ils rai-
sonnaient ainsi : Ceux-là descendaient-ils des
Francs? Pourquoi pas? Le soldat franc était
plébéien aussi par le fait, du moment que
l'orgueil de la conquête avait fait disparaître
l'égalité reconnue dans les forêts de la Germanie. Mais je veux que ces plébéiens anoblis soient Gaulois; s'ils adoptent le langage
des Francs, qu'est-ce que cela prouve? sinon
la bassesse et l'ambition, toujours aptes à faire
cause commune avec les oppresseurs pour
avoir part aux dépouilles.

La religion catholique était dans les Gaules
antérieure à l'arrivée des Francs : ses ministres
avaient alors un beau rôle à jouer; peut-être
n'en mesurèrent-ils pas toute l'étendue. Ils n'é-
clairèrent point suffisamment les vainqueurs
sur ce qu'ils devaient aux vaincus : ils considé-
rèrent la circonstance plus sous le point de vue
politique que sous celui de la morale; ils cher-

chèrent un appui dans l'autorité nouvelle ; les honneurs qu'ils rendirent aux conquérans ne furent qu'aux dépens des consolations qu'ils devaient aux peuples subjugués ; et les principes de la charité chrétienne ployèrent un peu trop peut-être devant la nécessité ou l'ambition.

Ainsi, tout ce que l'homme est dans l'habitude de respecter, la religion, les lois, l'autorité, tout concourut à conserver une nuance bien distincte entre les Gaulois et les Francs. On trouve donc, dès l'origine, d'une part, des motifs d'orgueil et de présomption ; de l'autre, un levain de mécontentement et de ressentiment. C'est de la combinaison de ces agens que se forment à la longue les volcans politiques ; et tôt ou tard il faut que l'explosion se fasse.

Certains ont prétendu que le peuple avait plus de patriotisme que les grands : ils ont imputé la faiblesse de ce sentiment dans ceux-ci aux richesses, à l'égoïsme qui les suit, à la corruption dont elles sont la cause ; et dans celui-là ils ont fait honneur de sa conservation à la nécessité du travail, à la médiocrité de la fortune, aux occasions moins fréquentes du désordre, et au moindre nombre des besoins factices. N'y aurait-il pas un peu de sophisme dans cette définition? ne serait-il pas plus vrai de dire que le peuple, étant Gaulois, devait par nature chérir davantage la France que cette nation des Francs qui résidait toute entière dans les grands ou les nobles? Le peuple, toujours Gaulois, aimait dans la France la terre primordiale de ses ancêtres : les nobles, toujours Francs, ne l'aimaient que comme une patrie adoptive. C'est dans les forêts de la Germanie qu'ils avaient laissé les ossemens de leurs aïeux : ils étaient donc de fait déserteurs de la religion de la patrie. Fixés dans les Gaules, ils n'avaient, dans la jouissance de leur noblesse, de leurs biens, de leurs distinctions, de leurs honneurs qu'un patriotisme relatif, tandis que le peuple tout gaulois avait réellement le patriotisme de la terre où dormaient les cendres de ses pères. Il avait été subjugué sur leurs tombeaux, mais ne les avait pas quittés. Ainsi, la noblesse s'était créé une patrie de convention, si j'ose parler ainsi, tandis que cette patrie était réelle pour le peuple. Dès lors le patriotisme ne pouvait avoir le même caractère dans l'un et dans l'autre. Ainsi, dans la révolution, il fallut au peuple tout gaulois, pour retrouver le sol de la patrie primitive, déplacer cette patrie hypothétique dont l'avaient couvert les Francs ou pour mieux dire les nobles. De là cette lutte terrible dont les phénomènes ont été si nouveaux, si extraordinaires, si inouis, qu'ils ont déçu toutes les combinaisons politiques, toutes les probabilités permises, toutes les idées reçues. L'observateur ne s'est attaché qu'à l'examen des orages de la superficie, et, distrait par eux, n'a point entendu l'orage intérieur qui, depuis quinze cents ans, grondait dans les entrailles de l'état.

Voilà la grande cause, la cause première et principale de cette révolution. Mais, avant de t'exposer rapidement les causes secondaires, qu'une réflexion me soit permise ; c'est que, sortis de cette crise que la nature de ce grand fait historique rendait inévitable, le champ, dirai-je de la haine ? commence à se stériliser pour eux. Dans le fait, quels reproches les deux partis ou les deux peuples, pour ne pas sortir de mon système, peuvent-ils maintenant s'adresser ? Sans bien s'entendre sur l'espèce de leurs motifs, puisque le tems avait effacé les titres respectifs, amené la confusion des idées, et substitué les préjugés à la place des droits, il n'en est pas moins vrai que l'un

et l'autre agissaient par une impulsion naturelle : l'un revendiquait une patrie, l'autre
défendait une conquête. Pour connaître si,
dans ce grand débat, la justice a prononcé,
il faut se reporter au tems de l'arrivée des
Francs dans les Gaules : et si, depuis cette
époque, le système oppressif du droit de conquête s'est perpétué jusqu'à nos jours, dira-t-on
que la justice a dévié en remettant le peuple
conquis à son antique place? Dira-t-on qu'elle
fut rigoureuse en donnant une patrie à ceux
qui n'avaient qu'une conquête ? Dira-t-on
qu'elle fut barbare en remplaçant par une
adoption fraternelle une adoption arrachée
dans l'origine par la violence, cimentée par
le sang, et consolidée par un joug de quatorze
cents ans? A le bien prendre, les Gaulois de
1789 n'ont parlé qu'à la raison, et les Francs ne
doivent répondre que par l'équité. Déplaçons
en idée les évènemens : rejetons pour un moment les prétentions réciproques, qui se heurtèrent pendant la révolution, à l'époque où les
Francs pénétrèrent dans les Gaules; dépouil-
lons les uns des paradoxes que le long abus
d'une autorité usurpée faisait militer pour
eux, et les autres de l'effervescence, inévitable
suite de la perte d'une patience trop longtems

éprouvée; supposons-leur réciproquement les lumières dont ils sont doués aujourd'hui, et plaçons-les, à cette époque, dans la position où ils se trouvent maintenant, relativement aux uns et aux autres : que resterait-il à l'issue d'une semblable lutte? La franchise, la cordialité, l'hospitalité d'un côté; de l'autre, la loyauté, l'admiration et la gratitude. Parce que les uns supportèrent, et les autres abusèrent long-tems, sont-ce des raisons d'inimitié? Mais revenons.

Toutes les fois qu'un homme de génie régna sur les Français, il est à remarquer qu'il se rapprocha du peuple : c'est que la philosophie de la raison est inséparable du génie, et qu'elle embrasse la puissance des droits de tous avant de considérer les droits de la puissance d'un seul. Ainsi Charlemagne ressuscita pour un moment les assemblées nationales; ainsi Louis IX s'occupa de lois vraiment populaires; ainsi Philippe-le-Bel eut l'idée mère des états-généraux : mais ils élevaient le peuple sans rabaisser les grands. Dans un esprit tout opposé, les rois les plus signalés par leur despotisme tendaient fortement à l'abaissement des nobles, non par amour pour le peuple, mais par jalousie de puissance : ainsi Louis XI écrasa le

régime féodal; ainsi Louis XIII mit à profit
Richelieu pour comprimer les grands par
la terreur des échafauds; ainsi Louis XIV
acheva de les subjuguer en les amollissant par
le faste et les plaisirs de sa cour. Mais, quel
que soit le contraste de deux politiques si op-
posées, bien est-il vrai que l'effet en était le
même, puisque les uns, en se rapprochant du
peuple, conservaient en lui le souvenir du
rang qu'il doit occuper dans l'état, et que les
autres, en rabaissant les grands, enhardis-
saient le peuple à les envisager sous leur véritable point de vue. Ainsi les uns et les autres,
malgré l'extrême différence de leurs systèmes,
concouraient, bien à leur insu sans doute,
mais par la force même des choses, à souder
constamment cette chaîne de principes mo-
teurs de la révolution, qui se rattache au berceau de la monarchie.

Les lumières, disent-ils, préparèrent et
amenèrent la révolution. Fort bien : mais l'i-
gnorance aussi la prépara. Lorsque les grands,
illettrés au point de mettre de l'orgueil même à
ne pas savoir signer leur nom, ne trouvèrent
plus que le métier des armes digne d'estime,
ils dédaignèrent de s'abaisser à l'administration
judiciaire que jusque là ils avaient exercée :

les faibles connaissances du tems se trouvèrent de la sorte reléguées dans quelques
hommes de la classe du peuple, et ce fut
de ceux-ci dont se peuplèrent les tribunaux.
Les grands, non contens de mépriser l'instruction et le peuple, commirent encore la faute
d'envelopper dans ce double mépris les nouveaux organes des lois. Quelle conséquence
en tira le peuple, qui rarement apprécie les motifs ? Il ne vit dans le mépris des grands pour
les magistrats que le mépris pour la justice
elle-même, et son aversion pour eux s'en ac-
crut. Les rois, dont la fausse politique ne
voyait dans cette disposition des esprits qu'un
moyen de plus de miner cette puissance féodale, dont la leur se trouvait offusquée, en-
couragèrent cet ordre de choses, et ne s'aper-
çurent pas qu'ils ne créaient qu'un parti d'op-
position. Par cela même que les parlemens,
devenus sédentaires, se trouvèrent composés
d'hommes tirés de la classe longtems appelée
en France le *tiers-état*, ils se crurent appelés
à représenter le peuple ; et par cette prétention, chimérique en elle-même, puisqu'ils ne
tenaient pas leurs pouvoirs de la nation, ils
entretenaient néanmoins le peuple dans cette
idée, fondée, en justice, qu'il devait être re-

présenté... Or, où cette idée conduisait-elle
le peuple, si ce n'est à mesurer la puissance
royale, et à lui assigner des limites ? Dès lors
une balance s'établissait : une fois établie, il
était inévitable que chacun cherchât à la faire
pencher de son côté. De quels moyens useraient
les rois ? de la corruption ou de la tyrannie ;
et le peuple ? de l'insubordination et de l'in-
surrection. Lorsqu'un peuple quelconque en
est venu jusque là d'être convaincu que les
grands de l'état méprisent la justice, et se
croient au-dessus des lois, et qu'il est dans
l'autorité royale des points qu'on peut lui con-
tester, et qui se présentent par conséquent
comme contraires aux droits naturels, il faut
bien que tôt ou tard l'explosion arrive ; car
dès lors toute prétention dans les grands lui
paraîtra arbitraire, et toute volonté dans les
rois lui semblera usurpatrice. Ainsi, tout ce
qu'il voudra bien souffrir il le mettra sur le
compte d'une complaisante patience, et jamais sur celui d'une obéissance raisonnable ;
et quand il renoncera à cette patience, tout
emportement lui paraîtra justice, tous les excès
lui sembleront accélérer le retour de ses droits,
et la commotion sera terrible. Ce n'est donc
pas simplement aux lumières que l'on doit attribuer la révolution, mais encore à l'igno-

rance profonde à laquelle s'abandonnèrent les
grands.

A ces causes secondaires, il faut ajouter les
guerres civiles, la naissance de la religion ré-
formée, et la découverte du Nouveau Monde.

Que l'on dépouille la ligue du caractère exécrable qu'elle reçut du fanatisme religieux, et
de la sourde et politique ambition de la maison de Lorraine, dont la main, longtems invisible, en forgea et dirigea les ressorts, que
reste-t-il aux yeux de l'observateur philosophe ? un mouvement spontanée dans le
peuple vers la liberté : mouvement mal-adroit,
irréfléchi, insensé même, mais qui lui donna
la mesure de ses forces. Si l'on met la ligue en
parallèle avec certaines époques de la révolution, on verra que les moines, dans cette immense combustion, jouèrent le même rôle que
celui des hommes que, dans ces années dernières, on nommait en France *terroristes;*
que les Guise de 1589, et quelques grands
factieux de 1798 étaient la même chose;
que les *seize* de la ligue et les *comités ré-*
volutionnaires étaient guidés par le même
esprit; que la journée des *barricades* et le
trente-un mai sont parfaitement égaux; que
les malédictions lancées dans les chaires contre
Henri III, et celles de la *commune* contre

la convention sont mot à mot les mêmes. Mais si la ligue et la révolution ont tant de points de contact, et bien d'autres encore que je ne cite pas; si, dans l'une et l'autre époques, quelques factieux égarèrent le peuple au nom de la liberté, parce que les passions criminelles de certains individus se développent et se développeront constamment de la même manière dans ces grandes commotions, le dénouement de la ligue et de la révolution ont été bien différens, parce que les principes ne se sont pas ressemblés : tout étant crime dans les principes de la ligue, les principes concouraient avec les crimes des individus; dans la révolution, au contraire, tout étant libéral dans les principes, les principes ont fait résistance aux crimes des factieux. Ainsi, la ligue, par la nature de ses principes, ne pouvait avoir d'autre terme qu'un odieux esclavage, et il l'eût été avec tout autre que Henri IV; tandis que la révolution, par la nature des siens, ne pouvait avoir qu'un dénouement où le sort du peuple se fût amélioré, et où il eût acquis, non pas ce que des théories chimériques promettent toujours inconsidérément, mais au moins une liberté plus étendue, mieux raisonnée, et les avantages d'un régime où ses inté-

rêts et sa dignité fussent plus respectés. La
France reçut une grande leçon de la ligue. Cette
ligue terrassée, la révolution n'avait été qu'a-
journée. Par la fuite de Henri III le peuple
avait appris qu'il pouvait faire trembler les
rois; par la conduite des moines, que les intérêts de l'église n'étaient pas les siens; par les
caresses des Guise, que les instigateurs des in-
surrections aspirent presque tous à la tyrannie; enfin par la conduite de Henri IV, que
l'on n'est pas toujours certain de rencontrer
un monarque semblable à l'issue d'une grande
crise révolutionnaire. Ainsi, dans la dernière
révolution, le souvenir de la fuite timide de
Henri III, et de ce qui s'ensuivit, influa plus
qu'on ne pense sur le sort de la royauté; la
conduite des moines pendant la ligue sur la
suppression des couvens; l'expérience de ce
qu'avaient osé les Guise sur la catastrophe de
d'Orléans; ainsi du reste.

Mais si l'inévitable et mauvais succès de la
ligue, si les incalculables horreurs dont elle
avait été la cause et le prétexte avaient appris
aux Français à réfléchir, les nouvelles opinions religieuses avaient introduit dans la société un esprit d'examen, de discussion et d'a-

nalyse inconnu jusqu'alors. Les nombreux
écrits des protestans, presque tous forts de logique, dépouillés de la mysticité et des subti-
lités de l'école, s'adressant tout à la fois à la
raison, à la sagesse et à l'humanité, rédigés
d'ailleurs avec une clarté et une pureté de
style extraordinaires pour ce tems, et que l'on
ne retrouve guère depuis que dans ceux des
solitaires de Port-Royal, ces grands et véné-
rables philosophes du catholicisme; ces écrits,
dis-je, commençaient la révolution morale,
ils amenaient un scepticisme salutaire; non
pas un scepticisme qui dût conduire à l'incrédulité et à l'athéisme, comme la mauvaise foi
le prétendit et le prétend encore, mais bien à
l'incrédulité des erreurs accréditées par l'intérêt de quelques hommes. Cet intérêt alarmé
cria dès l'abord que c'était Dieu que l'on atta-
quait: la raison, exempte de passions, reconnut bientôt que l'on ne combattait que les
hommes qui voulaient faire de leur cause la
cause de Dieu; et loin que ce scepticisme ame-
nât l'athéisme, il fut le berceau de cette philosophie dont les défenseurs, en France et en
Europe, furent dans tous les tems, et aujour-
d'hui plus que jamais peut-être, plus reli-

gieux, plus confians à la divinité, plus soumis à ses lois éternelles et à sa providence que
leurs antagonistes, que ces anti-philosophes,
que l'on peut bien appeler les uniques, les véritables athées, puisque seuls ils se considèrent,
et que Dieu n'est pour eux qu'un prétexte.
Plus les écrits et les répliques se multiplièrent,
plus cette vérité devint palpable, plus l'on
discerna les motifs de l'appui que se prê-
taient les puissances spirituelles et tempo-
relles. La croyance s'épurait par ceux-là mêmes
que l'on accusait de vouloir anéantir toute
croyance : de nouvelles idées politiques et morales prenaient naissance ; des siècles de lumières se préparaient ; et l'obéissance aux au-
torités légitimes, plus noble, parce qu'elle
devenait plus libre, plus immédiate de la volonté éclairée de l'homme, prenait un caractère plus auguste et plus sacré.

Mais, tandis que les diverses épreuves de la
ligue mettaient dans la société la philosophie
de l'expérience, et que les progrès du protes-
tantisme répandaient dans les écrits la philosophie du raisonnement, la découverte du
Nouveau Monde, à ces leçons victorieuses,
en ajoutait d'autres non moins frappantes en-

core. Si tu lis avec quelque attention, Giafar,
l'histoire des différens peuples de l'Europe,
que j'ai fait transcrire en notre langue pour
te l'envoyer, tu jugeras de ce grand évènement : évènement formidable en effet que celui où deux mondes, se rencontrant tout
à coup, s'apportèrent en don l'un à l'autre,
pour premier gage de leur alliance, celui-
ci des bourreaux pour égorger, celui-là de
l'or pour empoisonner; et tentèrent en vain
de dérober aux yeux de l'humanité, sous
la pourpre épaisse de l'écharpe du commerce,
les pages odieuses de leur pacte écrit avec le
sang d'un monde et les larmes de l'autre. Le
fanatisme religieux, qui massacre pour convertir, trouvera des Séides : ainsi le veut l'exaltation humaine; mais le fanatisme religieux,
qui n'assassine que pour s'enrichir, ne rencontre que des juges implacables; et l'évènement l'a prouvé. L'éloquente indignation de
Démosthènes fut moins funeste à Philippe
que l'éloquente tolérance de Las Casas ne le fut
au catholicisme. Ô profondeur immense de la
sagesse de Dieu qui permit que dans tout un
siècle il ne se trouvât qu'un seul homme
assez hardi pour consoler le monde, afin de

prouver que, quand il le veut, le plus faible roseau lui suffit pour briser tous les colosses des religions de sang ! Mais la pitié compatissante fascine aussi de ses romans la flexible imagination des hommes. Le cœur français, plus aimant, plus prompt à s'enflammer, plus susceptible de s'attendrir, se plut à suivre en idée ce bon et immortel Las Casas parmi les nomades débris de ces nations mutilées par le fer castillan : il fut avec lui les chercher dans la sombre épaisseur des profondes forêts, sur l'immense étendue des savannes désertes, dans les vallées ombragées par les flancs des Andes sourcilleuses. Delà, tous les rêves flatteurs de la vie sauvage, tous les mensonges des douceurs de l'état de nature, toutes les théories chimériques de sociétés sans lois, d'égalité parfaite, de liberté sans régulateur; douces illusions dont se berce l'inexpérience, que l'innocence du cœur savoure, que la connaissance des hommes altère, que la réflexion affaiblit, que la raison dissipe. Mais ces fables ont une morale : elle seule demeure; et l'on reconnaît son ouvrage au sentiment de la dignité de notre être, à la naissance de toutes les pensées libérales, et à l'amour raisonné d'une liberté raisonnable.

Ainsi marchaient les esprits ; et le règne de leur Louis XIV était arrivé : règne étonnant ! règne de gloire ! éternel objet de l'admiration de tous les Français, et des regrets hypocrites des anti-philosophes ! Ceux-ci devraient bien plutôt le maudire : ce siècle qu'ils feignent de tant aimer, qu'ils exaltent tant, pour persuader aux gens simples que tout est grand partout où la philosophie ne pénètre pas, ce siècle est pourtant celui dont l'influence accéléra le plus la plénitude et le triomphe de cette philosophie. Dans une république vieillie, c'est à dire dans un état où le noble amour de la patrie s'est attiédi, où les sentimens généreux qu'inspirèrent longtems les vrais principes républicains commencent à s'effacer ; (et quand je dis principes, ne froncez pas le sourcil, crédule citadin ! femme dédaigneuse et irréfléchie ! petit potentat de comptoir et de magasin sans instruction et sans lumières ! jeune homme frivole, insensé, sans expérience, sans lecture et sans acquit ! vous tous à qui des scélérats gorgés de sang et de rapine firent croire si facilement qu'ils étaient républicains ! vous tous qui prîtes pour le régime de la liberté tout ce que maudissent,

tout ce qu'abhorrent, tout ce qu'exécrent les
amis de la liberté ! vous tous qui , au bout de
deux lustres d'attentats et de forfaits, ne devez le repos dont vous commencez à jouir qu'à
ces principes républicains qui, sous un gouvernement vigoureux , se dégagent enfin des
ténèbres dont tant de monstres les couvri-
rent ! vous tous qui , toujours dupes des scélérats comme des imposteurs, n'ouvrez aujourd'hui une oreille complaisante qu'à quelques misérables saltimbanques, éternels dé-
tracteurs de cette république dont les bienfaits réparent vos malheurs , et de cette philosophie sans laquelle vous n'auriez ni cette religion dont la morale vous console, ni cette
paix dont la présence vous rassure, ni ces lois
dont la puissance vous conserve cette liberté
dont le nom seul excite vos ridicules dédains,
quand vous usez souvent de ses droits avec
tant d'insolence , ni cette tolérance politique
et religieuse qui chaque jour vous pardonne
ou votre ingratitude anti-civique, ou votre tar-
tufe impiété.) dans une république vieillie,
dis-je, si l'enthousiasme pour les arts se ma-
nifeste, frémissez ; car alors l'enthousiasme
pour les vertus se sera dissipé, et ce sera un

aliment nouveau que rechercheront les cœurs
vides d'énergie ; et de là peut-être ne sera-t-il
plus qu'un pas à l'esclavage : mais, au contraire,
si l'esclavage est antique, le réveil spontanée
de tous les talens est le symptôme d'une exaltation prochaine. Sous Louis XIV, éloquence,
poésie, histoire, peinture, sculpture, architecture, sciences abstraites, exactes, politiques, morales, tout naquit à la fois, et tout
naquit sublime ; mais tout fut consacré à un
seul homme. Toutefois c'est en vain qu'il est
roi ; un pareil élan est une commotion : vainement le nierait-on ; la masse de la société est jalouse : chaque membre de cette société tentera
de déverser sourdement sur la patrie ce que
l'adulation ne rapporte qu'à un seul homme,
parce qu'alors chacun se croira une part à
l'éclat d'une semblable époque. Cette impulsion vers le patriotisme n'est pas généreuse
peut-être ; mais n'est-ce donc rien que la logique de l'orgueil inné dans tous hommes ?

Mais que les Français réfléchissent ; cette
soudaine apparition de tous les genres de talens empêcha-t-elle, sous Louis XIV, que les
guerres les plus sanglantes et les plus injustes
souvent ne fussent entreprises ? Empêcha-

elle que les laboureurs ne se vissent arrachés à
la charrue, les ouvriers aux manufactures,
les commerçans à leurs comptoirs, les enfans
à leurs familles? Empêcha-t-elle que les im-
pôts ne s'élevassent dans une effrayante pro-
gression, que le fanatisme ne continuât ses
ravages, que trois cent mille protestans ne
portassent leur industrie chez l'étranger, que
l'hypocrisie ne s'érigeât en système? Empêcha-t-elle qu'un roi triomphateur ne fût humilié par toute l'Europe, ne flétrît ses lau-
riers par des ressentimens puériles, n'avilît
sa justice par des édits de sang, ne désho-
norât sa vieillesse par un hymen inconvenant?
Empêcha-t-elle que la plainte ne fût imputée à
crime, que le murmure passât pour rebellion,
que le despotisme devînt l'unique raison d'état,
et que la misère ne fût le partage de tous?
Siècle de Louis XIV! siècle des arts! eh!
qui jamais sépara de l'idée de la splendeur
des arts l'idée de la prospérité publique!
S'ils mentirent à ce résultat, leur direction
fut donc fausse ; et elle le fut, car ils doivent
tourner à la prospérité de l'état, et non à illustrer un homme. Et qu'objecter aux philosophes qui diraient : Vous voyez le peu de

bien qu'ils ont fait alors à la France; voyez celui qu'ils auraient pu faire? Et ces philosophes l'ont dit : et où est le crime de l'avoir dit? et où est le crime de l'avoir écouté? Ennemis de la philosophie, vous voulez de la grandeur sans elle, de la prospérité sans elle, un peuple heureux sans elle : vous aviez si beau jeu! que ne teniez-vous vos promesses alors? Est-ce sa faute si ce règne de Louis XIV vous a donné un si cruel démenti? Que ne donniez-vous de la philosophie à ce règne, vous n'auriez pas eu de révolution.

Mais vois, Giafar, l'horrible dénouement d'un siècle de gloire sans philosophie! vois la France sous le régent! quel ramas de bassesses, d'opprobres, de vices de tous les genres! Que reste-t-il de l'éloquence de Bossuet, de la morale de Fénélon, de la majesté du théâtre, de la langue de Boileau? L'indifférence pour toutes les productions du génie; l'amour des épigrammes et des jeux de mots; le libertinage de l'esprit, à peine comparable au libertinage physique; Voltaire à la Bastille, Massillon sans auditeurs, et Saint-Simon sans crédit. A la longue bigoterie succède l'impiété la plus dégoûtante; à l'extrême misère, la cu-

pidité la plus crédule et la plus sordide; à
l'apparente grandeur des plans, l'inconséquence la plus mesquine; à l'orgueil exagéré
des rangs, la confusion de tous les ordres; au
rigorisme le plus affecté, la débauche la plus
effrénée: tous les liens sont détendus, toutes
les convenances violées, toutes les décences
bannies, toutes les fortunes déplacées. Hé
bien! où est-il ce siècle de Louis XIV? Il ne
s'est passé qu'un jour, et tout est écroulé,
tout est disparu. Quelle main en recueillera
les débris? Ne calomniez donc pas la philosophie qui les réunit en silence : loin de l'accuser, bénissez-la au contraire d'avoir, en jugeant
ces débris, reconnu dans ce qu'une nation
osa pour un seul homme ce qu'elle pouvait
oser pour elle-même.

Et c'est ce qu'elle a fait cette philosophie pendant le règne de Louis XV! La nation française se dégagea par degrés du joug honteux
de tous les vices que, peut-être, par politique,
le régent lui avait imposé. La licence, inévitable suite de la joie que lui inspira le jour
où la mort la débarrassa du sceptre de fer de
Louis XIV, disparut à la longue. La journée
de Fontenoy rendit les Français à la gloire mi-

litaire, leur gloire de prédilection. Les grands
écrivains reparurent, mais avec des couleurs
différentes : écrire pour un roi ou pour les
hommes la nuance ne peut être la même. La
guerre contre les préjugés commença : on les
poursuivit au théâtre, au barreau, dans les
cercles, dans le silence du cabinet; le ridicule, si puissant en France, les livra à la ri-
sée publique, et les yeux se dessillèrent. La
lumière pénétra dans tous les états; elle éclaira
le clergé sur la dépendance où le tenait la pré-
lature; les simples nobles sur les prétentions
exagérées des grands seigneurs; la bourgeoisie sur l'abaissement où l'avaient réduite les
ordres privilégiés; et le peuple sur la nullité à
laquelle on l'avait condamné : et la révolution arriva. Elle était inévitable; tu viens de
le voir. Mais cette révolution se fit par explosion, et malheureusement on ne pouvait éviter
qu'elle se fît ainsi : il eût fallu pour cela prévoir
que ceux dont les intérêts seraient diamétra-
lement opposés à toute révolution pacifique ac-
céléreraient de tout leur pouvoir cette grande
commotion; afin de la rendre si terrible, si
funeste, si épouvantable, qu'ils pussent pro-
fiter de l'effroi général pour dire à la masse,

toujours facile à décevoir : Vous voyez où ces
hommes, que vous croyiez si sages, vous ont
conduits. Machiavélisme inconcevable, mais
qui n'en a pas moins existé. Il eût fallu faire
la révolution pour le peuple, mais sans le
peuple : le rendre le grand agent révolutionnaire, c'était le livrer à ses ennemis. Comment
une réflexion aussi simple ne frappa-t-elle point
alors tant de bons esprits ? comment ne son-
gèrent-ils pas qu'un peuple soulevé n'a plus
d'oreille pour la sagesse, et que, dans ces jours
de tourmente, celui qu'il croira le plus sera
celui qui le servira le moins ? Ah ! mon cher
Giafar, faire insurger le peuple pour conqué-
rir sa liberté, c'est donner bien beau jeu aux
oppresseurs de la liberté même ! La philosophie ne procède pas ainsi. Et ceux qui se plaignent de la révolution accusent la philosophie ! Il est difficile d'être plus aveugle ou de
plus mauvaise foi : accuser la philosophie de
ce qui paralysa la philosophie ! quelle pitié !
Résumé général : la révolution eut son principe dans la conquête des Gaules par les
Francs ; sa nécessité était dans les élémens de
la société, divisée en vainqueurs et en vaincus. La philosophie en développa le germe ;

mais qui l'exécuta? Ce fut bien moins le
génie que les caractères : de là bien des
maux; mais que de leçons pour les nations
futures !

LETTRE XII.

Le même au même.

ENCORE un mot, Giafar. Les intérêts de l'état et les intérêts de quelques particuliers sont deux choses bien distinctes. Soit ignorance, soit égoïsme, il est des hommes qui s'imaginent que l'état est compromis dès que leurs intérêts individuels sont froissés : au lieu de se voir dans l'état, ils voient au contraire tout l'état en eux. D'autres, plus sensés, plus désintéressés, savent à merveille que la prospérité d'un empire ne se calcule pas sur l'intérêt d'un individu. De là beaucoup maudirent, beaucoup bénirent la révolution. De quel côté était l'erreur? Voyons ce qu'est aujourd'hui la France.

Après un bouleversement général, après le choc de toutes les passions connues et peut-être même inconnues, après huit ans d'une guerre intérieure et extérieure, la plus sanglante de celles dont les fastes du monde aient conservé le souvenir, après vingt secousses intestines, dont la moindre eût suffi pour effacer d'autres empires, la nation française se retrouve plus puissante qu'elle ne le fut jamais; ses limites sont reculées, son territoire s'est accru, ses alliés se sont multipliés, son influence sur le monde est devenue colossale. Quelles causes l'élevèrent à ce point de splendeur? Ce ne furent ni ses finances; à peine commencent-elles à se rétablir : ni les productions de son sol; il demeura presque sans culture : ni son commerce; il resta dix ans sans vigueur : ni son industrie; la guerre dépeupla les ateliers : ni sa politique; longtems tous les liens de la diplomatie furent rompus : ni même, il faut le dire, ses diverses législatures; mélange inoui de sublimité et de faiblesse, elles firent de grandes choses et de grandes fautes : et cependant elle se voit aujourd'hui dans une situation telle que son orgueil jadis n'eût pu raisonnablement ni le prévoir ni l'espérer. Où donc trouver les causes de ce phénomène? Dans ses principes, dans sa bravoure, dans son caractère national, et

dans l'homme extraordinaire dont le génie a
su régulariser les premiers, diriger la seconde,
et connaître le troisième.

Régulariser les premiers! Oui, sans doute:
il ne faut pas se dissimuler qu'à l'origine de la
révolution le peuple, dont l'esprit est droit,
mais dont la conduite est toujours sans logique, fut frappé de la libéralité des principes, mais en fit la plus fausse application.
On lui parla d'un meilleur avenir, et il prit
l'espoir d'en jouir pour la jouissance elle-
même: on lui parla de rentrer dans ses droits,
et il fit précéder la conquête par l'enthousiasme de la victoire: de liberté, et il se crut
libre, parce qu'il agitait avec fracas les chaînes
de la licence: de fraternité, et il s'abandonna
à toute l'effusion de la confiance fraternelle
avant d'avoir éteint le flambeau des haines de
famille: d'abus, et il prit pour leur destruc-
tion la nécessité de les détruire. Il attacha la
sagesse des lois, non à leur esprit, mais à leur
nouveauté: il prit l'égalité pour le droit de
n'avoir point d'égaux; il accueillit avec délire
une constitution, comme un jeune homme
prend une maîtresse qu'il adore un jour,
qu'il oublie le lendemain. Jouet irréfléchi de
toutes les illusions, il répondit de la sorte à

l'appel de tous les imposteurs, et se plongea
dans un état d'ivresse tel, qu'il ravit à la philosophie l'autorité de lui dire: *Vous vous éga-
rez*, et donna à ses ennemis la faculté de lui
répéter sans cesse : *Vous n'allez pas assez
loin*. En un mot, dès que le peuple fut souve-
rain, il fut roi : sourd à la vérité; tout oreille
pour la flatterie.

Tel fut le berceau de ses malheurs. Mais à
côté se trouve également le berceau de sa
grandeur : une fausse application de principes
ne détruit pas la vérité de ces mêmes principes. La liberté civile et privée, un meilleur ordre de choses, un gouvernement plus
paternel, une jouissance paisible de la pensée
et de la propriété, tels étaient les articles du
pacte que le peuple avait fait avec la révolution. Il pouvait bien se fourvoyer dans la
marche à suivre pour arriver à ces avantages ;
mais, en se trompant de route, il n'était pas
si facile de le distraire du but de son voyage;
et au milieu de ses nombreux égaremens, il y
rattachait toutes ses pensées : de là, son étonnante patience pendant ses longues infortunes,
son inépuisable générosité dans les sacrifices
de tout genre, son héroïsme inouï dans les
camps, et en même tems cette inconcevable

confiance aux promesses fallacieuses de toutes les factions, cet incroyable mélange d'effervescence licencieuse et de soumission aveugle dans l'intérieur : de là, enfin, ce spectacle vraiment extraordinaire d'un peuple docile, de fait, à la voix de tant de partis opposés qui ne méditaient que son esclavage et sa ruine, et néanmoins marchant avec constance, avec fermeté, avec opiniâtreté vers l'objet qu'il voulait atteindre, et déconcertant sans cesse ses ennemis, par cela même qu'ils en faisaient l'instrument de leurs projets. Ainsi le résultat des évènemens a tout classé dans l'ordre convenable : la honte des crimes retombe sur ceux qu'une ambition désordonnée rendit coupables, et l'honneur des vertus retourne à la masse de la nation française, dont la pureté de l'intention est justifiée par sa situation présente.

A force de les interroger sur les motifs des agitations auxquelles ils ont été en proie depuis douze ans, j'ai cru remarquer que de tous les monstres enfantés par les factions, le plus cruel, le plus indomptable, celui de tous enfin qui prolongea le plus les tourmentes révolutionnaires, fut la calomnie : on eût dit qu'un malin et invisible démon s'était plu à en réaliser la peinture qu'un de leurs poëtes,

Beaumarchais, en avait faite. Dès l'aurore de
la révolution on calomnia le peuple auprès
du gouvernement, celui-ci auprès du peuple,
l'un et l'autre auprès des états-généraux, et les
états-généraux auprès de tous les deux. Ce fut
à la calomnie que l'on dut l'appareil hostile
de la cour, et les premiers excès dans les
provinces sur les châteaux et les propriétés.
La calomnie détermina les mouvemens des
5 et 6 octobre, présida au jugement des
hommes de ces journées, empoisonna la démarche du roi auprès de la capitale, déna-
tura la conduite du maire de Paris, et leur
prépara le même sort à tous deux. La calomnie suscita l'émigration, et pressa la promul-
gation des lois contre les émigrés. On calomnia la nation française auprès des puissances
étrangères, et celles-ci auprès de la nation
française, et la guerre s'ensuivit. La calomnie
arma la convention contre la convention ; elle
dicta les proscriptions du 31 mai ; elle dressa
les échafauds avant le 9 thermidor; après le
9 thermidor elle aiguisa les poignards. Ce fut
elle qui mit les partis en présence au 13 ven-
démiaire; elle sépara bientôt le directoire
des deux conseils; elle entretint cette lutte funeste dont la chûte de l'un et des autres

devait être le dénouement. Combien ne cher-
cha-t-elle pas encore à exercer sa puissance le
18 brumaire! et si, depuis, elle fut plus me-
surée dans sa perfidie, il ne faut pas la croire
étouffée pour cela. Et combien de dignes amis
de la patrie et du gouvernement ne se plaît-
elle pas peut-être à tenir éloignés des emplois!
et combien n'en a-t-elle pas dépouillé du prix
de leurs services! Enfin, depuis douze ans, la
calomnie en France a fasciné toutes les imagi-
nations, confondu toutes les idées, égaré tous
les vœux, dénaturé toutes les actions : on
dirait que l'enfer la plaça à côté de la révolution pour la présenter aux divers caractères
sous des masques divers, toujours préparés par
sa malice; aux gens de bien, sous le masque de
l'ingratitude; aux timides, sous celui de la terreur; aux méchans, sous celui de la fortune.
Elle s'est toujours placée entre la révolution et
les hommes, pour les empêcher de s'entendre.
Et en un mot, pour dernier chef-d'œuvre de
son exécrable puissance, la calomnie est presque
parvenue à rendre la révolution responsable
de tous les maux qu'elle a faits à la révolution.

D'après ce rapide aperçu, il t'est loisible
de concevoir, Giafar, que, malgré l'excellence
des principes, de la bravoure et du caractère,

tant que les factions, se heurtant et se terras-
sant tour à tour, tenaient à leur solde cette
calomnie, il était impossible que la volonté nationale ne fût pas sans cesse égarée, et que la
liberté, prétexte constant de tant d'excès, ne
restât toujours inconnue au peuple, soit qu'elle
fût ou cherchée, ou attaquée, ou défendue,
soit qu'elle fût ou comprimée, ou vengée, puisque, suivant la politique commune à toutes les
factions, tandis que chacune d'elles feignait de
professer un dévouement profond pour la liberté de tous, elles n'agissaient de fait que
pour la liberté de quelques-uns; et quelle espèce de liberté! la liberté de dominer. Si les rois
s'armaient pour relever le trône, ils n'avaient
eu vue, à les entendre, que la liberté de la
France. Si les émigrés allaient grossir les batail-
lons ennemis, c'était, dans leur opinion, pour
reconquérir la liberté au peuple. Si la démago-
gie brisait tous les liens de la subordination,
de la morale et des devoirs civils, c'était, à l'en
croire, pour donner à la liberté toute sa lati-
tude. Si la démocratie étendait tour à tour à tous
la puissance, c'était pour affermir la liberté
par la rapidité même du passage de l'autorité
entre toutes les mains. Si l'aristocratie voulait

la réunir, cette autorité, sur la tête de quelques-
uns, c'était pour que la liberté générale fût
assurée à l'ombre d'une protection tutélaire et
paternelle. Ainsi, lorsque tant de partis, mus
par des intérêts si contraires, s'accordaient
cependant en ce point de ne parler qu'au nom
de la liberté, comment l'intention nationale
n'eût-elle pas toujours flotté incertaine sur le
choix de tant de régimes, constamment pré-
sentés, par leurs affidés, sous l'appât de la liberté ? et comment se serait-elle formé une
idée claire et précise de la véritable nature
d'une liberté juste et raisonnable, quand
elle entendait chaque faction décrier avec
acharnement la liberté prêchée par ses antagonistes, à peu près comme les charlatans mé-
disent des secrets ou des remèdes de leurs
rivaux ?

L'intention nationale ne pouvait donc
prendre une sorte de rectitude qu'à l'instant
où les factions, réduites au silence, cesseraient
de la tourmenter par le contraste perpétuel de
leurs théories chimériques et de leurs promesses toujours brillantes, et jamais gardées ;
qu'à l'époque où la paix la délivrerait des manœuvres sourdes de l'étranger, constamment
corruptrices de l'esprit public, et de la lassi-

tude de la guerre, dont l'effet le plus funeste,
sans doute, est de faire embrasser presque
toujours aux peuples le parti qui leur convient le moins. On ne peut se le dissimuler ;
le 18 brumaire a fait naître cet heureux instant : le bien s'est opéré, parce que, pour la
première fois depuis la révolution, la pureté
de l'intention nationale s'est trouvée d'accord
avec l'intention de la puissance gouvernante ;
que, pour la première fois, le génie d'une nation extraordinaire s'est trouvé, si j'ose parler
ainsi, en harmonie avec le génie d'un homme
extraordinaire ; et que, par l'heureux accord
de la grandeur et de la confiance d'un côté,
de la grandeur et de la loyauté de l'autre,
marchant de concert vers un bien-être dépouillé de tout esprit de système, tout a été
succès par les efforts communs, tout a été
grand dans les résultats généraux.

LETTRE XIII.

Le même au même.

Le Français est, ce me semble, familier avec la mort. Il l'affronte dans les combats, il la brave pour la patrie, pour conserver sa maîtresse, pour sauver son semblable : c'est vertu. Il la donne ou la reçoit pour une injure : c'est préjugé. Enfin il n'est point ému par le spectacle des funérailles : c'est vice des usages. Que le berceau et le cercueil se croisent à la porte des temples, que sous les mêmes voûtes fument les torches jaunâtres des catafalques, et resplendissent les flambeaux parfumés du dieu de l'hyménée, qu'importe au Français ; ces rapprochemens lui échappent : nul étonnement, nulle réflexion, nul retour sur lui-même : fiacres, diligences, rouliers, carrosses superbes, tombereaux dégoûtans,

chars d'amour, chars funéraires, files de soldats, files de deuil, troupeaux de bœufs,
troupeaux de moutons, troupeaux d'hommes;
tout cela va, vient, se rencontre, s'embar-
rasse, se pousse, se querelle, s'accroche, se
démêle, se sépare.

Quels sont ici les derniers adieux aux
morts? Sont-ce les obsèques du riche? l'épigramme; celles du pauvre? l'indifférence: et
de philosophie pas un mot.

Pourquoi? c'est que l'étiquette a éteint le
sentiment. On fait part de son mariage, de la
naissance de ses enfans, de la mort de ses
pères à ses parens, à ses amis, à ses connaissances, à ceux mêmes que l'on connaît à
peine. Que de nuances dans les regrets ou la
satisfaction de ces personnes diverses! Hé
bien! il n'en est point dans l'annonce de l'é-
vènement; la formule est la même envers l'ami
le plus cher et envers l'homme avec qui les
liaisons sont le plus éloignées. Le sentiment
créa l'usage, la vaine gloire le prodigua: qu'est-
il arrivé? c'est que le cœur en étant venu à
n'entrer pour rien dans la politesse que l'on
fait, le cœur n'entre pour rien dans la politesse
que l'on rend; que le cordial avertissement
de leur bonheur ou de leurs chagrins n'est

devenu qu'un devoir de société ; que l'on a
cessé de s'embarrasser comment et envers qui
on le remplit, pourvu qu'il soit rempli ; que le
devoir n'a été reconnu que par le devoir ;
que la formule étant la même pour l'ami et
l'indifférent, l'indifférent et l'ami apportent
même visage dans l'expression de leur sensibilité à l'évènement dont on leur fait part :
ainsi, par exemple, l'on assiste à un enterrement comme on rend une visite de cérémonie. Ne crois pas que, quand on est riche, on
descende même à la peine d'instruire soi-
même ses connaissances des faveurs de l'hymen ou des injures de la mort ; c'est l'affaire
d'un imprimeur de proclamer votre joie ou
vos peines ; c'est aux valets à lui fournir la
liste des amis de leur maître. Bal ou convoi ,
même chose ; jeux ou larmes, grimace ; faste,
objet unique. Ce n'est ni pour gémir ni pour
s'amuser qu'on rassemble ses amis : le point
important n'est pas d'intéresser beaucoup
d'amis , mais d'en montrer beaucoup. Dans
une fête on fait parade du nombre de ses
connaissances comme on fait parade de ses
meubles ; dans les funérailles on fait étalage
d'amis comme de tentures : dans l'une on ne
veut que peupler ses vastes salons, comme

dans les autres les carrosses. Vois alors quelle glaciale indifférence dans ce long cortège ! quelle impassible froideur dans les lugubres psalmodies de ces prêtres ! la routine seule invoque les miséricordes de Dieu. Voyez-les, ces prêtres ! ils dépensent les prières comme l'oisif dépense le tems : et ces funéraires subalternes ! les voyez-vous soupeser ce cercueil ? est-il en équilibre avec le salaire ? La pompe marche, toutefois : n'y cherche point les regrets touchans, l'amitié désolée, les prières timides ; la gravité n'est que dans l'ordonnance, la mélancolie que dans les couleurs, le deuil que dans les draperies. La vanité, l'intérêt et l'orgueil, voilà les appariteurs : et tout est passion à la suite d'un mort qu'à l'instant même Dieu juge peut-être sur l'abus des passions. Mort solitaire au milieu de tant de peuple ! mort infortuné ! n'avais-tu donc pas un chien ? qu'on le laisse approcher du moins : qu'il soit un être dans la nature qui gémisse à tes obsèques.

Un jour j'assistai, ô Giafar ! à l'une de ces pompeuses funérailles. En sortant du temple, le maître des cérémonies me plaça dans l'une de ces voitures de suite, moi troisième : je n'oublierai jamais la conversation de mes deux

compagnons. ;— Ah! bonjour, Dermance :
tu es ici? — Je t'ai salué : j'étais loin ; tu
ne m'as point aperçu.—Vrai? tu me charmes !
Je mourais de peur d'y voir. — Quoi ! ta vue..
—Détestable. Est-ce qu'on y voit? Monsieur,
voulez-vous bien lever cette glace? Il fait un
froid ! Ma parole, cette église est perfide :
deux mortelles heures ! L'hiver et l'ennui,
c'est beaucoup trop pour un enterrement.
C'est un Mameluck, je crois. — Je l'imagine.
— Monsieur est Mameluck ? — Oui, monsieur. — Il parle français ! c'est charmant !
— Non pas charmant, mais simple : comme
vous parleriez turc si vous l'eussiez appris. —
Turc ! pas possible ! fi donc! A propos de
turc, vous montez à cheval ? — Quelquefois.
— Ah oui, j'entends ; les genoux en angle
aigu, les talons..... pas joli : à l'anglaise c'est
mieux, c'est fort bien ! Vivent les Anglais pour
le cheval ! —.Et pour le thé ! — Le souvenir
est de saison : tu n'y es pas venu. — Où
donc ? — Cette nuit chez madame de Ge-
merci. — Oh ! ne m'en parle pas; les fêtes me
désespèrent : ma poitrine... mes nerfs... — On
t'a demandé. — Qui donc ? — Que sais-je :
quelqu'un, tout le monde. Réunion délicieuse! un luxe ! un salon ! mille bougies !

cent femmes!—Belles?—Oui, belles... comme
elles le sont. Des hommes du meilleur ton,
des Russes, des Russes admirables! Un thé!
une musique! un souper! un bal! et tout
cela d'une divinité! d'une recherche!—Mais
n'était-elle pas parente de Melfort? (C'était
le nom du mort.) — Très-proche; c'était le
frère de son père.—Elle ne savait donc pas.....
— Oh que si; elle le savait hier au soir, mais
elle ne l'aura su que ce matin. Pouvait-elle
prévoir qu'il mourrait? Trois cents personnes
priées! Songe donc. — Ah! il est vrai qu'on
ne meurt pas plus mal-adroitement: j'avais
promis au petit Limange d'aller ce matin essayer son garick, et voilà.... — Ma foi, à ta
place..... — Oh non! Melfort laisse cinquante
mille écus à mon père, et les convenances...—
As-tu vu cette voiture qui vient de nous croi-
ser? — Quelle? — C'est la petite Aurélie. —
Vrai? — Tu gagnes cinquante mille écus à la
mort de Melfort; elle, elle y perd deux cents
louis par mois. — Il y a de la mal-adresse à
rencontrer son convoi.—Point du tout: j'aime
cela, moi! il y a du caractère: pourquoi non?
c'est peut-être une bonne fortune pour elle
que la perte de cette pension. — J'y pensais:
il n'était pas gai ce Melfort. — Un jour d'en-

terrement n'est pas un jour d'anecdotes; sans cela je te raconterais des choses! — Oh oui; mais la douleur :

Tristes aspects, pâles flambeaux

Est-ce que tu contes voir cela jusqu'à la fin? — Hors de la barrière ! rêves-tu ? Deux heures en plein air! une oraison funèbre ! il faudrait être de fer. Non; j'ai renvoyé ma voiture : je descendrai à la chaussée d'Antin. Melfort a la complaisance de me conduire; je suis sur mon chemin. O Giafar! mon front en pâlit encore d'effroi!!! A peine avait-il prononcé ces mots, que je le vois chanceler : sa tête affaiblie s'appuie sur l'épaule de son camarade; ses joues se décolorent, ses yeux se ferment. Monsieur, m'écriai-je, il se trouve mal ! Je tire le cordon; la voiture arrête : on s'empresse, on nous aide à le descendre. Nous le portons dans une maison voisine. Un chirurgien est appelé; il arrive. Il est trop tard, nous dit-il; un vaisseau s'est cassé dans la poitrine : le sang l'a étouffé; il n'est plus. *Je suis sur mon chemin !!!* avait-il dit. O mon ami ! ces mots ne sortiront jamais de ma mémoire.

Quand ils suivent un de leurs amis ou de leurs parens à son dernier asile, ils sont tous ainsi sur leur chemin ; et voilà pourtant un peu plus ou un peu moins comment ils le suivent ! Le lendemain je voulus voir quelle impression un semblable accident avait fait sur l'esprit de son camarade. Je le trouvai à ses obsèques : il me reconnut. Ah ! je suis bien aise de vous revoir, me dit-il. Qui se serait attendu à cela ? quelle scène ! c'est épouvantable. — Terrible ! et surtout quelle leçon ! — Ses parens sont au désespoir : ils veulent vous voir, vous remercier de vos soins. — Quels soins ? j'ai rempli le simple devoir de l'humanité. Que n'ai-je pu de même rappeler ce malheureux à la vie ! — A la vie, vous dites bien ; il méritait de vivre : de la grâce, de la figure, de la richesse, pinçant de la harpe comme les anges, dansant, dansant ! mieux que moi. Je le regretterai longtems ; d'honneur, je le regrette. Et de l'esprit ! *Je suis sur mon chemin*, a-t-il dit. Convenez que le calembourg est charmant : je voudrais pour cent louis qu'un autre l'eût dit, j'en rirais tout le jour.

Hé bien ! cet étourdi que tu vois, pour ainsi dire, prêt à plaisanter sur les derniers momens de l'homme qu'il aimait, dont déjà sans doute tu accuses la barbare et froide in-

différence; hé bien! cet étourdi, le croirais-tu?
c'est le meilleur cœur, la plus belle ame, l'être
le plus sensible. Ce Dermance, son ami, avait
un enfant au berceau, don cher mais infortuné
de l'amour, que son père, subitement frappé,
laissait dans l'abandon : hé bien! ce Depienne,
cet étourdi qui ne voit qu'un calembourg
dans les redoutables et dernières paroles de
son ami mourant, vole à cet enfant, l'adopte,
fait six mille francs de pension à la mère! C'est
peu : Dermance avait une sœur d'un premier
lit, qu'il aimait avec tendresse; mais pauvre,
et avec laquelle il avait dit vingt fois qu'il
partagerait ses richesses. Il meurt sans avoir
pu réaliser sa promesse; et la misère la plus
profonde allait accabler cette belle, jeune et
vertueuse personne. Admire ce Depienne :
hier il l'épousa, et partage avec elle sa fortune également immense! Et quand on lui
parle de cette conduite, aussi noble que généreuse, cette légère et charmante tête vous
répond : Grec comme mes meubles : c'est le
testament d'Eudamidas. Hen! quel beau sujet
pour le salon! Et il rit. Quel est donc ce
peuple, en qui les idées les plus sombres ne
font qu'éveiller le sourire, et dont l'esprit frivole parodie jusqu'à la vertu la plus sublime,

alors même qu'il l'exerce avec tant d'éclat?
Tel est pourtant le Français.

Il fut quelques années où l'on eût dit que le
respect pour les morts était totalement effacé
chez eux ; mais cette coupable insolence avait
une autre cause que cette indifférence dont je
viens de t'entretenir : celle-ci appartient à
leur habituelle légèreté ; celle-là était le résultat des tems : aussi l'ont-ils bientôt replon-
gée dans le néant, d'où jamais elle n'aurait dû
sortir : car si leur esprit est frivole, leur ame
est grande ; elle ne sait pas se courber sous
des institutions d'une féroce bassesse. Le fanatisme de la licence déplaça tout pendant
quelques instans : il détrôna, le même jour,
et les dieux et les morts. On feignit l'apo-
théose du peuple ; on fit peser sa statue sur
toutes les places : partout l'Hercule français ! et ils eurent l'indécence de la faire
d'argile ! Aussi qu'appelèrent-ils le peuple ?
quelques complices, et non pas le peuple ;
et ce furent ceux-là qui prêchèrent l'égalité.
L'égalité ! ce sentiment consolateur de toutes
nos peines, qui ne s'alimente que de la vénération que nous portons à nos semblables,
ne vit que par les vertus que nous cherchons
à imiter, n'enseigne que la compassion pour

les faiblesses ou les souffrances de l'humanité, double nos jouissances en nous rendant propre le bonheur d'autrui; lien indestructible dont Dieu se plut à resserrer tous les mortels; inextinguible flamme dont la nature, si jamais l'homme prétendait à l'étouffer, dont la nature irait rechercher l'étincelle aux extrémités de toutes les races, de ces races qui, toutes parties d'un centre commun, se sont étendues sur la terre comme autant de rayons, et, les forçant à se replier sur elles-mêmes vers ce centre primitif, leur montrerait le premier cercle formé par une famille de frères, et leur demanderait si l'égalité fraternelle a dû cesser parce que le cercle s'est agrandi. Eh! les flots circulaires qu'occasionne un grès que l'on précipite dans un lac perdent-ils de leur intensité à mesure qu'ils s'élargissent, et ceux qui touchent au loin la plage sont-ils moins unis que l'étroit et premier anneau formé par la chûte de la pierre? Et ce fut cette inéfaçable trace de la Divinité que l'on chargea quelques maniaques de proclamer : ils confièrent à l'enfer le soin de revivifier les bienfaits du ciel. Hélas! profanateurs de cette égalité dont ils affectaient l'apostolat, exterminateurs de toutes ces idées libérales dont se composent la véritable philosophie et les véritables républiques, des erreurs tel fut leur ouvrage de quelques mois ! funeste ouvrage, texte imposteur, dont d'autres ennemis ont tant abusé depuis ! Mais enfin, Giafar, ils poursuivirent les distinctions dans le séjour de l'égalité sépulchrale : ils rendirent les urnes funéraires responsables de la dignité de leurs dépôts. Le jour descendit effrayé dans l'obscurité de la tombe ; le fouet impie chassa les cercueils dans les rues comme de vils troupeaux. Le mépris pour les cendres réfroidies engendra le mépris pour les cendres qui fumaient encore : le cercueil centenaire et le cercueil d'un jour se rencontrèrent étonnés, et se heurtèrent sans honneurs ; et pendant le cours de ces déplorables aurores, l'homme ne redouta la mort que par le pressentiment de la honte de son linceuil.

Gloire au Français ! A peine l'heure du calme eut-elle sonné, à peine respira-t-il libre de quelques tyrans démagogues, qu'il releva la religion des tombeaux. Mais les tems étaient changés ; les pompes durent l'être, et, je le dis avec peine, Giafar, on ne s'occupa que de pompes : des hommes de mérite discutèrent cette matière : ils placèrent un peu trop,

à mon avis, le sentiment dans les décorations ;
j'aurais voulu que l'on eût mis un peu plus le
sentiment dans les·personnes. Ils firent le
bien en cela qu'ils se rapprochèrent de l'antiquité, en ce qu'ils desirèrent que le dernier
asile des hommes parlât sans cesse à l'ame des
vivans par la mélancolie du site, par le calme
éternel des environs, par la simplicité sévère
de l'architecture, par le deuil des arbres, par
l'auguste uniformité des tombeaux. J'ai lu
d'excellens écrits à ce sujet; j'ai vu vingt plans
d'architectes recommandables, et cependant
rien n'est fait encore : on ne s'est occupé
que de la pompe du premier jour. Ainsi,
c'est bien moins au respect pour les morts
qu'à l'orgueil des vivans que l'on a songé.
L'on s'est inquiété du voyage; mais est-ce
raison d'embellir le voyage, et de laisser le
voyageur sans retraite au terme de la route?
Elle sera cependant éternelle la nuit qui succédera au jour de ce dernier voyage ! Préparez donc un lit à ce voyageur; demain il n'y
aura pas pour lui de réveil. Que de soins
pour un appartement que l'on n'habitera que
pendant quelques soleils ! et pas une pierre
encore pour le palais dont l'éternité gardera
la porte! Mais cette pompe même est-elle vrai-

ment ce qu'elle devrait être ? Elle se rend d'abord au temple : soit ; ainsi le veut l'attachement que certains ont pour leur culte. Mais moi, Giafar, tu le sais, ma sensibilité revêt trop souvent les spectacles dont je suis témoin d'une couleur que d'autres n'y verraient pas : tant que ce mort est sous ces voûtes sacrées, mon ardente imagination me dissimule l'insultante indifférence qui règne autour de lui ; je crois voir tout ce peuple prosterné devant l'être incréé, le conjurant de prendre en pitié les faiblesses de ce frère dont il vient d'être séparé. Ces chants religieux, la poésie de ces paroles, la crainte, les repentirs, la confiance dont elles sont empreintes me pénètrent, me touchent, m'attendrissent ; cette imagination séduite prête à ces pontifes, à ces lévites, à ces nombreux témoins toute la chaleur du sentiment, toute l'ardeur des supplications, toute la touchante énergie des vœux compatissans : mais tout à l'heure le silence va s'étendre sur ces vœux, sur ces prières, sur ces intercessions. Il s'agit de désarmer un Dieu : aveugles, il n'est pas, à les entendre, de bornes au courroux de ce Dieu ; et insolens, ils ont assigné des limites aux prières qui le doivent désarmer ; imbécilles ou bar-

bares, ils ont osé compasser le tems pour
conjurer l'indulgence de celui qui, disent-
ils, ne connaît pas le tems pour développer les
vengeances. Ici l'homme semble lui dire : Fais
grâce si tu veux ; je n'ai vendu que tant d'o-
raisons : une de plus te fléchirait peut-être :
que m'importe ? Punis : ne vois-tu pas le mot
FIN au bas de cette page ? O Giafar ! ce malheureux qui cessa de vivre on lui a soldé le
compte des prières. Que ferait-il maintenant
dans ce temple ? Ce silence universel n'an-
nonce-t-il pas qu'on ne lui doit plus rien ? Il
faut bien qu'il franchisse le seuil de la porte.
Oh ! c'est alors que mon cœur se brise : il me
semble le voir partir pour comparaître devant
son juge : n'est-il pas assis ce juge sur le bord
de cette tombe lointaine ? Hommes inhumains !
eh ! dans ce tems vous le laissez solitaire, cet infortuné ! Que lui fait ce vain luxe de chars qu'il
traîne à sa suite ? en est-il moins seul ? C'est la
pompe des morts, disent-ils. Eh ! la pompe des
morts ce sont les pleurs des malheureux :
cent chars ne valent pas dix pauvres. Otez
ces trophées de victoires, ces marques de dignités, ces vains simulacres des vanités d'un
jour. Est-il sur la terre un homme vertueux
dont ce mort fut aimé ? hé bien ! que sa main

s'appuie sur ce cercueil, et ce cercueil sera
paré. Que des hérauts marchent devant le lit
funèbre, qu'ils répètent à haute voix : Cet
homme éleva ses enfans à la vertu, il respecta
son père, il rendit heureuse son épouse, il
fut intègre dans la magistrature, il fut clé-
ment après les batailles, il fut compatissant
pour l'infortune, il fut généreux avec l'indi-
gent, il fut tolérant pour tous les hommes. Il
n'est plus; la patrie a beaucoup perdu. Voilà
la pompe qui convient aux morts ! et s'il est
vrai que le juge éternel soit assis sur la tombe,
ne refusez pas à votre frère ce témoignage de
la vérité. Ainsi la pompe des morts serait utile
aux vivans : ils se demanderaient quelquefois:
Si je mourais demain, serais-je digne de traverser les rues dans mon cercueil ? Mais ils
se sont occupés de chars, de tentures, d'encens, de torches, d'inscriptions, et ils se
vantent d'honorer les morts !

LETTRE XIV.

Le même au même.

Je rencontrais fréquemment dans une maison amie deux bonnes gens : l'époux est un homme de soixante ans environ; la femme en a cinquante. Souvent ils m'avaient comblé de politesse, d'amitié même, et m'avaient pressé mille fois d'aller les voir. Cette invitation me flattait : ils me la faisaient de si bon cœur, avec tant de bonhomie, que je me résolus enfin à ne pas repousser plus longtems des sollicitations aussi obligeantes. Une chose m'étonnait cependant : ils étaient parfaitement accueillis dans la maison où je les rencontrais; on les y traitait même avec beaucoup de distinction : néanmoins, il me semblait que leur ton, leurs manières, leur langage faisaient un contraste singulier avec le langage, les ma-

nières, le ton de l'ami commun chez lequel
nous nous réunissions; je trouvais quelque
chose de particulier, de bizarre, d'inconvenant même dans cette liaison intime, et j'a-
vais peine à m'en expliquer la cause. Celui-ci,
homme également d'un âge mûr, avait jadis
exercé de hauts emplois, vécu longtems à la
cour, et fréquenté tout ce que Paris renfer-
mait alors de gens recommandables ou par
l'instruction, ou par les mœurs, ou par les
dignités : il en avait retenu cette aménité,
cette aisance, cette politesse exquise qui rendent le Français l'être vraiment par excellence, quand il les possède ; et dans celui
dont je te parle, ces qualités, unies au meilleur cœur et à la plus belle ame, en font
l'homme le plus digne de respect, d'estime et
d'amitié. Je retrouvais bien dans les deux autres ces mêmes vertus intérieures; mais l'enveloppe était grossière : leur bon sens me frappait souvent; mais leurs expressions le dé-
paraient : ils étaient totalement étrangers à
cette finesse, à cette délicatesse de soins,
d'égards, de prévenances que l'autre possède au suprême degré. Il y avait, à mon
avis, dans tout leur ensemble une sorte de
nuance qui tranchait désagréablement avec la

richesse de leurs habits, le nombre de leurs domestiques, l'élégance de leurs voitures : enfin c'était les meilleures gens du monde, mais que la sphère dans laquelle ils se trouvaient semblait étonnée de contenir. Expliquez-moi cette énigme, dis-je un jour à notre ami commun : comment se fait-il qu'à fortune à peu près égale, ce me semble, une telle distance vous sépare ? Votre amabilité est-elle un don particulier que la nature, plus avare pour eux, leur ait refusé ? Enfin, excusez ma franchise, je vois, sans contredit, que, quant aux sentimens d'honneur et de probité, une telle société vous convient à merveille ; mais s'il s'agit de l'usage du monde, dont, à ce qu'il me paraît, les Français font grand cas, c'est toute autre chose. Un mot va vous mettre au fait, me répondit-il ; ce sont des riches modernes. Un moment ; n'allez pas donner à cette épithète une fausse explication : combien de fortunes nouvelles ne sont pas scandaleuses ! Ceux-ci doivent la leur à une conduite irréprochable : elle est le fruit de grands services rendus à l'état, et encore de grands services rendus à des particuliers. La fortune a fait en cela un miracle que l'on voit rarement ; c'est qu'en les favorisant elle a été d'accord avec la vertu ; et l'on pourrait dire que ceux-ci ont ac-

quis, par le plus noble désintéressement,
ce que certains n'ont accumulé que par les
moyens les plus honteux. Ils m'ont rendu à
moi-même des services signalés : il était bien
juste que ma reconnaissance fût sans bornes,
et que, devant, comme mille autres peut-être,
à leur vigilance la conservation de la plus
grande partie de ce que je possède, je contri-
buasse, pour ma part, à l'accroissement de leur
aisance. On pardonne à tant de gens des richesses obtenues aux dépens des larmes du pauvre,
que l'on peut bien pardonner à ces bonnes
gens une fortune assurée par la reconnaissance
des obligés. Nés de parens pauvres, ils furent
sans éducation : ils firent dans leur jeunesse un
commerce très-borné; mais avec de l'ordre,
de la loyauté et une économie sévère, ils amas-
sèrent à la longue des capitaux assez considé-
rables. Depuis quatorze ans ils en ont fait le
plus digne emploi : ils méritaient de prospérer. Heureusement pour eux la bienfaisance,
cette fois, n'a point mis à fonds perdu : ils
n'exigèrent rien de la gratitude, et la gratitude s'est acquittée. Leur unique moyen fut
d'avoir plus de jugement que de politique. Ils
parlent mal, j'en conviens; ils ont de la rondeur, une familiarité ridicule peut-être dans

les manières, j'en conviens encore : mais tout cela doit-il m'empêcher de les voir ? A ces dehors aimables que vous avez la bonté de distinguer en moi, j'ai le bonheur, je l'avoue, de joindre un cœur honnête. Mais combien de gens ont ces dehors sans avoir les qualités essentielles de ceux dont vous parlez ! on les fréquente cependant. Hé bien ! si l'on reçoit ceux qui ont le vernis sans les vertus, pourquoi ne pas recevoir ceux qui ont les vertus sans le vernis ?

Je n'eus rien à opposer à une explication aussi noble dans celui qui me la faisait, qu'honorable pour les amis qui en étaient l'objet, et je résolus de me lier davantage encore avec des personnes à qui j'accordais déjà tant d'estime. Je profitai donc de leur invitation, et je me présentai chez eux. C'était le soir : c'est l'heure où l'on fait ici les visites de cérémonie : usage assez singulier. Ne serait-ce pas qu'ayant assez souvent à rougir de leurs liaisons imprudentes, ils ont voulu que ces sortes de devoirs de société fussent enveloppés des ombres de la nuit ? Chez les peuples de l'antiquité, comme chez les peuples modernes, j'ai constamment remarqué que, quand les mœurs venaient à se corrompre, les réunions étaient toujours le

soir : ils prennent pour excuse que l'homme
est alors débarrassé de toutes les affaires de la
journée. Ce n'est pas cela : s'agit-il de devoirs,
c'est qu'ils s'acquittent le plus tard qu'ils peuvent de ce qui leur pèse : s'agit-il de fêtes, de
jeux, de plaisirs, c'est qu'ils ne seraient pas
fâchés peut-être que l'on ignorât assez fréquemment avec qui ils les partagent. Libre
des affaires de la journée! Si tu savais, Giafar, ce que c'est que ces affaires ! Combien de
gens feraient leur principale affaire de n'avoir
point de ces affaires !

On m'annonça. Je les trouvai tête à tête : ils
me reçurent à merveille. — Pourquoi n'être
pas venu dîner avec nous ? voilà de la cérémonie : agit-on ainsi avec ses amis ? Je fus pé-
nétré de tant de bienveillance, et je crus les
voir convaincus que mon cœur, bien plus que
la politesse, répondait à leur amicale réception.
Insensiblement la conversation s'établit : ils me
questionnèrent sur l'Egypte, sur les Turcs,
sur les Mamelucks, sur mes voyages, et mille
autres choses. Il faut en convenir, ils étaient
étrangers aux notions mêmes les plus ordinaires ; mais la droiture de leur jugement les
garantissait du ridicule attaché à l'ignorance.
La conversation durait encore, lorsqu'un jeune

homme entra : on ne l'annonça point. Il était sans chapeau : je jugeai qu'il était de la famille. Je me levai : il me rendit mon salut d'un air assez protecteur. A peine fit-il un signe de tête aux maîtres de la maison. Ils lui adressèrent la parole avec une extrême bonté : il ne leur répondit que par monosyllabes. Sa toilette me parut très-recherchée. Il s'approcha du feu, nous tourna le dos, se chauffa les pieds, sonna. Un laquais parut. — Du bois. Et l'on apporta quelques bûches. Un journal se trouva là par hasard : le jeune homme le prit et, le coude appuyé sur la cheminée, se mit à le parcourir. Je ne savais que penser de ce ton de familiarité un peu dédaigneuse, et je cherchais en vain à deviner ce que ce pouvait être que ce jeune homme. Cependant la conversation continua sans qu'il eût l'air d'y prendre part. Dans un moment où le vieillard m'expliquait avec beaucoup de justesse une question de commerce, le jeune homme, nous faisant alors l'honneur de s'apercevoir de notre présence, l'interrompt brusquement pour me dire : Monsieur, les Mamelucks savent-ils l'algèbre ? Je trouvai tant d'irrévérence dans l'interruption, et la question si déplacée, que je ne pus m'empêcher de répondre avec un

peu de sécheresse : Oui, monsieur ; quand ils
l'ont appris. Continuez, je vous prie, ajoutai-je
en m'adressant au vieillard. Ah ! de grâce,
trêve au commerce, s'il vous plaît, reprit
le jeune homme ; tout le monde sait cela :
les sciences exactes, les arts agréables, voilà
ce qu'il importe de connaître. Vous croyez ?
lui dis-je : ainsi l'industrie, le commerce,
l'agriculture, l'économie politique, les lettres,
l'éloquence, la poésie...—Eh non, monsieur !
jeux d'enfans que tout cela, rêves d'écolier ;
voilà tout. Les sciences physiques et mathématiques et les arts de dessin, une équation
et un tableau, un alambic et un chevalet,
l'oxigène et les pinceaux, voilà tout ce qui
constitue un siècle de gloire. — Oui, à peu
près comme le croissant constitue l'éclat de la
pleine lune. — Poésie, futilité ; éloquence,
bouffissure ; histoire, radotage ; voyages, mensonges ; romans, folie. A quoi bon tout cela ?
est-ce qu'un état a besoin de ces puérilités ? Je
vous donne ma parole sacrée que s'il existait
aujourd'hui un homme éloquent comme Bossuet, ou possesseur du burin de Tacite, et
qu'il fallût une once d'or pour le ravir à la
misère, je ne la donnerais pas. — Ah ! dit le
vieillard, c'est un savant que mon fils ! — Un

peu trop peut-être! ajouta la mère en étouffant
un soupir. — Ah ! monsieur, repris-je, monsieur est votre fils! je ne m'en serais pas
douté. Je vis au coup d'œil qu'il jeta sur la
glace qu'il avait pris cela pour un compliment.
Puis faisant une pirouette sur le talon : Monsieur soupe-t-il ici ? dit-il. Je vis le père et la
mère faire un mouvement obligeant d'invitation. Je ne sais, dis-je, si je dois accepter
l'honneur..... Monsieur soupe ici , ajouta avec
suffisance le jeune homme en m'interrompant;
je vais donner des ordres. Et il s'avança vers
la porte. Il allait sortir lorsque le père lui
cria : Pierre, écoute donc ; avec la permission de monsieur , fais-moi apporter mes pantoufles; ma goutte me tourmente un peu. A ce
surnom de Pierre, je lui vis ployer les épaules
de pitié , et il sortit sans répondre. Je n'avais
pas besoin d'en voir davantage pour deviner
que ce jeune homme était très-humilié d'a-
voir des parens semblables , et le souper acheva
de m'en convaincre : seul il se mêla de faire
les honneurs , seul il tint le dé de la conversation, à peine daigna-t-il les servir, à peine
leur permit-il d'ouvrir la bouche : il semblait
redouter leur ignorance. Cependant je crus
remarquer que le cœur n'était pas complice

de l'orgueil; il survint une toux assez violente
au père, et l'inquiétude du fils se manifesta
d'une manière assez sensible; il se leva de table
pour voler à son secours, et ce mouvement me
réconcilia presque avec lui. Mais la crise une
fois passée, la fatuité reprit le dessus. Du
reste, à cette sottise et à ces préjugés près, il
ne manquait point d'amabilité : il parlait avec
assez de grâce, il avait de l'aisance dans les
manières; ce qu'il savait il le savait bien, et
l'exprimait avec facilité. Il eut même pour
moi plus de politesse que je n'avais droit d'en
attendre d'un homme de cette espèce : il m'a-
vait révolté d'abord : il finit par m'inspirer de
la pitié; et je gémis de voir qu'un faux amour-
propre eût détérioré un caractère né pour
être heureux.

Quand je me retrouvai avec l'ami dont le
bon esprit m'avait prévenu si avantageuse-
ment en faveur des braves gens chez qui
je venais de passer cette soirée, je ne pus
m'empêcher de lui raconter cette scène. Je sais
tout cela comme vous, me dit-il : je crains
bien que ce jeune homme ne leur cause de
violens chagrins. Ce n'est pas un mauvais fils
cependant; mais son erreur tient aux vices
des circonstances. On n'y prend pas garde,

et toutefois cela peut avoir des résultats funestes pour la société. L'alliance de la richesse et de l'ignorance, quand elle sert de
transition à deux siècles différens de régimes
et d'opinions, peut avoir une influence malheureuse sur les mœurs : telle est notre position actuelle. Des hommes dont l'éducation fut
négligée desirent, quand ils parviennent aux
richesses, que celle de leurs enfans soit brillante : l'orgueil plus que l'amour paternel, peut-
être, le veut ainsi. Il peut donc arriver que les
enfans deviennent très-instruits, tandis que les
pères resteront très-ignorans. Alors si l'on ne
s'attache fortement à bien faire distinguer à
ces enfans le respect qu'ils doivent aux droits
inviolables de la nature d'avec le mépris que
l'homme instruit est toujours enclin à ressentir pour l'homme qui ne sait rien, il est à
craindre que la piété filiale ne s'altère en eux,
en proportion de l'instruction acquise ; il est à
craindre que l'orgueil de la science ne les porte
à regarder en pitié leurs pères ignorans ; que,
ce premier pas fait, ils ne deviennent mauvais
fils. Qui fut mauvais fils est rarement bon
père ; et si l'on n'est ni bon fils ni bon père, il
est difficile d'être bon citoyen. Faudrait-il en
conclure que l'on dût refuser une éducation

soignée aux enfans des riches ignorans ? Non,
sans doute ; mais il faut leur répéter sans cesse
que c'est un malheur et non pas un ridicule
de ne rien savoir ; qu'il est aussi barbare de
rire de l'ignorance de quelqu'un que de se
moquer d'une maladie dont il serait accablé ;
qu'il faut entourer l'ignorant de la plus généreuse compassion pour lui adoucir les douleurs
d'une vie inutile ; et que si leurs pères ne sont
malheureusement pas instruits, ils leur doivent une éternelle reconnaissance de l'emploi
qu'ils font de leurs richesses pour les sauver
de l'état où ils se voient réduits eux-mêmes ;
enfin il faut leur rappeler ce mot d'une femme
d'Athènes, à qui son fils, élevé dans l'orgueil
du portique, avait la bassesse de reprocher son
ignorance : « J'ai su, lui dit-elle, vous aimer
« comme mère ; si vous ne savez pas me res-
« pecter comme fils, vous êtes plus ignorant
« que moi. »

Au commencement du siècle dernier, (et ceci
est l'histoire de mon grand-père maternel) lors
du système de Law, une marchande de poisson parvint à faire une fortune considérable.
Elle avait épousé un chaudronnier. Devenus
riches, ils quittent leur profession : ils ont un
fils au berceau ; ils placent leurs fonds dans
une banque : ces fonds prospèrent ; et au bout

de six ans , voilà nos parvenus millionnaires.
En conséquence, hôtel magnifique , vastes
terres, chevaux et carrosses nombreux, table
somptueuse et recherchée : et bientôt parasites
d'accourir, flatteurs d'abonder, et sourdes
épigrammes de pulluler ; car les maîtres du
logis n'avaient conservé de leur ancien état
que la grossièreté du langage, et n'avaient
pris du nouveau que les prétentions qui le
rendent ridicule : et parasites et flatteurs se
dédommagent trop souvent de leurs basses
complaisances par la causticité, cent fois plus
vile encore. L'enfant était surtout l'objet de
l'idolâtrie générale : parler de lui, vanter ce
qu'il serait un jour, le voir d'avance dans les
plus hauts emplois, célébrer son esprit, son
génie, sa mémoire, ses dispositions, ses sottises mêmes , telle était l'occupation journa-
lière de messieurs les courtisans. L'on savait
qu'ainsi l'on s'assurait les bonnes grâces des
aveugles parens.

L'on avait beaucoup d'or ; en conséquence
l'enfant eut beaucoup de maîtres : il sut à point
nommé combien l'Assyrie avait eu de rois,
combien Memphys , combien les Mèdes. On
lui apprit à trouver les Spartiates très-gros-
siers, et les Athéniens très-aimables ; on lui dit

le nom de Lycurgue, et les *vertus* d'Aspasie;
il connut tous les successeurs d'Alexandre,
beaucoup les Césars, très-peu Cincinnatus,
et point du tout le Dieu de l'Univers. De plus,
il devint fameux sur le violon; il apprit à
peindre comme Latour, il dansa comme
Dupré; mais il excellait surtout à faire la révérence; personne ne donnait un meilleur
tour à sa coiffure, ne se connaissait mieux en
broderies, ne discernait plus promptement les
diverses qualités des parfums, et, pour couronner tant de mérite, il parlait sa langue
avec une perfection rare. Aussi comme il riait,
comme il ployait les épaules, quand madame
sa mère disait par aventure : *Je nous mo-
quons de ça!* ou quand M. son père disait :
Je sommes été hier à l'Opéra! Il ne concevait
pas qu'il pût être le fils de pareils gens; et les
flatteurs, qui, semblables aux Parsis, sont
toujours en adoration devant le soleil levant,
de tourner en tapinois avec lui ses parens en
dérision. L'âge vint, l'encens redoubla, l'orgueil se centupla : insensiblement le père et la
mère n'osèrent plus ouvrir la bouche sans
être vivement tancés par Mimi (c'était son
nom.) De la pédanterie, Mimi passa à la dureté , de la dureté à l'outrage; et Mimi, à

seize ans , à force d'être savant , devint le
fléau des honnêtes et dignes entrailles qui l'a-
vaient nourri.

Son père s'affligeait , sa malheureuse mère
fondait en larmes. C'est votre faute, leur disait le seul homme probe, sensé et éclairé
qui se fût sincèrement attaché à eux; vous
avez renoncé à votre autorité pour vous ranger au nombre de ses flatteurs : il vous traite
en monarque; cela devait être. Tout peut se
réparer si vous me jurez d'exécuter tout ce que
je vous prescrirai , et surtout si vous consentez
à ne pas voir votre fils jusqu'à ce que je l'aie
corrigé : il le sera, soyez-en sûr. Ils consen-
tirent à tout.

A l'instant même cet ami disposa toutes
ses batteries pour faire réussir le projet qu'il
méditait ; et dès le lendemain il commença à
le mettre à exécution. Il invita , le matin,
par un billet, le jeune homme à se donner la
peine de passer chez lui. Mimi promet de s'y
rendre; mais avant de sortir, il veut entrer
chez sa mère : on lui refuse la porte; on lui
fait dire que sa mère et son père sont enfermés pour des affaires importantes. A ces mots
affaires importantes , il sourit de pitié, sort
sans inquiétude, et arrive chez l'ami. Com-

ment trouvez-vous , dit-il d'un ton léger ,
mon père et ma mère qui se sont enfermés
pour traiter des affaires importantes ? Les
bonnes gens ! mais vous-même qu'avez-
vous ? je vous trouve l'air sérieux et triste. —
Mon ami, répondit le mentor , il n'est plus
tems de plaisanter : vos parens étaient extrêmement riches ; fils unique, vous deviez aspi-
rer à une fortune immense : un coup du sort
renverse un aussi bel espoir. Je vous afflige à
regret ; mais il en eût trop coûté à votre père
et à votre mèr_ de vous apprendre eux-mêmes
cette affreuse nouvelle. Je m'en suis chargé :
une banqueroute inattendue les plonge dans
une véritable indigence. — Plaisantez-vous ?
— Nullement. — Savez-vous que ce que vous
m'apprenez n'est point gai ? — Je le sens :
accoutumé à une grande opulence... — Oh !
ma foi, je ne tiens pas beaucoup aux richesses :
ce n'est pas trop pour moi que je les regrette ;
c'est pour ces bonnes gens qui ne savent rien , et
qui ont besoin d'or pour exister. — Vous avez
raison , ils sont à plaindre. — Dites-moi :
croyez-vous que je possède assez de talens
pour les faire vivre ? Bien, (dit à part le mentor) le cœur est bon ; la cure est certaine. —
Hé bien, vous ne répondez point ? — A parler

vrai, n'ayant jamais été au nombre de vos admirateurs, je connais trop peu vos talens pour décider si vous pouvez en faire un si noble usage. — J'essaierai. Allons, je retourne au logis pour les consoler : leurs lumières sont si bornées, qu'ils n'auront pas assez de philosophie pour supporter ce revers. Ce mélange de bonhomie et de présomption pensa faire éclater de rire le mentor. Non, demeurez, dit-il; ils doivent être partis maintenant. Il faut céder à l'orage : vous logerez ici. — Soit. Maintenant voyons par où je débuterai. Je suis excellent musicien; j'ai envie de m'associer à quelque virtuose : je ferai tourner la tête à tout Paris ; et l'or pleuvra sur moi de tous côtés. — Fort bien : voici l'adresse d'un grand maître. — Donnez; je vais le trouver.

Il part, arrive et se présente. Monsieur, je vous salue : quoique jeune, je suis grand musicien et d'une force étonnante sur le violon. J'ai besoin de mettre mes talens à profit. Je serais bien aise que vous voulussiez m'appuyer et me faire connaître. — Volontiers : asseyez-vous ; nous essaierons quelque chose. L'on apporte des pupitres, de la musique, des violons ; l'on s'accorde, l'on commence : Mimi joue faux, manque tous les traits, re-

tarde ou presse la mesure. Vous ne savez
rien, lui dit le maître : travaillez encore huit
à dix heures par jour, et dans cinq ou six
ans vous pourrez faire quelque chose. —
Cela est singulier ! tous ceux qui dînaient à la
maison me trouvaient si fort ! — Ils plaisan-
taient. Dans ce moment entre une femme d'un
certain âge, vétue comme une femme du
peuple. — Le musicien se lève, s'avance avec
respect, et lui présente un fauteuil. *Je te re-*
mercions, lui dit-elle ; *je ne sommes pas*
lasse. Quelle est cette femme ? dit Mimi. —
C'est ma mère. — Sans doute elle a quelque
grand talent ? — Point du tout. — Mais au ton
de respect que vous venez de prendre... — Ne
vous ai-je pas dit que c'était ma mère ? Mimi
sortit, et il disait : Un grand artiste qui respecte sa mère qui dit : *Je ne sommes pas*
lasse ! c'est bien singulier !

Le soir il fut rêveur. Mon ami, dit-il au
mentor, je crois que je suis meilleur peintre
que musicien, et que je ferai mieux mes
affaires dans l'art de la peinture. — Soit :
voici l'adresse d'un peintre célèbre.

Le lendemain il se présenta chez lui. Vous
possédez un grand talent, lui dit le peintre : .
il faut me le prouver ; entrez dans mon ate-

lier. Voici un chevalet, une toile, des pinceaux; choisissez un sujet, et travaillez. Mimi
travailla pendant plusieurs jours depuis l'aurore jusqu'au coucher du soleil, et, au dire du
maître, enfanta la plus belle *croûte* que l'on
eût vue depuis cinquante ans sur le pont au
Change. Il croyait avoir effacé le Corrège. —
Cela est détestable, lui dit le peintre. — Comment détestable ! et cent connaisseurs qui venaient à la maison s'extasiaient, en prenant
le café, sur mes moindres esquisses. — Ils
voulaient rire : vous ne savez pas même les
principes. Mimi, un peu confus, écoutait,
lorsqu'un vieillard, assis auprès du poêle,
éleva la voix, et dit au peintre : Écoute,
Jacquau ; laisse un moment ces brimborions,
et viens-t-en m'aider à me lever. Le peintre,
empressé, court, accroche un superbe tableau qu'il venait de terminer, le renverse, et,
sans s'inquiéter de cet accident, vole au vieillard, le soutient et le conduit affectueuse-
ment dans la chambre voisine, où il voulait
aller. Quand l'artiste fut rentré : c'est sûrement, lui dit Mimi, quelque peintre célèbre
dans l'hiver de l'âge que vous venez de traiter
avec tant de déférence ? — Point du tout ;
c'est mon père, un bon et honnête vigneron,

qui me fait la grâce de demeurer chez moi. —
Mais vous avez renversé votre tableau, et ne
l'avez point relevé. — Mon père attendait ! —
Hé bien ! quand il eût attendu une minute.
Vous le voyez, ce tableau est gâté. — Je puis
faire cent tableaux ; mais comment remplacer
jamais une minute que j'eusse perdue à ne pas
contenter mon père !

Mimi disait en s'en allant : Comment ! un
artiste fameux qui ne rougit pas d'un père vigneron qui l'appelle Jacquau ! cela est bien
extraordinaire ! Chaque jour il devenait plus
rêveur. Hé bien ! comment vont la musique
et la peinture ? lui dit le mentor. — Ces arts
sont ingrats, répondit Mimi : je préfère de
professer l'histoire : j'aurai sur-le-champ des
élèves, et je pourrai plutôt secourir ma.... ma
bonne mère. Sa bonne mère ! dit tout bas le
Mentor ; l'épithète est nouvelle. Le remède
opère. A la bonne heure : professez donc
l'histoire. Voici une lettre de recommanda-
tion pour un savant illustre.

Mimi se présenta chez ce savant, qui lui fit
subir une heure d'examen. Vous ne pouvez
pas professer, lui dit enfin cet habile homme ;
vous ne connaissez ni les élémens de l'histoire,
ni l'ordre des tems, ni la succession des em-

pires, ni les révolutions qu'ils ont éprouvées,
ni les dynasties, ni les dates. — Mais, mon
Dieu! comment cela se fait-il? Tous ceux qui
soupaient chez ma mère me prenaient pour arbitre. — C'était sans doute un persifflage.
Croyez, mon cher, qu'il faut se livrer à de
longues études avant d'oser s'exposer à paraître en public. J'ai cinquante ans, je suis
sûr de ma méthode, chaque jour j'ai quatre
cents auditeurs qui semblent m'écouter avec
bonté : hé bien! moi-même je ne monte jamais à la tribune qu'en tremblant. Voici
l'heure de mon cours : suivez-moi; vous serez
témoin de la timidité qu'inspire une juste modestie à tout homme instruit.

En sortant ils rencontrèrent sur l'escalier
une bonne paysanne. Le savant, en poussant
un cri de joie, se jeta dans ses bras. Bonjour,
ma mère! ma tendre mère! Comment, par
un si mauvais tems, vous vous exposez à venir
me voir! — Ma foi, mon enfant, *je venons*
dîner avec toi. — Pardon, monsieur; je ne
sortirai pas : voici ma mère, une bonne jardi-
nière de Montmorency; je ne quitterai pas ma
mère, ma digne mère que je ne vois que tous
les huit jours. — Et vos quatre cents auditeurs?
— Je vais les faire prévenir. Ils m'approu-

veront : l'exemple de l'amour filial vaut bien
une leçon d'histoire. Mimi prit congé, et il
disait : Un savant renommé dans toute l'Europe qui embrasse sa mère qui dit *je venons !*
Cela est incroyable.

Chaque jour même essai, chaque jour même
déconvenue, et chaque jour aussi même spectacle des sentimens que l'on doit à la nature.
Par degrés il devint sombre, triste; sa santé s'al-
térait, la fraîcheur de son teint avait disparu; il
ne mangeait plus, il ne dormait plus. L'épreuve
est rude, disait le mentor, mais la guérison approche. Un soir il rentre : il était baigné de
larmes. Mon ami, qu'avez-vous ? lui dit le
mentor. — Mes yeux sont dessillés, dit-il :
je suis un monstre. — Mais que s'est-il donc
passé ? causons ensemble, ouvrez-moi votre
cœur. — Que vous dirai-je ! Quand je me
rappelle les soins, les égards, le respect
dont j'ai vu tant d'hommes célèbres pénétrés
pour les auteurs de leurs jours, et que je les
compare à la manière insolente dont moi, misérable ignorant, je traitais des parens esti-
mables, je me déteste. Mais un dernier trait
vient de m'accabler, une dernière leçon
vient de briser mon cœur. — Comment ! ex-
pliquez-vous. — Le pourrai-je ! Ecoutez-moi :

depuis longtems vous devez voir le trouble de mon ame : ce soir, ne sachant où traîner cet ennui, cette tristesse, le dirai-je? ces remords dont je suis dévoré, j'errais sans dessein, sans volonté, sans mémoire. Les Tuileries étaient ouvertes : guidé par le hasard, j'entre : la nuit était déjà venue. L'ombre sinistre et la lente mélancolie erraient silencieuses dans les détours de ce vaste jardin. La solitude était profonde, on n'entendait rien, rien que l'agitation des airs par intervalle : cette solitude ajoutait et cependant plaisait à ma tristesse! Quoi! me disais-je, ne rencontrerai-je point quelque amant heureux? Une solitude, et point d'amans ! l'on n'aime donc plus dans la nature! Je marchais : insensiblement j'arrive, je touche presque à la grille qui donne sur les champs. Tout à coup un léger mouvement se fait entendre : je m'arrête, j'écoute, je regarde : à la lueur du faible crépuscule je crois apercevoir quelqu'un assis sur le seuil, mais en dehors. J'approche doucement : le sifflement des vents dérobe le bruit de ma marche ; on ne m'a point entendu. C'est un homme : ses cheveux sont blancs; c'est un vieillard. A cette heure, par ce mauvais tems ; que fait-il là? Quand on

est solitaire, la pitié est bien près de nous !
J'écoute encore : point de plaintes, rien qui
marque l'impatience. Mais c'est un vieillard ;
et mon cœur se serrait : que caresse-t-il
donc? Ah ! c'est un petit chien : un chien !
c'est le compagnon de l'infortune. Tout à
coup le chien fait vingt pas en avant : l'o-
reille droite, l'œil alerte, il s'arrête, regarde,
et puis plus lentement revient : il lèche la
main du vieillard, s'assied entre ses jambes,
le cou tendu et le regard au loin ; de tems en
tems il retournait la tête, et semblait lui
dire : Il ne vient pas ! Je l'avouerai, soit curiosité naturelle à l'homme, soit obéissance à
ce respect pour la vieillesse inné dans tous
les cœurs, je ne pus m'éloigner ; et puis dans
ce lieu retiré, loin des habitations, pendant
une soirée obscure, à une heure semblable,
ce vieillard ne pouvait-il pas être insulté, mal-
traité, que sais-je? je serais là du moins, je
pourrais appeler à son secours. Mais le chien
fidèle a vu quelque chose : il est parti comme
un éclair, et j'entends le vieillard dire à
demi-voix : C'est lui. Etonnant effet des préventions flatteuses qui nous séduisent malgré
nous pour des personnages inconnus ! ce
c'est lui me soulagea d'un poids inconce-

vable : il semblait que ce fût moi que ce rendez-vous intéressât, et que ce *c'est lui* m'annonçât la présence d'un ami. Un instant après le chien reparut, courant, sautant, retournant, revenant, ne jappant pas pourtant. Les chiens connaissent donc aussi le mystère? Un jeune homme paraît : il était en veste, il portait quelque chose sous le bras. Je crus remarquer en lui une sorte d'élégance. — Te voilà ! lui dit le vieillard avec tendresse. — O mon père! pardon; vous avez bien attendu, lui répondit le jeune homme. — Point trop; une heure tout au plus. — Une heure! ah, mon dieu! c'est trop, beaucoup trop; mais je n'ai pu venir plutôt. — Tranquillise-toi donc, mon enfant : te fais-je des reproches? — Ah ! vous êtes si bon, mon pauvre père, que vous ne m'en faites jamais. Mais n'avez-vous pas bien faim ? — Non : j'ai dîné avec ce que tu m'apportas hier.—Tenez, voici... Pardon, j'ai enveloppé cela comme je l'ai pu...—Charles, c'est la moitié plus qu'il ne me faut. — Je me fâcherai, voyez-vous ! je gage que vous vous êtes privé. — Non, mon dieu; non, non. — Ne mentez pas, même en faisant une bonne action : vous n'avez mangé que du pain, je le vois. — Hé bien, n'est-ce pas assez? — Quand on travaille! y pensez-vous? Vous serez cause que je ne reviendrai plus. Ah! ah! mon père! — Mon digne enfant! hélas! je ne t'avais pas élevé pour ce métier-là! — Il m'est cher; je nourris mon père! que me faut-il de plus? Mais les soirées deviennent longues; je ne veux pas que vous m'attendiez ici. Voyez, il a plu; vous êtes mouillé: je porterai tous les soirs chez vous. — Y songes-tu? au Roule! fatigué; après avoir travaillé tout le jour! Hélas! si j'avais quelque argent, je me rapprocherais. — Voilà un louis que j'ai économisé: cela vous suffira-t-il? — Mon enfant, je ne serai jamais en état de te le rendre. Et j'entendis le vieillard sangloter. — Oh! ne m'affligez donc pas comme cela, mon père! Vous vous rapprocherez de moi; n'est-ce pas me payer? Mais quoi! déjà neuf heures et demie! comme le tems passe! — Allons, bonsoir, mon enfant. — A demain, mon père. Mais ne revenez plus ici; cela m'inquiète: j'irai chez vous. — Ne te fatigue donc pas inutilement. Demain je n'aurai besoin de rien. — Besoin de rien! vous n'aurez donc pas besoin de me voir? vous me trompez, mon père, à votre tour. — Mon cher et digne enfant! Et il le serre contre son

sein. Allons, va-t-en. — Que je m'en aille!
— Oui. — Sans votre bénédiction! Et il tombe
à ses genoux. — O Dieu de l'Univers! si tu
daignes répandre tes faveurs sur les enfans
respectueux, verse tes bénédictions sur la
tête de mon fils. A ces mots il l'embrasse:
ils font quelques pas ensemble, ils s'éloignent,
et l'obscurité me les dérobe. Et moi, fils cri-
minel, honteux, désespéré, j'ai fui cette
terre que la piété filiale venait de rendre
sacrée! Prenez pitié de mes souffrances : il
faut que je répare mon crime, ou que j'expire
de douleur. Conduisez-moi, envoyez - moi
vers mes parens : je suis jeune, je suis fort;
je travaillerai pour les nourrir, pour soutenir
leur vieillesse, pour effacer les chagrins que
je leur ai causés. Ils me pardonneront ; mon
crime fut celui des flatteurs.

Cette résolution est digne de vous, lui dit le
mentor en l'embrassant : ne différons pas ;
partons sur-le-champ. Une voiture est appelée ; ils y montent. J'ai quelques ordres à
donner ici avant notre départ, dit le mentor
en faisant arrêter devant la porte d'un hôtel;
daignez me suivre un moment. Le jeune
homme, accablé, distrait, ne voyant rien,
obéit. Ils traversent la cour, l'escalier, les

appartemens ; enfin le mentor ouvre une
porte, et s'écrie : Heureuse mère ! félicitez-
vous; je vous ramène un fils soumis, un fils
respectueux, un fils digne de vous ! Mimi lève
les yeux, voit son père, sa mère; il croit
rêver : il les retrouve dans le même hôtel où
il les avait laissés : il pousse un cri, s'élance,
il est à leurs pieds. Me pardonnez-vous ? leur
dit-il. On l'embrasse, on le caresse, on le
relève ; de douces larmes coulent de tous les
yeux. Confus, honteux et pourtant enchanté,
il se livre à tous les transports de sa joie, de
son bonheur, de son repentir. Ah ! c'est à
vous que je dois tout, dit-il au mentor : je
reconnais la bienfaisante supercherie que vous
m'avez faite. — Je n'ai parlé qu'à votre cœur,
lui répond le mentor : vous ne me devez que
d'avoir bien su le juger. La fortune de vos
parens est entière, et maintenant vos sentimens vous rendent digne de la partager. Ces
talens que vous croyiez posséder, vous les possédez en effet ; c'est par mon ordre que l'on
a feint de ne pas les reconnaître en vous. Il fallait vous apprendre à sentir ce qui les honore,
ces talens ; c'est à dire vous donner cette modestie qui les relève, que l'on doit avoir en face
de tous les hommes, et qui doit se convertir en

respect quand il s'agit de l'exercer envers
ceux dont nous avons reçu le jour. N'oubliez
jamais que le caractère auguste de la paternité est la garantie de l'éternelle alliance que
Dieu daigna faire avec l'homme.

Mimi ne trompa point l'espérance de son
bienfaiteur : il fut l'homme le plus instruit de
son siècle, le plus digne citoyen et le meil-
leurdes fils.

Telle est, mon cher Gésid, continua l'ami
chez lequel j'étais, l'histoire de mon aïeul.
Une semblable leçon ne serait peut-être pas
inutile au jeune homme dont nous parlions
tout à l'heure, et elle serait applicable à bien
d'autres.

LETTRE XV.

Le même au même.

ILs attachent ici beaucoup d'importance à l'habit, et en général l'Europe partage assez avec eux cette folie. Ils sont les premiers à convenir de ce ridicule ; ils le blâment, ils en rient : ils savent à merveille qu'un homme bien mis est quelquefois très-peu digne d'estime, et qu'un homme de mérite est souvent caché sous un méchant habit. Un de leurs poëtes se fit une haute réputation par une pièce de vers intitulée : *Epître à mon Habit.* Parlent-ils de quelqu'un dont ils révoquent en doute l'honnêteté ; ils vous diront : cet homme n'a peut-être pour lui que sa toilette. Enfin ils n'ont point de défaut dont ils conviennent avec plus de franchise que de celui-là : qu'importe, ils ne s'en corrigent point, ils ne s'en corrigeront jamais.

Avant la révolution cette révérence pour
la richesse des habits était poussée à un degré
vraiment extraordinaire : aujourd'hui elle n'est
guère moindre, quoique le genre de la parure chez les hommes, comme chez les femmes,
ait pris une nuance totalement différente. Je
t'assure que certains personnages, s'ils voulaient être de bonne foi, avoueraient que le
premier consul tient autant de place dans leur
estime pour avoir ramené la mode des broderies, qu'il en tient dans celle de la majeure
partie de la nation pour l'éclat de ses victoires,
pour le bienfait de la paix et pour la sagesse
de son administration. Sous l'ancien régime,
à Paris surtout, c'était une véritable étude
que celle à faire pour savoir si tel habit était
décent pour entrer dans telle maison ; quelle
était la couleur, l'étoffe, les manchettes, le
col, les bas, les souliers, le chapeau, l'arme
et la coiffure qu'il fallait porter pour être admis
à telle table. L'habit militaire, ce costume des
héros, cette livrée de l'honneur, n'était point
décent : car décent était le terme magique, la
tête de Méduse qui pétrifiait, à la porte de
toutes les maisons, l'homme étranger à la
science de la toilette, et ne lui permettait pas
d'en franchir le seuil. L'uniforme servait pour

les visites d'adieu et les visites de retour; hors
de là, c'était manquer à toutes les convenances
que de le porter : et telle femme, telle mère,
à qui nulle intrigue, nulle démarche, nulle
sollicitation, nul sacrifice pécuniaire, nulle
souplesse peut-être n'eussent coûté pour obtenir à son mari ou à son fils un régiment, se
seraient tenues très-outragées si ce fils ou cet
époux se fût assis deux fois de suite à leur
table avec l'uniforme de ce même régiment.
Elles rougissaient de l'habit, et non de la
manière dont, souvent, le droit de le porter
avait été acquis. Si quelque stoïque se fût
avisé de violer ces grands préceptes de la toilette, s'il eût commis le crime irrémissible
de confondre, par ses manchettes, l'ordre
des saisons, eût-il été Turenne, eût-il
été Voltaire, un froid glacial s'étendait sur
le front de la maîtresse de la maison. Il n'y
avait garde que le précepteur invitât l'enfant
à le saluer. Les laquais le toisaient du haut de
leur insolence; le petit chien n'eût pas pris
une gimblette de sa main : c'était un homme
à ne pas revoir; il avait des manchettes de
mousseline ! Cet homme à ne pas revoir
avait quelquefois le bon sens de rendre à ces
originaux le service de passer sur leurs ridi-

cules : il finissait par les apprivoiser avec ses
bonnes qualités ou ses talens : l'estime et l'a-
mitié déplaçaient à la longue l'étiquette; car ils
ont un sentiment inné de justice qui surnage
toujours sur leurs brillantes frivolités. S'il tenait bon, ils finissaient par l'aimer : ils en
étaient quittes pour dire tout bas à leurs semblables : Pardon; il est fantasque, il se met
mal, mais c'est un galant homme.

Jadis ces sottises donnaient lieu quelquefois
à des scènes assez plaisantes. Un duc et pair,
homme d'ailleurs très-recommandable, et que
son goût pour les arts rendait tout à la fois
cher aux gens instruits, et utile à la patrie, rassemblait chez lui, chaque semaine,
à un jour marqué, tout ce que Paris possédait alors d'hommes d'un mérite distingué dans tous les genres de talens. Ces soirées étaient délicieuses : on y dessinait, on
y faisait des lectures, on y exécutait de la
musique; un souper magnifique succédait à
ces plaisirs, et quelquefois le bal succédait
au souper. Tout ce que les arts produisaient
pendant ces soirées entrait dans la collection
du duc; et chaque année il s'acquittait envers
les auteurs par des présens que l'usage des
étrennes lui permettait de leur offrir sans

blesser leur délicatesse. Un jour on lui présenta un dessinateur célèbre : il se nommait
Palmérius ou Palmiris. Soit bizarrerie d'artiste, soit pauvreté peut-être, le costume de
cet homme, d'un talent distingué toutefois,
était aussi grotesque que négligé : son linge
était sale, ses souliers crottés, sa perruque
mal peignée; il avait un méchant haut de
chausse raccommodé sur les genoux; il portait
des bas noirs, grande irrévérence alors. Soit
que réellement il ne possédât pas un habit, ou
que ce fût caprice de sa part, bien est-il que
ce jour-là il n'en avait point : il était simplement vêtu d'une antique veste à manches
d'un vieux damas blanc à ramage cramoisi,
qu'un large galon, dont on n'apercevait plus
que les débris, avait jadis enrichi. Enfin, par
dessus tout cela, soit pour se tenir plus chau-
dement, soit pour cacher ce ridicule accoutrement, il portait un manteau écarlate passablement usé, et dont le tems avait rongé la
couleur. On voit d'ici la singulière figure qu'il
devait avoir. Tant qu'il fut dans le salon,
l'on y prit peu garde; les artistes connaissaient
son esprit fantasque; et le duc, de son côté,
avait trop de philosophie pour attacher de
l'importance à la manière dont un homme

était vêtu : mais au souper ce fut autre chose. Je n'ai pas besoin de te dire que dans la maison d'un duc et pair la livrée était considérable : alors cette foule de valets était toujours présente tant que durait le repas : la grandeur l'exigeait ainsi. Cependant, malheur au convive qui, chez les personnes de ce rang, n'avait pas un domestique à lui pour le servir! vu l'insolence des valets des grands seigneurs, il courait risque souvent de mourir de faim, et de soif surtout, car l'usage ne permettait pas, comme aujourd'hui, de mettre les flacons et les verres sur la table. Mais revenons : on sert donc; on passe du salon dans la salle à manger : chacun se place, et le pauvre Palmiris, comme les autres, avec son vieux manteau. Et voilà cette horde de laquais qui s'avise de trouver sa parure originale, et de se coaliser pour feindre de ne pas entendre toutes les fois qu'il demandera une assiette ou à boire. Quant à se passer d'assiette, à la bonne heure; il importait peu à Palmiris de manger plusieurs mets sur la même : mais se passer de boire ce n'était ni son intention ni son usage. Il demande donc à boire; rien : à boire; néant : à boire; tout est sourd. L'assemblée était trop nombreuse, et le duc trop

occupé à faire les honneurs de sa table, pour
que l'on s'aperçût de l'impertinence de cette
livrée. Quand Palmiris, par ses demandes
aussi réitérées qu'inutiles, est parvenu à se
convaincre que cette surdité est une véritable
conjuration, que fait-il? Il se lève de table. Un
mouvement semblable, au milieu d'un souper
de cérémonie, était bien fait sans doute pour
attirer sur lui tous les yeux : n'importe, il ne
perd pas la tête; il va droit au buffet, prend
une grande jatte de porcelaine qui lui tombe
sous la main, saisit une bouteille de Bordeaux,
la vide toute entière dans la jatte, l'apporte,
la place devant lui, se remet à table, et, sans
se déconcerter, boit à longs traits dans cette
vaste coupe. On éclata de rire, et, comme de
raison, les rieurs furent de son côté. Le duc,
indigné, fait à ses gens la plus vigoureuse ré-
primande, ordonne à l'un d'eux de se tenir
derrière la chaise de Palmiris, et lui enjoint,
sous peine d'être chassé, d'être toujours à ses
ordres toutes les fois qu'il souperait chez
lui. Cette scène n'est que bouffonne : mais
bien en prit à Palmiris d'avoir à faire à un
grand seigneur qui pardonnait à l'habit en
faveur du mérite; chez tel autre on eût trouvé
et l'habit et la manière de se désaltérer très-

despectueux, et la conduite des valets très-convenable.

Comment se corrigeraient-ils de cette folie? Quand un enfant a contenté ses maîtres, a bien appris sa leçon, a été raisonnable pendant tout un jour on ne lui dit pas : Je vous promets pour récompense que la première fois que nous rencontrerons un pauvre vous lui donnerez l'aumône; on ne lui dit pas : Je vous promets que je vous permettrai tel jour de ne pas aller à la comédie, pour visiter tel vieillard infirme, et lui porter six francs que j'ajouterai à vos menus plaisirs : on lui dit : vous avez été bien sage, mon ami, vous aurez un bel habit. Et voilà la petite tête qui calcule, combine, fermente, et conclut enfin qu'un bel habit est le *nec plus ultrà* du bonheur; et le premier quidam bien vêtu qu'il verra paraître chez sa mère il ira bien vite lui dire à l'oreille : Ce monsieur a été bien sage, maman; il a un bien bel habit. Pars de cette première conséquence tirée par l'enfant ; vois où elle le conduira : Veux-tu l'inverse? L'enfant a-t-il fait quelque sottise. Vite qu'on mette des sabots, un bonnet de laine, un habit de bure à ce petit drôle : voilà comme on habille les mauvais sujets, monsieur. Hé bien! réponds, que

pensera l'enfant toutes les fois qu'il verra un
homme en sabots? il se dira à part lui :
Voilà comme on habille les mauvais sujets.
Juge de la *justesse* des raisonnemens qu'une
semblable correction aura procurée à son
esprit, surtout quand le spectacle qu'il aura
constamment sous les yeux servira sans cesse
à confirmer cette première notion ! Quand
il verra l'honnête homme mal couvert lever
d'une main timide le marteau de la porte
cochère de son père : le portier, le chapeau
sur la tête, lui demander rudement : Que
voulez-vous ? Le valet de chambre, étendu
sur un fauteuil, lui dire sans se lever : Qu'est-
ce que c'est? Monsieur n'a pas le tems; attendez. Le chien aboyer une heure après lui
sans qu'on lui impose silence. Enfin quand il
verra son père paraître, regarder ce malheureux du haut de sa grandeur, faire signe à un
secrétaire de prendre son placet, et d'un ton
sec lui dire: Allez, je verrai cela, l'enfant dira
tout bas : C'est ainsi qu'on habille les mauvais
sujets. Peut-être à pareil âge son père l'a-
vait dit comme lui ; et tu vois comme il reçoit cet homme en sabots! Maintenant, Giafar,
tu connais la source de ce grand respect pour
les beaux habits. Boursault, dans son *Esope à
la cour,* en faisant ouvrir devant Crésus le

coffre où le Phrygien, devenu premier ministre, avait conservé les dépouilles de sa première misère; et Voltaire, dans sa *Nanine*, en
faisant accueillir le pauvre Philippe Humbert
avec tant de distinction par le comte d'Olban,
leur ont donné à ce sujet une forte leçon. Ils
la sentent, ils applaudissent avec fureur : hé
bien ! propose-leur, en sortant de là, d'ad-
mettre un Philippe Humbert à leur table,
ils n'auront garde.

La pente vers ce préjugé est si générale, que
si, par hasard et de loin en loin, un exemple
contraire vient à y déroger, on le cite comme
un miracle, un phénomène, un acte d'émi-
nente vertu. Sous le règne de Louis XV,
tems, il faut le dire, où les ridicules de ce
genre furent poussés à un degré d'exagéra-
tion dont on a peu d'idée, un pauvre militaire vivait dans le fond d'une province du
Midi, à cent cinquante lieues de la cour. Ancien garde du corps, retiré depuis cinquante
ans du service, devenu très-vieux, éprouvant
des besoins que son âge rendait chaque jour
plus sensibles, n'ayant pour unique ressource
qu'une modique pension de six cents francs,
il avait écrit cent fois peut-être au ministre
pour lui peindre sa déplorable situation : mais
en vain ; jamais de réponse. Il s'impatie nte

la longue; et mettant à profit une santé assez
vigoureuse encore, le voilà, malgré ses
quatre-vingts ans, en route, à pied, chemi-
nant vers Paris à l'aide de quelques écus
qu'il avait économisés. Il arrive enfin sans
encombre : il est à Versailles. Tu t'imagines
aisément que sa toilette était peu recherchée;
la propreté seule en faisait les frais. Cinquante
ans d'absence le rendaient un peu étranger à
Versailles: il s'enquête, il s'informe; on lui indique les bureaux de la guerre. Alors le duc de
Choiseuil était ministre, et M. de Saint-Paul
premier commis. Il se présente chez ce dernier:
on l'introduit dans son cabinet : à son aspect
vénérable, M. de Saint-Paul approche lui-
même un fauteuil, le fait asseoir, et lui demande le motif de sa visite. L'affaire ne fut
ni longue à expliquer, ni difficile à justifier, et
le premier commis n'eut que la peine de jeter
les yeux sur les registres. Dès ce matin même,
monsieur, lui dit M. de Saint-Paul, je ren-
drai compte de votre demande à M. de Choiseuil : je vous invite à vouloir bien vous trouver demain à une heure à son audience. Je
n'éprouve qu'un regret, c'est de n'avoir pas
le droit de prononcer moi-même. Notre vieillard fut fidèle au rendez-vous. Dès que M. de

Choiseuil l'aperçut, il vint à lui : Monsieur, lui dit-il, j'ai informé le roi de vos services : il vous nomme chevalier de Saint-Louis, et vous accorde une pension de deux mille quatre cents livres. Je vous annonce que la première année est échue aujourd'hui : voici pour la toucher une ordonnance sur le trésor public. J'espère que vous me ferez l'amitié de dîner aujourd'hui avec moi. Sais-tu, Giafar, ce qui, dans tout cela, occupa superlativement et la cour et la ville? Tu crois peut-être que ce fut le voyage extraordinaire d'un vieillard qui, malgré ses quatre-vingts ans, fournit à pied une course de cent cinquante lieues, ou bien la conduite noble et expéditive du ministre et du premier commis, ou bien enfin la justice et la générosité du monarque? Parbleu oui! c'est bien vraiment de tout cela dont il s'agit! La chose superbe, sublime, inouie, admirable, incroyable, inconcevable, c'est......... c'est que M. de Saint-Paul lui avait offert un fauteuil; c'est que M. de Choiseuil l'avait fait dîner à sa droite en habit de drap. Saint-Paul qui lui a présenté un fauteuil! c'est divin! Il a dîné chez le duc en habit de drap! c'est charmant! Bonsoir, Giafar.

LETTRE XVI.

Le même au même.

Peu de peuples eurent plus de prestesse dans la répartie, plus de concision dans les réponses, plus de finesse, plus de sens dans les mots. Dans l'antiquité on trouve mille exemples de généraux harangant leurs armées avec force, avec éloquence, pourvu toutefois que ces harangues ne soient pas le fruit du cerveau des historiens. En France, quatre mots suffirent souvent à leurs généraux pour embraser tous les esprits, pour imposer silence au murmure, pour commander la victoire. Dans la dernière guerre, un soldat mécontent montre à Bonaparte son habit entièrement usé, dont les lambeaux le couvraient à peine, et lui en demande un neuf avec assez d'humeur. *Un habit neuf !* répond le général; *tu n'y songes pas : on ne verrait pas tes blas-*

sures. L'antiquité n'offre rien de comparable à ce mot.

Avant la révolution toute leur infanterie était habillée de blanc ; un corps seul de grenadiers avait l'uniforme bleu. Dans une bataille un régiment blanc allait charger : l'officier qui le commande ne lui dit que ces mots: *Blancs, les bleus vous regardent,* et la victoire fut décidée.

Pendant la guerre de la révolution, le général Pérignon commandait l'armée française contre les Espagnols. Au moment de livrer bataille, il dit: *Soldats, voilà les Gardes Walones devant vous: elles passent pour les meilleures troupes de l'Europe: que dira-t-on de vous qui allez les battre!* Et il les battit.

Un représentant du peuple, portant, dans une tête exaltée, un esprit sujet aux préventions, ou peut-être entraîné loin de sa raison par les opinions irréfléchies et dominatrices dans un moment de tourmente, ordonne par écrit à ce même général de faire arrêter tel officier, parce que, dit l'ordre, cet officier est aristocrate. Le général Pérignon lui répond à l'instant: « Je vous préviens, citoyen « représentant, que cet officier, que vous m'or- « donnez de faire arrêter comme aristocrate,

« a été tué hier en combattant pour la li-
« berté. » Que de sens dans cette réponse!
tout est là.

Je te citerais des milliers d'exemples de concision pareille, tous marqués au coin d'une profondeur inimitable. Ils parlent quelquefois
comme Tacite écrivait, ou leur Montesquieu.

Plus que tout autre peuple, ils sont sin-
gulièrement adonnés au duel : c'est un grand
malheur, car c'est une chose atroce que le
duel. Une foule d'écrits ont attaqué ce fléau :
leurs philosophes, leurs moralistes l'ont examiné sous toutes ses faces ; ils en ont cherché l'origine, le principe, les causes ; ils
en ont peint les funestes effets sous les plus
noires couleurs ; toutes les armes de la sagesse
ont été aiguisées pour le combattre et le ter-
rasser. Plus d'une fois l'autorité lança contre
lui des ordonnances foudroyantes. L'ordonnance la plus sûre contre le duel serait une ordonnance qui leur défendrait l'esprit.

Le duel est atroce, je le répète ; mais, je le
prophétise à regret, jamais on n'extirpera le
duel en France. Ils se battent, disent-ils,
pour venger leur honneur offensé : prétexte ;
sur cent duels, quatre-vingt-dix n'ont pour
motif qu'une saillie et une répartie. La saillie

fait rire les auditeurs ; la répartie est-elle
gaie, vive, piquante, soudain les rieurs passent de ce côté. Voilà donc un succès arraché
au moment même où l'on commençait à en
jouir. Tu vois qu'il n'y a pas l'ombre de l'injure dans tout cela ; mais si fait bien beaucoup
de meurtrissure pour l'amour-propre.

Qui doute que, si le duel n'avait pour objet
unique que de repousser une expression grossière, on ne parvînt à leur faire entendre
raison sur ce ridicule ? Ils sentiraient à merveille qu'un mot lâché dans la colère ou dans
l'ivresse, qu'une tournure de phrase puisée
souvent dans la mauvaise éducation, que l'u-
sage de quelque sale épithète contractée dans
la licence des camps, ne valent pas la peine
d'armer les hommes les uns contre les autres.
Mais comment, avec l'importance qu'ils attachent à l'avantage de briller par l'esprit, leur
faire entendre qu'ils doivent pardonner à
celui qui leur ravit le laurier fugitif d'un bon
mot, d'une saillie, d'une mauvaise plaisan-
terie ? C'est un cruel ennemi que celui dont la
répartie, juste et spirituelle, attire subitement
à lui toute l'attention que l'on donnait tout à
l'heure à une saillie plaisante. Plus les deux
champions auront mis de finesse dans l'atta-

que et dans la riposte, plus le duel est inévitable.

Deux demoiselles extrêmement jolies, toutes deux filles de médecins, arrivent l'une après l'autre dans un bal : la première fait grande sensation; un murmure flatteur atteste et célèbre sa beauté. L'instant après paraît la seconde, et l'admiration change d'objet : un jeune homme dit en plaisantant : *Cette médecine fera rendre l'autre*. On rit. L'amant de la première répart : *J'en doute; une médecine sans la saignée ne fait point d'effet*. Et ils vont se battre.

Un homme contrefait est au parterre; on y était debout alors, et souvent très-pressé. Son plus proche voisin lui dit d'un ton goguenard : *Votre éminence me gêne beaucoup*. Ce mot à double sens excite le rire. *Mille-pardons, monsieur*, répart celui-là ; *je suis désespéré de n'être pas aussi plat que vous*. On rit davantage; et ils vont se battre.

Les traits de ce genre sont à l'infini. En quoi compromettent-ils l'honneur ? La probité suspectée, le courage révoqué en doute, la mauvaise foi reprochée, voilà, ce me semble, ce qui intéresse l'honneur. Mais jamais, ou bien rarement du moins, un duel

a-t-il chez eux un pareil motif : leur politesse s'y oppose. La fureur du duel repose
donc uniquement sur la fureur de montrer de
l'esprit. Cet amour pour les jeux de mots, ce
ridicule penchant pour l'épigramme, cette
soif perpétuelle de briller, l'humiliation de
se trouver au second rang dans une semblable
lutte, l'inévitable susceptibilité qui en est le
fruit, voilà ce qui les arme ; et contre une victime réclamée par l'honneur, il en est mille
immolées aux plaisanteries presque toujours
insignifiantes, et souvent les plus vides de sens
commun.

Est-ce donc là ce que l'on peut appeler de
l'esprit? Mais en cherchant à les corriger, à
la longue, de cet abus par une éducation qui
leur en fît perdre insensiblement et le goût
et la tradition, ne nuirait-on pas à cette viva-
cité d'imagination, inépuisable source de ces
mots si concis, si heureux, si profonds dont
je t'ai cité quelques exemples au commencement de cette lettre? Pas plus que le genre
de la parodie ne nuit au bel art dramatique.
Que sont, en effet, ces misérables pointes, ces
ridicules jeux de mots, ces expressions à
double entente, occasion de tant de duels,
sinon la déplorable caricature de ces mots

sublimes, occasion de tant d'héroïsme ? Ils
sont à ceux-ci ce que la mesquine lueur d'une
fusée est à la majestueuse clarté de la foudre.

C'est donc vainement que l'on attribue leur
penchant pour le duel à un sentiment particulier d'honneur. Sans doute il faut leur rendre
cette justice que le sentiment du véritable
honneur est plus irritable et plus exquis chez
eux que chez tout autre peuple ; mais ici,
quand on veut connaître la somme d'honneur
que chaque homme possède, il ne porte pas
en compte, à coup sûr, le nombre de duels
qu'il a soutenus. Les Français attachent l'honneur à la bravoure dans les batailles, à la fidélité dans les sermens, à la probité dans les
emplois, à la scrupuleuse exactitude dans les
devoirs : voilà leur honneur, voilà celui dont
ils se targuent, dont ils tirent vanité, dont ils
se parent avec une joie qui ressemble presque
à l'orgueil. Mais qu'ils se battent, il n'en est
pas un seul qui, dans la douleur de son âme,
ne s'écrie : Détestable honneur ! Ils sentent
donc que ce n'est pas là de l'honneur ? Oui,
sans doute, ils le sentent : ils murmurent
non contre l'honneur, mais contre la honte
de ne pouvoir être supérieurs à leur petite vanité humiliée d'une pitoyable bouffonnerie,

d'une plate équivoque qu'ils n'auront pas re-
poussées au gré de leur malignité; et ils sacrifient leur vie, parce qu'à leur fantaisie ils
n'ont pas eu assez d'esprit, ou que leur rival
en a eu trop. Je le répète, sur cent duels il y
en a quatre-vingt-dix à la Sainte-Foix.

. C'est également une erreur de prétendre
que le duel est le vestige des mœurs gothiques.
Ces sortes de duels, que jadis on nommait
jugemens de Dieu, exécrables monumens
d'une législation barbare, n'ont point et ne
peuvent avoir laissé de traces chez une nation éclairée, aimante par caractère, et juste
par sentiment. Si l'on disait aujourd'hui au
Français le moins instruit : Un forfait a été
commis ; deux hommes se l'imputent : le tribunal, incertain, a ordonné que ces deux
hommes se battissent. Dieu prononcera : le
vaincu sera le coupable, et c'est lui que l'on
enverra au supplice, ce Français répondrait :
Ce tribunal est composé de fous; il faut les
mettre aux petites-maisons. Il n'est donc pas
vrai que dans les mœurs et les usages il reste
aucune trace de cette loi, puisque les seules
lumières de la raison suffisent pour la démon-
trer insensée à l'homme le moins pénétrant.
Il en est d'une semblable loi comme de celle

de la torture ; une fois abolies, il n'en reste aucune empreinte sur les habitudes nationales.

Peut-être croiras-tu que c'est à l'imitation de quelque autre peuple qu'ils ont adopté la funeste manie des duels, et que, naturellement enthousiastes, ils ont en cela, comme en toute autre chose, porté l'imitation à l'excès. Cela n'est point vrai : non-seulement aucun peuple de l'antiquité ne connut le duel ; mais encore s'il s'est introduit chez quelques nations modernes de l'Europe, c'est tout simplement parce qu'elles ont voulu faire ce que l'on fait en France. Les étrangers pratiquent le duel à peu près comme ils portent un habit, un chapeau, des bottes de telle façon : le tout est pour être à la française ; c'est la mode. Donc en cela les Français ne sont pas imitateurs ; ils sont originaux, et sont imités.

Mais enfin, diras-tu, puisque ce n'est point dans le sentiment d'un véritable honneur ; puisque ce n'est point dans un reste d'attachement pour des lois antiques ; puisque ce n'est point dans l'exemple de nations ou fameuses par leur courage, ou voisines de leurs frontières qu'ils puisent ce penchant pour le duel ; où donc est la source de ce fléau ? Je te

l'ai dit; dans un malheureux abus de la parole,
dans la funeste importance qu'ils attachent à la
plus fugitive des gloires, celle de briller par
l'esprit aux dépens de leurs amis, aux dépens
de leur propre repos, aux dépens mêmes de
leur raison. Les duels particuliers ne sont pas
plus fondés sur l'honneur que les duels judi-
ciaires n'étaient fondés sur la justice. Quelque
nuances que prenne cet abus de l'esprit, il est
toujours le même dans ses résultats. Du tems
de la chevalerie, ils se battaient non pas pour
défendre, mais pour intéresser leur maîtresse.
Un fou venait dire à un autre fou : Je soutiens
que ma dame est plus belle que la vôtre. En
conséquence, bataille, meurtrissure, ho-
rions, pourfendaisons, mort quelquefois; et
ces dames si belles n'étaient souvent que les
dames de leurs pensées, que ni l'un ni l'autre
n'avaient jamais vues. Et ils appelaient cela de
la galanterie. Ainsi, s'ils se battent aujour-
d'hui pour prouver que leur épigramme vaut
mieux que celle de leur ennemi, ils se battaient
alors pour affirmer que le rêve de leur imagination était plus joli que le rêve de leur rival. Dans l'intervalle des deux époques,
autre folie; ils se battirent pour le seul plaisir de se battre : il ne fut question ni de che-

valerie, ni de maîtresse, ni d'honneur, ni de jeux de mots; il fut question de se battre, voilà tout. Un étourdi rencontrait un autre étourdi, et lui disait : J'ai velléité de me mesurer avec vous, à peu près comme on dit à quelqu'un : J'ai envie de faire votre connaissance. Tu crois peut-être que cet étourdi ne parlait que pour son compte? Point du tout : il allait chez son ami, et lui disait : Je vais me battre avec un tel; il amène avec lui tels et tels : veux-tu en être? — De tout mon cœur. Ne dirait-on pas qu'il s'agissait d'un dîner? Ainsi, à cette époque, sans beautés à soutenir, sans honneur compromis, sans haine particulière, sans raison aucune que la puérile jactance de faire parade d'adresse, une douzaine d'hommes, plus ou moins, allaient se couper la gorge. Et pour te donner la mesure de la démence de l'opinion publique, sache que si le provoqué ou quelques seconds refusaient, ils étaient déshonorés. Citez-leur les spectacles des gladiateurs de l'antique Rome; ils répondront : Barbarie; les taurréadors d'Espagne, barbarie; les boxeurs de Londres, barbarie. Parlez-moi, diront-ils, des douces mœurs de la France! Fort bien; mais avec ces douces mœurs de

la France un homme en se levant n'est pas
sûr s'il finira la journée sans tuer ou être tué
dans toutes les règles de l'honneur, ou s'il ne
sera pas flétri dans toutes les règles du bon
ton pour n'avoir pas voulu tuer ou être tué.
Et par qui tué? Par un inconnu, par un indifférent, par un homme contre lequel la
haine n'anima jamais, par un camarade, par
un ami; par un proche parent quelquefois.
Ou bien par qui flétri? Par un monde que
souvent on n'estime pas, par des sociétés qui
ne vous fréquentent, ni ne vous recherchent,
ni ne vous connaissent, qui ne partageraient
avec vous ni leur alliance, ni leur bourse, ni
leurs plaisirs; également insensibles à vos revers et à vos succès, que vous ne trouverez jamais ni pour les consolations, ni pour les services, ni pour l'estime; à qui votre antago-
niste est aussi étranger, aussi indifférent,
aussi inconnu que vous-même; et qui ne s'a-
visent de prononcer votre nom et de s'entre-
mêler de votre existence que pour vous condamner à l'infamie sur la foi d'un préjugé
aussi imbécille que barbare, aussi extravagant
qu'homicide. Et voilà un chapitre de ces
douces mœurs.

Oh! je l'avoue, mon cœur se serre, mes

cheveux se dressent d'indignation quand mes
yeux tombent par hasard sur ce luxe d'éducation étalé dans ces programmes de leurs
maisons d'instruction. Que de promesses fas-
tueuses des soins préparés à ces élèves ! comme
on veillera sur la pureté de leur ame ! comme
on les formera aux vertus religieuses ! comme
on les ploiera à l'urbanité, à la politesse, à
la douce pitié, à la tendre bienfaisance, à la
sainte humanité ! Mais le siècle d'or sortira
donc de cet asile avec cette génération nais-
sante ? Et que de précautions pour conserver
intact l'important dépôt des connaissances hu-
maines ! Là seront des professeurs d'histoire,
de poésie, de mathématiques, de physique,
de langues anciennes et modernes. Et quoi
encore ? Des professeurs de tous les arts
agréables, de peinture, de musique, de danse.
Et quoi encore ? Un MAITRE D'ESCRIME : un
maître d'escrime ! Cannibales ! et qu'en voulez-vous faire ? Horrible rapprochement ! un
maître d'histoire pour leur apprendre à détes-
téster les attentats de l'espèce humaine, et un
maître d'escrime pour leur inspirer la soif du
plus grand que l'on puisse commettre ! un pro-
fesseur de poésie pour les initier au langage des
dieux, et un maître d'escrime pour leur apprendre l'art d'égorger leur plus bel ouvrage !

des professeurs de physique pour leur dévoiler toutes les lois de la nature, et un maître d'escrime pour les enhardir à en violer la plus sacrée ! des professeurs pour les unir aux hommes de tous les climats par l'habitude familière des langues de tous les peuples, et un maître d'escrime pour leur apprendre à donner la mort pour un mot insignifiant ! des professeurs de tous ces arts divins dont le charme bienfaiteur tempère la férocité naturelle à l'homme, et un maître d'escrime pour les instruire à appuyer sur le meurtre l'effervescence des passions les plus honteuses souvent ! Et voilà cependant les progrès de cette civilisation dont ils sont fiers ! Une punition sévère atteindrait le pharmacien imprudent qui vendrait pêle-mêle et les venins et les baumes; et la loi se tait sur l'instituteur qui met à l'encan le poison du duel avec les parfums de la science.

Mais le soldat... Eh! que parlez-vous du soldat? Quelle différence ! L'escrime a du moins pour lui un but d'utilité : un jour il combattra corps à corps l'ennemi de votre patrie; laissez-lui multiplier son adresse pour le repousser; et puisqu'il doit être votre rempart, souffrez-lui les moyens de le rendre plus inexpugnable encore. — Mais il abusera de même

de cet art funeste contre ses camarades, ses
amis, ses concitoyens. — Cela se peut, malheureusement. Sans doute le soldat, agreste
de sa nature, rude dans ses manières, âpre
par caractère, par profession et par habitude,
abusera de l'escrime dans un moment d'impatience, d'emportement, d'ivresse peut-être;
mais, du moins, le remède est à côté du mal:
le soldat est sans cesse en contact avec la dis-
cipline; des supérieurs, des chefs, des officiers de tout grade sont toujours présens pour
l'arrêter : s'il ne pousse pas jusqu'à l'extrémité le dénouement d'une rixe imprévue, si,
au lieu de se battre, il se réconcilie avec son
adversaire, si des camarades se jettent à la
traverse d'une querelle insensée, et ne peuvent souffrir que deux braves gens s'égorgent
pour un propos futile, il n'a point à redouter
l'ignominieuse médisance d'un monde irréfléchi : brave dans la bataille qui se donna
la veille, brave dans la bataille qui aura lieu
le lendemain, l'estime lui reste entière, et ses
pairs ne le jugent pas sur l'issue pacifique que
peut avoir une dispute. Dans la profession
militaire, l'escrime ne se présente pas sous
un aspect aussi sinistre; elle aide le soldat
dans les combats : elle est donc pour lui une

portion du métier de la guerre. Hors de là elle
n'est que la science du meurtre.

Offrir sans cesse l'insoutenable spectacle de
deux opinions contradictoires, et cependant
également en faveur, l'une qui poursuit le
duel de toute l'indignation réservée à la férocité des mœurs, l'autre qui imprime le sceau
du déshonneur à l'homme qui se refuse au
duel ; maudire sans relâche ce fléau ; armer
contre lui l'éloquence des orateurs sacrés,
toutes les foudres de la morale, toute la puissance de la sagesse, le ranger même au nombre des crimes réservés au glaive des lois ; et,
dans le même tems, laisser l'escrime pénétrer
dans les institutions, entourer ses enfans de
maîtres d'armes, faire préluder la jeunesse au
duel par le simulacre journalier du duel, styler
son bras, ses mains, son œil à discerner la place
la plus favorable pour faire rapidement pénétrer la mort dans le sein de son semblable ;
d'un côté charger la loi de flétrir l'homme
qui se bat, et de l'autre charger l'opinion de
flétrir celui qui ne se bat pas, c'est de toutes
les inconséquences, de toutes les contradic-
tions la plus inconcevable, la plus révoltante, et dont l'exemple ne se retrouverait pas
ailleurs. **Caligula disait :** Si vous ne portez pas

aujourd'hui le deuil de Drusille, vous serez
coupable de lèse-majesté, parce que c'était la
sœur de votre empereur : si vous portez aujourd'hui le deuil de Drusille, vous serez coupable de lèse-majesté, parce que c'est l'anniversaire de mon exaltation à l'empire. Tu le
vois, Giafar, ils raisonnent sur le duel comme
Caligula sur le deuil.

Ce ne seront ni les déclamations, ni les
livres, ni les lois qui réussiront à guérir les
Français de la fureur du duel. Qui donc y
parviendra? Tu ne le croirais pas, Giafar;
ce seront les femmes, dès qu'elles le voudront
avec une volonté forte : ce sont de puissantes
législatrices. Dans aucun tems, en France,
le législateur n'a bien connu l'utilité dont
pouvait être leur secours. Il faut d'abord
qu'elles créent la politesse : une femme entourée d'hommes impolis est une rose au milieu
des chardons : non pas cette politesse de la
chevalerie, fille de la servitude et de l'ennui;
non cette politesse du siècle de Louis XIV,
toujours plus voisine de l'étiquette que du
sentiment; non cette politesse du tems de
Louis XV, qui n'était que l'idiome des grâces
parlé par le libertinage : mais ce mélange heureux d'égards et de déférences, de préve-

nances et de délicatesse, de confiance et de
respect, d'aisance et de pudeur : espèce de
politesse malheureusement si étrangère aux
jeunes gens du jour, si bien faite, cependant,
s'ils entendaient leurs intérêts, pour ajouter
un charme à leur amabilité naturelle ; politesse sans laquelle on aspire en vain à l'élégance, unique ornement comme unique excuse des ridicules de la mode. Cette première
victoire remportée, celle sur le duel deviendra moins douteuse. Il faut ensuite que les
femmes daignent se convaincre que les alarmes qu'elles laissent percer lorsqu'un époux,
un frère, un amant vont se battre, ne font
qu'irriter la fureur du duel. La vanité raisonne toujours faux : l'homme attachera de la
gloire à se montrer supérieur à ces alarmes ;
il les bravera simplement pour ne pas être
soupçonné de faiblesse, ou bien il se figurera
que l'on révoque en doute sa victoire, et ces
alarmes ne fourniront qu'un aliment de plus
à la vanité de vaincre, ou bien elles fascine-
ront son imagination des rêves de l'espérance,
et lui feront concevoir une jouissance délicieuse à les dissiper à son retour : ainsi, il ira se
battre ou pour satisfaire au petit orgueil de
ne pas céder aux craintes d'une femme, ou

pour donner un démenti à ces inquiétudes par
le triomphe qu'il espère, ou pour se ménager,
en essuyant des larmes dont il se croit l'objet,
un plaisir qu'il ne goûterait pas sans la querelle qu'il va vider. Que les femmes, justes
appréciatrices de la bravoure, réservent leurs
sourires aux braves des batailles, et qu'elles
essaient l'indifférence pour les héros de car-
tel; qu'elles sentent assez leur dignité, la puissance de leurs charmes, la puissance surtout
de leurs vertus, pour ne pas laisser pressentir
à l'homme qui les accompagne qu'elles sont
sous sa protection, qu'elles ne se croient pas
assez garanties par le respect qu'on leur doit,
qu'elles ont besoin d'un défenseur, d'un chevalier, d'un champion, et ne fassent pas
naître, par cette espèce d'abaissement, si des-
tructeur de leur empire, l'insolent désir, non
pas de les défendre, mais de passer pour les
avoir défendues; que, faites pour être admises
partout, elles ne se fassent point une affaire
d'occuper tel rang dans une contredanse, au
bal, au spectacle, à table; et que leur estime soit pour l'homme qui les honore où elles
se trouvent, et non pour celui dont la fatuité
ne tend qu'à s'honorer lui-même, en dispu-
tant une place pour elles; que, douées d'un

instinct plus délicat, d'un tact plus fin, d'un
goût plus exquis, elles n'applaudissent qu'aux
mots ingénieux, qu'aux expressions aimables,
qu'aux plaisanteries légères, spirituelles et
polies, chaînons imperceptibles et charmans
dont use la décence pour unir les individus
dans la société, et comparables à ces guir-
landes qu'emploient les Amours pour grou-
per les Grâces et les Jeux ; qu'elles dédaignent
dans leurs adorateurs ces mots dont le double
tranchant va porter la blessure, ces équi-
voques dont l'âcreté va solliciter l'amertume
de la répartie, ces pâles calembourgs dont
l'imbécillité provoque autour d'eux l'insulte
des bâillemens, et finissent par prêter un
front ennemi à l'homme qu'ils ennuient. Des
prétentions de moins, de la politesse de plus
pour la gloire des femmes et l'intérêt des
hommes ; de l'esprit, et non du jargon ; de
l'amabilité, et non de l'afféterie ; de la dignité,
et non de l'arrogance ; de l'aisance, et non de
la familiarité ; enfin un ton honnête, et non
pas des tons : ainsi, et par degrés, les sources
du duel se tariront ; il se réfugiera dans la
classe corrompue, et alors ce sera l'affaire des
lois.

Mais je te parle, Giafar, comme s'ils de-

vaient m'entendre : pardonne ; ils m'ont
assez bien reçu pour rêver quelquefois leur
bonheur.

LETTRE XVII.

Le même au même.

GÉSID, me disait dernièrement un homme de soixante ans, Paris vous enchante : quel eût donc été votre délire si vous l'eussiez habité il y a vingt ans! c'était vraiment alors le paradis terrestre, le séjour des dieux, l'asile de tous les plaisirs, le temple de tous les arts, le rendez-vous de l'Europe, la patrie de l'Univers! — Vous m'inspirez des regrets: Paris tel que je le vois aujourd'hui me semblait la merveille du monde, et je conçois à peine..... — Bagatelle! cela n'est pas comparable. — Y avait-il alors plus de spectacles ? — Non; beaucoup moins. — Jouait-on, chantait-on, dansait-on davantage? — Non; beaucoup moins. — Voyait-on plus de tableaux? y avait-il plus de peintres et de statuaires célèbres? rencontrait-on un plus grand nombre

de productions des arts? — Non; beaucoup
moins. — Les promenades étaient-elles plus
magnifiques et plus fréquentées? le jardin
des Plantes était-il plus riche? les Tuileries
plus belles? — Non; beaucoup moins. —
Mais alors je n'entends pas trop..... — Non,
vous dis-je, cela ne se ressemble pas : qui n'a
point vu l'ancien Paris n'a rien vu : dix
mille carrosses de plus, cinquante mille laquais, des coureurs, des cochers à mous-
taches, des manchons, des bouquets, des
diables, des cabriolets, des Mousquetaires,
des Gardes-Françaises, un parlement, un
bruit! un tumulte! un tapage! un hourvari!
c'était charmant! — Cela se peut; mais...— Et
puis alors on dînait, on soupait; un homme
un peu répandu était sûr que deux fois par
jour les plaisirs de la table se répétaient pour
lui : mais aujourd'hui quelle mesquinerie! on
dîne à six heures : c'est fort heureux pour les finances de ceux qui tiennent maison; mais pour
leurs convives!.. — Sans doute les plaisirs de la
table peuvent entrer pour quelque chose dans
ceux de la vie; mais il me semble que c'est
assez d'ennui pour un jour que le cérémonial
d'un grand dîner. — Plaisantez-vous? Est-ce
que sans l'étiquette, sans le cérémonial il est

de bonheur, il est de jouissances? On voit
bien que vous n'avez nulle idée du Paris que
je regrette. Quelle magnificence! quelle grandeur! quelle dignité dans ces repas que vous
ne verrez jamais, et que je ne verrai plus!
que de charmes! que d'amusemens! — On
riait donc beaucoup? — Fi donc! est-ce qu'on
riait dans la bonne compagnie! on souriait.....
des lèvres quelquefois. — Parbleu, j'aurais
bien voulu connaître les passe-tems enchanteurs de ces hommes qui ne riaient jamais;
cela devait être bien gai. — Admirable, vous
dis-je. Que ce tems n'existe-t-il encore! vous
connaîtriez Paris, et moi j'en jouirais. — C'est
surtout, à ce qu'il me paraît, la conversation,
les visites, les sociétés, les grands repas que
vous regrettez : donnez-moi donc, s'il se peut,
quelques notions sur tout cela, afin que je puisse
en juger un peu par comparaison. Eh! mon
cher Mameluck, quels récits approcheraient
de la réalité! Les conversations! spirituelles,
amusantes, instructives : un mot sur une
chose, deux sur telle autre; rien de lourd,
rien de pédant; à bâtons rompus; un oui,
un nom; quel tems fait-il? quelle nouvelle?
et votre santé? C'était charmant! Les visites!
vingt courses dans une soirée, quatre ou cinq

heures dans son carrosse : on ne trouvait personne ; c'était admirable ! Et les soupers ! on était prié huit jours, quinze jours, un mois d'avance. On disait dans le monde : Je soupe chez M. le maréchal tel, chez le comte un tel. Cela avait son bien : on vous juge par les gens que vous voyez. Etiez-vous invité chez telle duchesse ; hé bien ! madame la duchesse à sept heures du soir commençait sa toilette : voilà de l'occupation jusqu'à dix heures : et quelle parure ! un panier de quatre aunes, une robe éblouissante d'or et d'argent, pour cent mille écus de diamans, une coiffure haute de cela, des plumes, ah ! des plumes ! A dix heures elle entrait dans son salon : personne n'était encore arrivé ; elle était seule : quel plaisir ! Bientôt un valet de chambre ouvrait les deux battans : entendez-vous? les deux battans : cric crac. Hen ! Madame la princesse une telle, madame la vicomtesse, telle. Elles entraient : puis les révérences puis les fauteuils que l'on approchait. Vous venez de l'Opéra ?—Non ; de Versailles.—Le tems est horrible.—Votre robe superbe. Cric crac, les deux battans. Son éminence monseigneur le cardinal un tel, M. le grand bailli de la Morée. On se lève, on salue. Nouvelle distraction ; en-

core la voix sonore du valet chambre : M. et
Mme une telle. Remarquez bien : ce sont des
gens de province ; rien qu'un battant. C'est
délicieux ! A peine est-on assis, nouvelle annonce, nouveau plaisir. M. le vicomte tel,
M. le vidame tel. Quel parfum ! quelle élégance ! quels habits enchanteurs ! que de bijoux ! que de breloques ! L'on s'était levé ; l'on
se rassied. Concevez-vous ce mouvement,
cette agitation, cette variété ? jamais de langueur, jamais d'ennui. On annonce encore:
M. le duc : rengrégement de plaisir ; c'est le
maître de la maison. — Et on l'annonce ? —
Sans doute ; c'est chez sa femme. — Ha ! ha ! —
Il est onze heures et demie : tout le monde est
arrivé : les parties se forment. Entendez-vous
ce murmure enchanteur? Point d'éclats, point
de gros rire ; le ton de la haute compagnie :
Le quinola à la bonne. — C'est piquant ! Ailleurs : *Voulez-vous carte ?* — *Accusez.* —
Quinze. — Ici : *Mauvaise rentrée.* — *Qu'importe, je marque.* — *A deux cartes.* — *Capot.* —
Plus loin : *Deux de trique.* — *Combien d'honneurs, madame ?* — *Point.* — Il est minuit:
le maître d'hôtel paraît : *Madame la duchesse est servie.* Tout le monde se lève : on
donne le bras, on traverse cinq antichambres ; on arrive dans la salle à manger. Cent

bougies ! la plus riche vaisselle ! On est à
table : on ne connaît pas son voisin ; c'est
excellent ! rien n'est piquant comme la nouveauté. On a soupé : on retourne dans le
même ordre; les parties s'achèvent. Il est
deux heures : on sort, on appelle ses gens, on
monte en voiture, et l'on va se coucher.
Quelle soirée enchanteresse! Les dieux s'amu-
sent-ils davantage ? — Puisque vous le dites,
cela pouvait être fort amusant; mais j'avoue...
— Bah ! vous ne pouvez pas en juger; vos
mœurs de l'Egypte et les nôtres.... — Mais je
crois qu'en fait de plaisir tout homme peut
être juge. — Point du tout; vous n'êtes pas
Français. — Cela veut dire que les Français,
souvent, substituent aux plaisirs l'idée d'en
avoir eu.— Hé bien ! qu'importe ? s'amuser ou
croire que l'on s'amuse n'est-ce pas la même
chose? — Fort bien : mais quand on se fait de
ces sortes de plaisirs, ne se fait-on pas aussi
quelquefois des ennuis de convention ?

Ma réflexion lui déplut, et il me quitta :
elle était vraie pourtant. Demandez à cette
foule de petits maîtres, de jolies femmes dont
Paris fourmille s'ils ne sont pas convenus de
s'ennuyer de tous les plaisirs que l'on doit à
la nature, au sentiment, à la culture de l'es-

prit. Parlez-leur des charmes que l'on savoure à la campagne, des jouissances que l'on
goûte à la vue de l'ouvrier que l'on fait vivre,
à l'aspect des moissons dont un village attend
son existence, de la prospérité des métiers que
vous établites, de la cabane du pauvre que vos
secours ont réparée; dites-leur qu'il est doux
de se reposer à l'ombre de l'arbre que l'on a
planté, de sourire au paysage que vos troupeaux enrichissent, de causer avec l'homme
simple dont la bêche laborieuse fertilise vos
jardins, de visiter quelquefois le tombeau de
ses aïeux pour remonter ses vertus au souvenir des leurs; dites-leur qu'ils sont délicieux
les instans qu'un père passe avec ses enfans,
qu'ils sont enchanteurs les entretiens de deux
époux, qu'elles sont ravissantes ces fêtes de
famille où la voix du sang, la tendre amitié,
l'aimable confiance invitent tous les âges, accordent tous les cœurs, confondent tous les
vœux, jour de bonheur où le nom de parent
n'est plus que le nom de frère, où la mère et
la jeune épouse semblent respirer le même
printems, où l'aïeul et l'enfant au berceau se
désaltèrent dans la même coupe, où le respect de la domesticité se cache sous l'épanche-
ment et la reconnaissance. Ennui mortel, ré-
pondront-ils, fadeurs, bergeries, vie germa-

nique que tout cela. Un garick, des chevaux, des courses, des jockeys, le bal, l'O-
péra, des thés, des *réunions*, la bouillote,
Garchi, le bois de Boulogne, l'Opéra-Bouf
et Tivoli, voilà le bonheur suprême, le plus
doux emploi du tems, le plaisir par excellence! Essayez de les en croire, mêlez-vous à
ces jeux qu'ils vantent avec tant d'enthousiasme; examinez-les, observez-les, étudiez
bien l'état de leur ame, de leur cœur, de
leur esprit dans ces momens d'ivresse déli-
rante : ou même ne vous donnez pas tant de
peine; regardez seulement comme ils rient,
et vous verrez comme ils s'ennuient. Hommes
singuliers! hommes à plaindre qui semblent
ne cultiver les roses que pour en couronner le
dégoût! Mon vieillard de soixante ans était
un de ces hommes-là; les jeunes gens d'aujourd'hui sont encore de ces hommes-là, et
leurs enfans seront aussi de ces hommes-là.

Les aimables du jour trouveraient les plaisirs des aimables d'autrefois très-ridicules :
leurs fils leur rendront la pareille. Tous cependant ont cru, croient et croiront avoir eu
le ton par excellence. Le bon ton du jour est
pourtant l'antipode du bon ton d'autrefois : il
faut donc que l'un ou l'autre soit mauvais.

Non ; car ni les uns ni les autres n'ont eu que
le ton qu'ils voulaient avoir. Quand ils disent
bon ton, il faut traduire caprice ; le tout est
de savoir leur langue. J'ai vu les cercles d'aujourd'hui : nulle ressemblance avec les cercles
regrettés par mon vieillard. Tout est changé,
décorations, illuminations, ameublemens : les
bougies sont d'usage encore ; mais ils leur as-
socient des lampes dont le foyer est énorme,
et dont l'éclat est tempéré par des espèces de
ballons de gaze. Cela rappelle assez la manière
dont les palais sont éclairés dans un certain
pays habité par des hommes volans, pays charmant créé par l'imagination d'un de leurs
romanciers, où les deux sexes, doués des
plus beaux yeux du monde, ne les ont reçus
de la nature que pour exprimer l'amour, et
non pour supporter la lumière ; et où, par
conséquent, règne une nuit éternelle. Ces
lampes, habillées d'une gaze dont le voile
diaphane laisse deviner la lumière, à peu près
comme la gaze dont leurs femmes sont couvertes permet de pressentir leurs appas, sont
multipliées avec profusion : tantôt elles dé-
corent les cheminées, tantôt des candelabres
les supportent, comme dans l'*atrium* des palais de l'antiquité ; ici elles brillent sur des

consoles du siècle de Léon X; là elles font
scintiller les cristaux des lanternes anglicanes
suspendues aux plafonds. Dans les boudoirs,
autres mœurs, autres usages ; les lumières
sont déposées dans des vases d'albâtre. Ils
trouvent mystérieuse cette clarté qui n'est que
douteuse : elle convient, disent-ils, à l'amour.
Est-ce que le dôme des bosquets n'est pas mystérieux ? ne convient-il pas aussi à l'amour ?
On y voit cependant. Mais peut-être ont-ils
raison de chérir cette obscurité dans leurs boudoirs : ne serait-ce pas à leurs belles bien plus
qu'à l'amour qu'elle convient ? Je ne sais ;
mais cette espèce de clarté mourante me glace
plus qu'elle ne m'inspire : elle est froide
comme l'albâtre qui la dispense; elle donne à
tous ces boudoirs la pâleur des tombeaux.
Pourquoi non ? ils sont souvent le tombeau
de la vertu.

Les brocarts d'or et d'argent , les damas
indiens et chamarrés, les riches lampas, les
soyeux papiers tissus par le Chinois industrieux ne couvrent plus les murs. Ces Français possèdent une manufacture unique sur la
terre, où l'on fabrique des tapisseries dont la
magnificence est enviée par toutes les nations.
Tu crois peut-être qu'ils en usent ? Cela serait

assez naturel ; il y aurait même une sorte de
fierté à étaler jusqu'à la prodigalité les produits d'une industrie que l'on a la certitude
de ne pouvoir être égalée par aucun peuple ;
il y aurait tout au moins de la justice à en-
courager, par des achats fréquens, les artistes
recommandables , les ouvriers intelligens dont
les talens soutiennent un établissement qui
tient de si près à la gloire nationale. Mais bah,
la raison ! fi donc ! c'est bon pour la tourbe
vulgaire des autres hommes : les Français sont
les dieux de la terre ; serait-il décent qu'ils s'a-
baissassent à connaître la raison ? De simples
papiers, voilà leurs tentures actuelles : et,
comme le Français est le peuple le plus gai du
globe , la mode actuelle veut que la couleur de
ces papiers soit de la teinte la plus lugubre.
Cela, par exemple, est à merveille ; car il est
de droit que la mode soit toujours au rebours
du sens commun. Au reste, il y a peut-être en
cela, mon cher Giafar, une petite politique
de la coquetterie : comme dans leurs salons les
femmes font à leur tour tapisserie sur la tapisserie elle-même, plus le fond est sombre, plus
leur éclat ressort. Elles se jugent comme les
bronzes , dont la dorure resplendit mieux sur
une tenture rembrunie. Ne cherche point

ailleurs que dans cette coquetterie des femmes
la réprobation des superbes tapisseries des Go-
belins. La beauté des figures qu'elles représentent, la pureté des ciels, la fraîcheur des
paysages, des arbres, des fleurs éclipseraient
les femmes; et qu'est-ce, auprès de l'intérêt
de leur amour-propre, que celui d'une manufacture dont les produits enrichiraient l'état?
Si la petite vanité du sexe féminin fait fleurir
en France certaines branches d'industrie, il
en est furieusement aussi qu'elle étouffe sans
retour. Mais belle bagatelle! les femmes ont
toujours raison; il faudrait être tout au moins
Visigoth pour en douter.

Les anciens meubles ont également disparu!
en cela salut au goût, salut aux arts, salut aux
belles conquêtes de l'Italie, salut à leur im-
mortelle expédition d'Egypte qui leur firent
connaître les beaux vestiges de l'antiquité; salut même à leur révolution, où les noms chers
à la Grèce et à Rome reparurent pour encou-
rager, consoler et conseiller les sages et les
héros, et pour inspirer à la classe frivole le
desir de connaître, non pas leurs vertus, mais
leurs meubles; c'est toujours quelque chose.
Plus de ces fauteuils avec leurs vilains bois mas-
sifs et dorés; plus de lambris, de cheminées,

de guéridons, de tables avec ces ornemens
pénibles et tourmentés du règne de Louis XV :
Athènes et le Capitole ont changé tout cela.
Que cette table est simple et majestueuse!
n'est-ce pas celle sur laquelle Platon écrivit son
traité de l'immortalité de l'ame ? Avec quelle
grâce ce petit carlin y reçoit des gimblettes de
la main de cette jolie femme! Qu'importe, c'est
toujours la table de Platon : n'est-ce pas le nom
du petit chien? Papirius n'était-il pas assis sur
ce siège quand il refusa de vendre aux caresses de sa mère le secret du sénat? Ce tri-
bun qui l'occupe sera moins austère : cette
femme qu'il écoute n'est pourtant pas sa mère.
Quel compliment enchanteur ce jeune homme
vient-il donc de faire à cette dame? Elle sourit avec complaisance : et moi aussi je souris!
Vous êtes couchée, lui a-t-il dit, sur le sopha
d'Aspasie : elle ne se doute guère qu'il lui dit
une insolence. Ils ont de la grâce ces sphinx
qui supportent ce lit : mais que font-ils là?
L'usage de ce lit n'est pourtant une énigme
pour personne.

On arrive : c'est un jour de thé : tout Paris
est là. Quel ennui sur le front de ces femmes!

Aussi par quelle mode bizarre leur tient-il
en fantaisie aujourd'hui d'être toutes assises

à côté l'une de l'autre? Dix pièces sont ouvertes, étincelantes de lumière; peu de laquais dans les antichambres : on n'annonce plus ; on entre, on sort quand on veut, comme on veut, avec qui l'on veut. Ces jeunes gens sont debout : ils s'admirent ; eux d'abord , eux longtemis ; eux toujours : sans cela pourquoi les glaces? Ils vont , viennent, circulent de salle en salle , qui deux, qui trois, qui quatre de front, bras dessus, bras dessous. Ils parlent peu; ils prononcent moins : à les entendre marcher on les croirait de Crotone ; mais leur langue est de Sybaris : se remuer est trop de fatigue pour elle ; presque muets, ils pensent sans doute : c'est leur secret; ils le gardent. On vient d'applaudir. Qu'est-ce donc ? Une sonate de harpe. Personne ne parlait, il est vrai, mais personne n'écoutait, ni les hommes ni les femmes : les femmes pourquoi ? Parce que la virtuose est femme, et qu'elle est jolie. Et les hommes? Parce qu'elle est jolie, et que c'est une femme.

Mais un léger murmure se fait entendre dans l'assemblée. Ces mots : c'est lui! c'est lui! voltigent de bouche en bouche. C'est lui ! c'est lui! Qui donc? — Vous ne savez donc pas? Le poëte par excellence, M. Beauvoisis, l'A-

ristophane du jour. Il salue ; on l'a salué : il
faut que ce soit un homme admirable. C'est
une pièce en trois actes qu'il va lire. Il s'est fait
attendre : il est confus, désespéré, dit-il ; mais
il dînait chez des puissances : un dîner mortel, son Jockey mourant, son cabriolet brisé,
une chûte affreuse. — Pas possible ! — En
honneur. Cet augure est cruel ; je n'ose plus
lire. Lirai-je ? Non, vrai, je suis timide : vous
ne le croiriez pas ; vingt succès ne m'ont point
encore rassuré : Molière était comme cela. —
Vingt succès, monsieur ! dit un jeune homme
en passant le doigt dans sa cravate : vous avez
tort de dire *vain* succès ; la recette est quelque
chose. — Parfait, ma parole ! il est suprême
le calembourg ! Cinquante voix répètent suprême, et le tumulte de la joie règne dans
l'assemblée. Intéressant phénomène ! on a dit
un calembourg ! Si malheureusement il en fût
survenu un second, le poëte, le jockey, le
cabriolet, la pièce en trois actes, la timidité
et les vingt succès, tout était oublié. Il s'est
remis ; il est assis. La petite table, les deux
bougies, l'eau sucrée, tout est prêt : le cercle
est formé. Les derniers rangs ne peuvent voir :
nul embarras ; ces jeunes gens montent sur les
chaises : ainsi l'approuve aujourd'hui la po-

tesse. De longs *st*, *st* se font entendre : le silence règne ; le manuscrit est aveint. Le poëte
promène pendant quelques secondes un regard moitié caressant, moitié protecteur sur
l'auditoire : il va lire ; il tousse, il se mouche,
il lit. Cette lecture fut longue ; il m'en sou-
vient, Giafar! A la fin de chaque acte, touts
les femmes disaient : Joli! joli! joli! et tous les
hommes : Charmant! charmant! charmant!
Avaient-ils tort ou raison? Ce que je sais, c'est
que le lendemain les actes *jolis*, *jolis*, *jolis*,
charmans, *charmans*, *charmans* furent im-
pitoyablement sifflés au théâtre. Ce fut dommage : une unité de plus ajoutée aux vingt
succès de l'auteur l'eût mis à l'abri des calembourgs.

Un chanteur fameux était arrivé. Ce fut un
astre nouveau : on l'entoure, on le presse, on
le prie. Il ne chantera pas. Pourquoi? C'est
qu'on desire qu'il chante. Après le souper il
chantera. Pourquoi? C'est qu'on ne l'en priera
plus. Ce souper il est servi. On l'appelle souper ; cela est plaisant : c'est un déjeûner ; puisque toutes les pendules ont sonné une heure.
Tous les mets sont froids : ils nomment cela
ambigu. Les femmes seules sont à table ; les
hommes debout pour les servir. Ils les ser-

vent peu: ils songent à eux ; ils mangent. Heureusement pour elles quelques vieillards galans, un peu trop peut-être, car il est un âge où l'on ne doit être qu'honnête, suppléent, par leurs attentions recherchées, à l'insouciance de la jeunesse. Il y a bien une petite part à faire au ridicule dans cette galanterie à cheveux blancs. Ces jeunes gens rient, mais ce n'est pas de cela; c'est de cette politesse qui n'est plus de mode. Les femmes s'en trouvent bien cependant : il ne tiendrait qu'à elles de s'en trouver mieux. Qu'elles le veulent, et les jeunes gens seront polis. Ces soupers seraient plus agréables : qu'elles y songent. L'orchestre se fait entendre : on sort de table, on danse.

Tu vois, Giafar, que nul parallèle n'est à faire entre les anciens soupers dont parlait mon vieillard et ceux d'aujourd'hui. Ceux-ci ont bien aussi leurs petits ennuis, leurs petites gênes, leurs petits ridicules ; mais enfin ce n'est pas toujours le jeu, le fastidieux, l'impitoyable jeu : perd son argent qui veut ; la décence du moins n'exige pas qu'on le perde. Les arts agréables y pénètrent quelquefois ; et pour l'homme de bon sens tous les momens n'y sont pas perdus.

Un peu d'éducation de plus, et ces soupers vaudraient mieux que leurs ancêtres. Bonsoir, Giafar.

LETTRE XVIII.

Le même au même.

S'ils connaissent la jalousie, elle n'a rien du moins des sombres fureurs de celle des peuples de l'Asie, et n'est jamais perfide comme celle des Italiens. Souvent ici un amant est jaloux de sa maîtresse par vanité, peut-être un peu par fatuité : c'est tout simplement pour que l'on s'aperçoive qu'il est aimé de mademoiselle telle. Sa jalousie n'est point une passion; c'est une confidence que son amour-propre fait au public de la préférence que lui accorde une jolie femme. Après l'hymen, la jalousie d'un mari est plutôt un acte de souveraineté qu'un sentiment. À cela près de ces petites nuances, que l'opinion qu'ils sont naturellement enclins à avoir de leur mérite prête à leurs attachemens, il n'est point de peuple qui raisonne plus sensément sur le véritable caractère que doivent

avoir les liens tissus par l'amour. C'est le seul
peuple qui pense sincèrement et convienne de
bonne foi que ces nœuds doivent reposer sur
l'estime : c'est le seul qui permette à l'amitié
de succéder sans secousses à l'amour, et la
voie arriver sans chagrin et sans amertume. Ce
chapitre de leurs mœurs est un de ceux les
plus dignes de les honorer : c'est une sorte de
philosophie à laquelle une nation ne peut atteindre si ses membres en général ne possèdent une belle ame et un cœur droit. Les Français connaissent tous les feux de l'amour : ils
aiment avec ardeur, avec violence même,
quelquefois avec constance; mais il est infini-
ment rare que cette passion les dégrade, et
qu'elle les égare assez pour leur faire oublier
la dignité de l'homme. Rien de plus ordinaire
quand ils sont époux que de les entendre plaisanter sur les risques que court un mari, et
affecter en riant les alarmes prétendues que
leur inspire ce titre. Il serait mauvais observateur celui qui prendrait cela pour insouciance:
non, c'est le témoignage de la tranquillité de
leur ame, c'est un hommage qu'ils rendent à
la délicatesse de leurs amis, et à l'honnêteté de
leurs épouses. Sous ce rapport, l'espèce humaine en France est plus perfectionnée qu'ail-

leurs. Ici les femmes, en général, sont plus jalouses que les hommes : cela dépose encore en
faveur de l'estime que l'on doit aux Français.
Dans tous les pays où l'homme est descendu
aux indignités de la jalousie, de qui les
femmes seraient-elles jalouses? Les hommes ne
sont-ils pas leurs tyrans ? En France, au contraire, cette jalousie des femmes est un attri-
but de leur empire; elles sont jalouses par
droit de puissance : ce sont des amis, peut-être
même des sujets qu'elles veulent conserver,
bien plus que des époux ou des amans qu'elles
craignent de perdre. Tu dois, d'après cela,
Giafar, sentir que les petits accès de jalousie
chez les Français doivent presque toujours
avoir un dénouement comique. Sur cent mille
exemples en voici un:

　L'un de leurs artistes célèbres, M. B*** (et
je choisis cette anecdote de préférence, parce
qu'ici tous les hommes qui tiennent aux arts
enfans du génie sont ceux dont la tête est
communément le plus exaltée) M. B***, dis-je,
depuis dix-huit mois était heureux époux
d'une jeune femme charmante. Elle n'avait
que vingt ans; elle unissait les talens aux agrémens de la figure : elle dessinait, dansait, chan-
tait comme les anges, et la jouissance d'une

grande fortune lui permettait d'ajouter encore
toutes les ressources de l'élégance aux dons
qu'elle avait reçus de la nature. On la rencontrait partout, au bal, aux promenades, aux
spectacles : les femmes trouvaient qu'elle se
montrait trop, et les hommes pas assez.

Voilà, pendant un an, M B*** le plus fortuné des époux. Tout à coup il se met en tête
d'être jaloux. Eh ! pourquoi ? Sa femme, il est
vrai, est gaie, vive, légère ; mais qu'importe ?
Il suit partout ses pas. Elle l'aime; elle n'a point
de secrets pour lui : elle donne tout au plaisir,
rien à l'intrigue. Aussi B*** lui cache-t-il soi-
gneusement le tourment ridicule dont il est la
proie : c'est le jaloux honteux de l'être.

Il est vrai que quelquefois elle sort le matin,
et toujours seule. Ce sont ces absences qui
l'inquiètent : où va-t-elle? Que ne lui de-
mande-t-il? Il n'oserait. La discrétion des jaloux est quelquefois si bizarre! Que ne l'ac-
compagne-t-il du moins ? Impossible : B***
est dans son atelier, et la matinée est un tems
précieux.

B*** possède un vieux domestique, M. Dubois, jadis son mentor, aujourd'hui son confident : M. Dubois a par excellence l'intendance du déjeûner. Quand ce déjeûner paraît,

B*** dit à M. Dubois : Dubois , avertissez madame. Quelquefois Dubois répond : Elle est sortie. — Sortie! — Oui , monsieur. — Sans avoir déjeûné? — Sans avoir déjeûné. — Est-elle sortie à pied ? — Non ; dans une voiture de place. — Seule? — Seule. — Elle ne m'a pas demandé? — Elle a cru que vous n'étiez pas éveillé. — Elle est donc sortie bien matin? — A huit heures à peu près. — Ah, Dubois ! — Déjeûnez, monsieur.

Emilie rentre. La matinée s'écoule, l'heure du dîner sonne : Emilie sort de sa toilette, et B*** de son cabinet. L'on sert : on est à table. Le mari est un peu sombre; Emilie caressante. Quelques amis sont là : Emilie parle de la promenade solitaire qu'elle a faite le matin aux Champs-Elysées; ou bien c'est chez sa mère qu'elle a déjeûné, ou bien c'est le Muséum qu'elle a visité , ou , plus souvent encore, c'est la marchande de modes. Pourquoi ces détails? dit à part soi l'époux ; on ne l'interroge pas. Pourquoi? C'est tout simple; c'est pour détourner les soupçons : et voilà la logique des jaloux.

Les absences matinales continuent; les inquiétudes maritales augmentent : on n'y tient plus. — Dubois. — Monsieur? — La première fois que ma femme sortira le matin, et qu'elle t'ordonnera d'aller lui chercher un carrosse, amènes-en deux, et tu m'avertiras. — Et s'il est trop matin? — Comment trop matin! — Oui, comme aujourd'hui, par exemple; elle est sortie avant cinq heures. Hier au soir je fus porter l'ordre au cocher. — Avant cinq heures! Ah, Dubois! — Déjeûnez, monsieur. — A la bonne heure; mais fais ce que je t'ordonne, et de la discrétion surtout.

A cinq heures! Mon malheur est certain : marchande de modes, élysée, musée, père, mère, cousines, amies, tout dort à cette heure. Il n'est qu'un amant que l'on soit sûr de trouver éveillé à une heure semblable.

Au dîner Emilie n'eut jamais un appétit plus franc. Les eaux de Passy lui ont fait, dit-elle, un bien miraculeux : quelle site! quelle vue! quel air pur! la matinée était superbe. — Les eaux de Passy! disait tout bas l'époux : fort bien ; le détour est heureux. Quelle adresse! quelle ruse! quelle fausseté!

B*** n'attendit pas longtems. Dès le lendemain Dubois accourt : Monsieur, madame sort. — Et une voiture? — J'en ai amené deux; l'une vous attend. — Ma femme n'a rien vu? — Rien. On se lève, on se presse : on est en robe de chambre, en pantoufles; qu'importe : l'on n'a pas le tems de s'habiller : on court, on descend : la dame partait. On se lance dans le fiacre. — Cocher, suis cette voiture, et tu t'arrêteras où elle s'arrêtera. — Cela suffit.

On part. Les glaces sont levées, les stors baissés: on ne veut pas être vu. Le trajet parut long : en voyage c'est une méchante société que la jalousie et l'impatience. Par malheur un maudit embarras dans la rue du Bac ralentit encore la course : deux charrettes de foin s'accrochent ; elles obstruent la vue comme le passage. Le cocher, les charretiers, les piétons pestent tout haut, et le mari tout bas. Le fiacre enfin se glisse le long du mur; il passe. Que d'inquiétudes quand on est jaloux ! Le mari baisse la glace de devant: Cocher, cocher, et l'autre voiture? — Elle est là ; je la suis. — Bon. La glace est relevée, et le mari se renfonce dans son coin.

On prolonge la rue du Bac : les voilà dans la rue de Sèvre, de la rue de Sèvre sur le boulevard Neuf. Quel supplice ! nous n'arriverons pas : où va-t-elle donc ? On prend à droite le chemin de Vaugirard : on est dans la campagne. Cela est inconcevable; je ne

connais personne dans ces cantons. Enfin la
course s'achève : les deux voitures s'arrêtent
devant une maison. Elle est isolée, mais jolie.
Fort bien; je m'en doutais, c'est une *petite
maison*. Ah! perfide!

Quand il croit que sa femme a eu le tems de
descendre et d'entrer, il descend lui-même,
paie son cocher, et le renvoie. On avait gardé
l'autre voiture; et il compte bien que la dame
lui permettra de revenir avec elle : il n'a pas
besoin de deux voitures pour la ramener.

Il est enfin à la porte. Il frappe : on ouvre.
Il entre. Que voulez-vous? dit le portier. —
Ce que je veux! Tu vas le savoir tout à
l'heure. Où est ma femme? — Votre femme?
quelle femme? — Ce drôle-là est dans le secret. Veux-tu répondre, coquin! ou je vais
appeler la garde. — La garde! Es-tu ivre ou
fou? Allons, sors, et passe ton chemin. —
Que je sorte, bourreau! tandis..... A qui est
cette maison? — Que t'importe? Allons, sors
d'ici, et ne m'étourdis pas davantage. Quelques domestiques surviennent : le tumulte
augmente; le portier crie; le mari tempête; la
portière et la cuisinière s'en mêlent : on ne
s'entend plus. Au milieu de l'orage le maître
de la maison paraît. — Qu'est-ce donc? —

Ma foi, l'on n'en sait rien : c'est un fou. Il m'a
traité de coquin, dit le portier. Et moi de ba-
varde, dit la cuisinière. — Silence : et le
maître s'approche de B***. Quel service puis-je
vous rendre, monsieur ? Vous paraissez agité ;
votre costume même annonce que quelque
chose vous affecte vivement. Calmez-vous,
remettez-vous, je vous en prie, et expliquez-
vous : si je puis quelque chose pour vous
obliger, me voilà prêt. B***, un peu déconcerté, le regarde, se tait un moment. Mais
enfin sa jalousie reprenant ses droits : En vérité, dit-il, avec ces cheveux blancs, monsieur, et cette figure vénérable qui jamais
vous croirait capable............ Mais enfin ma
femme est ici, et je prétends la voir. — Votre
femme, dites-vous ? Quelle est-elle ? quel est
son nom ? Je vous jure que je n'ai pas l'honneur de la connaître. — Mais la voiture dont
elle s'est servi est encore à votre porte. —
Quelle voiture ? — Celle-ci : voyez plutôt. —
Vous êtes dans l'erreur : cette voiture est celle
de ma sœur ; elle arrive dans l'instant. Au
reste, pour vous tranquilliser totalement l'esprit, toute ma maison vous est ouverte. Voyez,
cherchez ; et si vous trouvez ici d'autre femme
que ma sœur, accusez-moi d'imposture.

Le pauvre B*** , un peu confus, devina sa mésaventure : que le maudit fiacre, distrait par l'embarras de la rue du Bac , aura pris une voiture pour une autre. Mais enfin il faut prendre un parti : il balbutie quelques excuses , et sort. Comment faire ? Point de carrosse; il est en pantoufles, en robe de chambre, à plus d'une lieue de chez lui, et pour surcroît de détresse la pluie tombe à verse. Au risque d'être hué, il reprend le chemin de Paris : il repasse par le boulevard, la rue de Sèvre, la rue du Bac. Le voilà près de la rue de l'Université, échevelé, mouillé, crotté jusqu'à la ceinture, et poursuivi par les enfans, qui le prennent pour un masque. Il n'y tient plus : un de ses amis demeure à l'entrée de cette rue; il se le rappelle heureusement, et se réfugie chez lui. On l'entoure, on l'interroge : que lui est-il arrivé? On l'introduit enfin dans le salon : qu'y trouve-t-il? Sa femme qui faisait tranquillement de la musique avec les filles de son ami !—A cette surprise il ne put s'empêcher d'éclater de rire : il eut la bonne foi de raconter son aventure. Fut-il sage? On le caressa, on le plaisanta, on le sécha; et il ne fut plus jaloux. Voilà le caractère de leur jalousie. Un semblable dénonc-

LETTRE XIX.

Le même au même.

J'éprouve souvent ici, Giafar, un sentiment pénible : en général les Français traitent les animaux avec une brutalité incompatible avec leur caractère naturellement bon et compatissant. Tu demanderas si ce sont les animaux féroces sur lesquels ils font peser ainsi leur sceptre de plomb ? Non, sans doute; leur climat fortuné ne produit ni tigres, ni lions, ni ours, ni léopards. Ils ont dans leurs forêts des loups, des sangliers, des oiseaux de proie, animaux malfaisans : ils tuent ceux-là peut-être plus par plaisir que par vengeance; mais ils ne les persécutent pas. Ils ont des ours: ils ont trouvé comique de faire un spectacle de leur lourde gaucherie, des épais mouvemens de leur informe stature; ils les ont enchaînés pour rire plus à leur aise des ridicules que la nature se

plut à verser sur ces quadrupèdes monta-
gnards. Mais enfin la condition des ours n'est
pas encore si déplorable : la conservation de
leur existence a une forte corrélation avec l'intérêt de leur maître ; il les frappe peu, il les
nourrit bien : il les fait vivre parce qu'ils le
font vivre. Il n'est sans doute ni noblesse ni
délicatesse dans des soins de cette espèce : mais
qu'importe à l'ours ; il ne lui est pas donné
d'attacher un prix à tel sentiment plus qu'à
tel autre : il profite de l'avantage sans s'inquiéter du motif. Il se promène lentement sur les
places publiques, il se balance soporifique-
ment sur ses pattes de derrière ; l'hilarité l'en-
vironne ; sa présence provoque le rire et la
joie : il dîne bien, soupe mieux, dort paisible ;
et s'il a quelque portion d'intelligence, le
spectacle que lui donnent les hommes doit
l'amuser autant que les hommes s'amusent du
spectacle qu'il leur donne. Enfin dans son
adversité même l'ours est heureux, si toutefois un esclave peut l'être ; et, dans sa profession forcée de comédien, il vit sans dépra-
vation, sans cabale, sans méprisable envie,
sans haine injuste pour les talens de ses confrères, sans horrible desir d'étouffer le mérite des ours que le public chérit : et s'il a

une conscience, elle n'est pas bourrelée par le souvenir des persécutions qu'il fit éprouver aux débutans de son espèce.

Mais quels sont donc, diras-tu, les animaux qu'accable cette barbarie que tu leur reprochais tout à l'heure? Ce sont ceux que la douceur, la fidélité, l'utilité ont mis pour ainsi dire en société avec l'homme : ce sont le cheval, l'âne, le chien, le bœuf; ce sont ces innocentes génisses qu'ils dérobent au sein de leur mère pour les égorger et s'en nourrir; ce sont ces moutons dont la toison les garantit de l'âpreté des hivers; dont la résidence sur leurs champs engraisse cette terre qui produira ce froment, unique trésor digne d'estime; ces moutons destinés à expier par une mort cruelle le forfait d'avoir comblé l'homme de bienfaits. Ils en ont fait le symbole de l'innocence : encore si c'eût été par repentir. L'agneau symbole de l'innocence! Et l'esprit de l'homme a imaginé cette allégorie! S'il est ainsi, de quoi donc dans l'univers l'homme sera-t-il le symbole? N'était-ce pas assez de la barbarie du cœur? fallait-il encore y joindre la barbarie de l'esprit?

Puisque l'ordre de la nature, par une de ces lois que le sentiment repousse plus facile-

ment que la raison ne les excuse, voulut que
l'homme fût carnivore, n'était-ce pas assez
pour lui d'être condamné au supplice de ne
s'engraisser que de massacres, sans faire préluder ses victimes à la mort par des tortures?
Hommes cruels! épargnez-leur du moins les
souffrances, si vous n'avez pas le pouvoir de
leur épargner la vie.

Si tu voyais, Giafar, ces immenses troupeaux
que chaque jour *aspirent* et dévorent ces
gouffres énormes qu'ils appellent cités, tu
frémirais de l'atroce et barbare insensibilité
avec laquelle on les conduit, on les pousse,
on les chasse vers l'horrible repaire où l'on
doit les égorger. Tantôt sur d'horribles
chars, dont les entrailles d'Hercule ne sup-
porteraient pas les mouvemens sans être déchirées, sont jetés pêle-mêle, sont entassés
l'un sur l'autre, cinquante, cent veaux : des
cordes serrent et coupent leurs pieds; les
meurtrissures, les blessures attestent les
douleurs qu'ils éprouvent; à chaque se-
cousse leurs têtes, appesanties par la fièvre qui
les dévore, se heurtent, se meurtrissent contre
les parois de la voiture; ou, pendantes sans
appui en dehors du char, couvertes de la
fange qu'elles sillonnent, se remplissent du

sang qui reflue de leur corps, et dont les flots
viennent gonfler, rougir et éteindre leurs
yeux; et ces malheureuses victimes font dix,
quinze, vingt lieues dans cet épouvantable
supplice. Tantôt ce sont de pauvres moutons
fatigués d'une marche de cinquante, soixante,
cent lieues souvent : épouvantés du tumulte
des voitures, de la multitude d'hommes,
de l'aspect même de cet amas de maisons, si
nouveau pour leurs regards timides, ils tombent ou s'arrêtent harassés au milieu des
rues. Alors les bouchers qui les conduisent,
les cochers qu'ils arrêtent, les charretiers qu'ils
embarrassent les accablent de coups; vous
voyez leurs bourreaux les saisir par leurs toi-
sons, lancer à dix pas d'eux ces malheureux
animaux, et le pavé ensanglanté indiquer la
trace que leur mufle et leurs genoux y ont
laissée. Tantôt ce sont d'énormes bœufs flé-
chissant sous le poids de la graisse qu'ils pui-
sèrent dans la fécondité des pacages, de cette
graisse que la cupidité et la gourmandise prirent soin d'amonceler sur leurs vastes flancs,
pour seconder les calculs de l'avarice, et l'espérance de la délicatesse; couverts de sueur,
d'écume et de poussière ; que leur propre
poids accable, que la lassitude paralyse, que

leurs forces épuisées abandonnent haletans au milieu de la voie publique. Oh ! si tu entendais alors les sifflemens aigus des fouets qui déchirent leurs flancs, si tu voyais ces aiguillons acérés que leurs conducteurs inhumains enfoncent dans leurs membres palpitans, si tu étais témoin de la rage de ces dogues que l'on irrite contre eux, et dont la dent meurtrière déchire leurs oreilles, leurs narines, leurs jarrets et leurs larges fanons, tu te demanderais : Quel fût donc l'implacable dieu qui, dans ces contrées, marqua les animaux du sceau de son effroyable réprobation, et quel crime ont-ils donc commis envers la nature pour être condamnés à ces horribles traitemens ?

Et le cheval, dont ici l'orgueil de l'homme est si fier ; le cheval, dont le courage le guide dans les batailles, arrête et terrasse ses ennemis, le dérobe souvent à leur fureur, l'arrache à la mort que le glaive levé lui préparait ; le cheval, dont les pas mesurés, complaisans, infatigables et bienfaiteurs, alignent les sillons où naîtra l'abondance, que le luxe associé à ses jouissances, attèle au char de la mollesse, étale, brillant de force, de grâces, de jeunesse et de santé, dans les promenades, dans les fêtes, dans les pompes publiques ; le

cheval n'obtient pas davantage de leur reconnaissance. S'il n'a point reçu des mains de
la nature l'élégance des formes, si ses membres trop vigoureux se refusent à la souplesse
des mouvemens et à la rapidité de la course,
alors les fatigues les plus constantes, les travaux les plus pénibles, les marches les plus la-
borieuses deviennent son partage; ses épaisses
vertèbres ploient et s'affaissent sous les fardeaux les plus lourds. Les profondes cica-
trices dont son large poitrail est couvert dépo-
sent en vain de la pesanteur des chars; il faut
qu'il expire ou les traîne après lui : parce qu'il
est fort, on lui demande toujours au-delà de
sa force. Impatient du frein que rougit le sang
qui jaillit de ses dents brisées, oppressé sous
le faix dont il est surchargé, furieux des douleurs que lui fait éprouver le barbare charretier, il trépigne, se crampone, se contracte;
ne tombe pas, mais s'écroule, s'écrase, se
débat, expire; et son dernier soupir n'est
pas encore le signal du dernier coup qu'il
recevra.

O cruelle insensibilité pour les animaux !
déplorable symptôme de la corruption ! Oui,
de la corruption ! car cette barbarie n'est connue que dans les cités. Ces chevaux, ces

bœufs, l'homme des campagnes les assujettit aussi au travail, mais du moins sa main consolatrice les caresse quelquefois, allège leurs fardeaux, les encourage, les soutient, et quand le jour s'enfuit il les ramène en paix à la ferme hospitalière, où les attendent la nourriture et le repos. Ces moutons, ces tendres agneaux, ces folâtres génisses, le pâtre n'insulte point par des coups à leur touchante innocence; et si de loin en loin l'on en sacrifie quelques-uns aux besoins de la table rustique, quelques soupirs sont donnés à leurs derniers instans, et c'est toujours du moins une heure de deuil pour les enfans. Mais à la ville l'âge le plus timide est déjà féroce : j'ai vu de misérables enfans asséner en riant un coup de bâton, un coup de pierre, un coup de pied sur la tête du malheureux agneau. L'enfance frapper l'innocence! Le conçois-tu, Giafar? Et des hommes riaient! des hommes applaudissaient! O amertume! ô désespoir profond! Qu'applaudissaient-ils? les insensés! Les premiers pas peut-être vers l'échafaud.

Et ces amis incomparables, ces modèles de fidélité, d'attachement, de patience, de dévouement sans mesure, qui n'ont de plaisirs que nos regards, de chagrins que notre silence, infatigables sentinelles que le plus tendre sentiment attache auprès de notre sommeil, sur le seuil de nos portes, à côté de nos trésors, près du berceau de nos enfans, ces bons chiens, dont chaque mouvement, chaque cri, chaque coup d'œil est une confidence amicale, dont les plaintes de notre brutalité sont une caresse, et jamais un reproche, qui naissent sous nos toits, vivent à nos pieds, et meurent sur notre tombe. Hé bien, Giafar, accorde une larme à leur infortune! ils en ont fait des bêtes de somme!!! leur tête soulève des fardeaux, on surcharge de ballots leurs reins flexibles, on les attèle à des chars, ils traînent des marchandises, ils traînent jusqu'à des hommes; et l'avarice, l'indolence et la fraude sont voiturées par la fidélité. Combien de fois ai-je posé ma main compatissante sur le front de ces pauvres animaux arrêtés aux portes des maisons, enchaînés dans les brancards de la charrette qu'ils venaient d'amener, étendus dans la poussière, respirant avec effort, haletans de fatigue, de chaleur et de soif! Ils jetaient sur moi un regard long et douloureux : ils semblaient me dire : Je souffre; je n'en puis plus, je me meurs; mais je ne m'en plains pas; c'est un homme que je sers.

Le maître paraissait : d'un coup de pied il les forçait à se relever; et si , par hasard, sa main s'approchait d'eux , ils léchaient cette main, et cet homme ne rougissait pas !

Un jour je passe à côté d'une de ces petites charrettes. Le conducteur avait débarrassé quelques-uns des paquets qu'elle contenait, et les entrait successivement dans une boutique : il en restait encore un nombre assez considérable dans la voiture; ils étaient destinés sans doute pour un autre quartier. Quand le maître eut rempli son objet, il voulut se remettre en marche avec le reste de la charge : il parle au chien ; le chien ne part pas. L'impatience succède bientôt à l'invitation , et la colère à l'impatience : cent coups pleuvent sur le pauvre chien; n'importe, il se cabre, se tourmente, jappe , aboie, et ne part pas. Pendant cette lutte de l'ingratitude contre la bienfaisance, le malheureux animal tournait souvent la tête , et ce mouvement, fréquemment répété, me fit enfin découvrir deux secrets à la fois , celui du chien d'abord, et ensuite celui d'un grand quidam qui , presque assis sur une borne qu'il couvrait de toute la largeur de son corps, se montrait plus acharné que tout

autre à seconder le charretier du geste et de
la voix, et lui conseillait, en alongeant son
coup de pied au chien, sans s'éloigner de sa
borne toutefois, de traîner l'animal après lui
pour le faire marcher. Quand je fus sûr de
mon fait, je m'approchai du conducteur : Ne
frappez donc pas, lui dis-je, cet animal
comme vous faites. — Parbleu! répondit-il
avec humeur, ne faut-il pas bien des précautions! Ce n'est qu'une bête après tout. — Ce
n'est qu'une bête! et vous? De rudes injures
furent le salaire de mon apostrophe; et, selon
l'usage, le groupe que cette scène avait at-
tiré prit le parti de celui qui avait tort; car
c'est un usage dont le peuple de Paris ne se
départ jamais. Impassibles au milieu de l'o-
rage, le chien et moi nous ne nous déconcer-
tâmes point : le chien tint ferme, et n'avança
pas; je tins ferme, et je ne reculai pas. Pestez,
jurez, déraisonnez tant qu'il vous plaira, leur
dis-je; ce chien a cent fois plus de sens que
celui qui le conduit, et vous allez le voir. Prenant alors par le bras l'homme de la borne,
et le forçant à se reculer un peu : Voyez-vous,
dis-je au conducteur, ce paquet que vous oubliez sur cette pierre, et que monsieur vous
cachait par *mégarde*, sans doute? remettez-

le dans votre petite charrette, et vous verrez
que votre chien marchera. Les sauts, l'allé-
gresse, la joie du chien prouvèrent assez que
je ne m'étais point abusé. Le conducteur déconcerté, le filou déconcerté, la foule décon-
certée s'écrièrent en chœur : Ah mon dieu !
c'est vrai. Ce que c'est pourtant que l'instinct
d'une bête ! Ce pauvre chien ! Quelle avait été
la logique de la foule au commencement de la
scène ? De dire des sottises à l'homme qui prenait le parti du chien, fidèle gardien du bien
de son maître. Quelle fut sa logique après ? De
faire des caresses au chien, sans songer à l'homme dont la sagesse avait sauvé le bien du conducteur. Il ne leur vint ni dans la tête de me remercier, ni dans l'idée de songer que l'homme
de la borne voulait voler le paquet. Avant l'é-
claircissement , le chien n'était pour eux
qu'une misérable machine que l'on pouvait
briser sans conséquence; après l'éclaircisse-
ment, le chien était le seul personnage d'esprit de l'aventure.

Les Musulmans poussent à l'excès l'hospitalité et la compassion pour les animaux. Les
habitans des villes françaises portent à l'excès
l'indifférence et la barbarie pour eux. A
Constantinople, c'est le résultat d'une erreur

religieuse; à Paris, c'est le fruit d'une métaphysique orgueilleuse. Le rustre qui me répond : *Ce n'est qu'une bête après tout ;* et le père Mallebranche qui d'un coup de pied fait avorter une pauvre chienne qui le caresse, sont égaux à mes yeux. Quelle différence y a-t-il entre la science et l'ignorance, quand la barbarie est le terme de l'une et de l'autre? Aucune. Il n'était pas très-nécessaire d'écaire pour et contre tant de volumes sur l'ame des bêtes. Est-ce bien la peine de mettre tant d'orgueil à bâtir un système scientifique, quand pour le faire écrouler il suffira du gémissement d'un chien? Quand on m'aura prouvé que ce chien n'a point d'ame, la mienne n'en sera pas plus belle. Le privilège de faire souffrir n'est pas, ce me semble, un accroissement ou un supplément à la vertu. Rien d'aussi bizarre que leurs raisonnemens sur la métempsycose de certains peuples : comme religion, sans doute, c'est une folie; mais comme pensée du législateur c'est autre chose. Les bonnes gens! ils s'imaginent, sur la foi de leurs savans, et leurs savans sur la foi de leur orgueil, que les sages qui fondèrent la doctrine de la transmigration des ames croyaient à cette ineptie. Ces sages croyaient tout simplement à une vérité;

c'est que l'homme maltraitait injustement les
animaux, et qu'il fallait y remédier. Comment! s'écrieront-ils; propager une erreur
pour réformer un abus! c'est un grand crime.
Fort bien; mais une erreur qui corrige ne
vaut-elle pas une raison qui ne corrige jamais? Tout dépend de la sobriété dans l'emploi des remèdes.

On dit que leur Institut a proposé cette
question : *Quelle influence peuvent avoir
sur la morale les mauvais traitemens envers
les animaux?* Une semblable question fait
sans doute honneur aux hommes qui n'ont
que ce moyen pour appeler l'attention sur les
vices sociaux; mais quel bien en résultera-t-il?
Quelques écrivains composeront des mémoires
éloquens sur cette matière : ils iront rechercher dans quel degré d'estime furent et sont
les animaux chez les peuples de l'antiquité et
les peuples modernes. Ils feront des phrases
bien harmonieuses et bien éloquentes sur le
chameau voyageur, sur le cheval ami de l'A-
rabe, sur le bœuf favori de Cérès, sur le
chien compagnon de Diane. Ils traceront
de magnifiques tableaux de l'ingratitude de
l'homme : ils prouveront qu'il doit à ces complaisans auxiliaires les deux tiers de sa puis-

sance. Ils établiront que la dureté envers les
animaux est le prélude de la dureté envers
ses semblables ; que le spectacle journalier
des maux qu'on leur fait souffrir dessèche
le cœur des hommes, détériore la sensibilité
des femmes, et dispose l'enfance à la cruauté,
et mille autres lieux communs de cette espèce.
L'un de ces écrivains obtiendra le prix; il sera
couronné en séance publique; le mémoire
sera imprimé, et le lendemain on n'y pensera
plus : et le lendemain un conducteur mulctera
son cheval de coups de fouet, parce qu'il ne
pourra lui faire gravir la descente d'un pont
avec une charge trop pesante; un cocher de
fiacre fera courir pendant vingt-quatre heures
son déplorable attelage sans lui permettre
de manger ni de boire ; les coursiers de mille
petites maîtresses se morfondront pendant
quatre heures à la porte d'un spectacle, expo-
sés, tout en sueur, au vent, à la pluie, à la neige,
à la glace; des milliers de fainéans se feront
payer au poids de l'or les tourmens d'un mil-
lion de chiens qu'ils dresseront pour la chasse;
et tout ira comme auparavant. De graves
personnages diront : Il n'y faut plus songer :
vous voyez que le mal est incurable; car le
mémoire de cet auteur était excellent; et il

n'a rien produit. — Que pouvait-il produire?
—.Tout ce qu'on avait droit d'attendre de sa
grande publicité. — Mais il n'a point été publié. — Rêvez-vous? est-ce que l'auteur n'a
pas remporté le prix? est-ce qu'on n'a pas fait
mention du mémoire devant six cents personnes? est-ce qu'il n'a pas été imprimé, en-
voyé aux journaux, et vendu publiquement?
— Tout cela ne prouve pas qu'il ait été publié.
On l'a lu, dites-vous, devant six cents personnes? Sur ces six cents personnes il y avait
trois cents femmes qui n'auront pas écouté,
deux cent cinquante hommes qui n'auront
écouté que les femmes; reste cinquante : sur
ces cinquante il y en aura vingt-cinq qui n'y
auront rien compris, et les vingt-cinq derniers seront aussi des concurrens au prix, qui,
par cette seule raison, trouveront l'ouvrage
détestable, et par conséquent n'en parleront
pas. — Hé bien, à la bonne heure : mais on
l'imprimera, et on l'enverra aux journalistes.
— Qui ne le citeront pas, ou le critiqueront.
— Pourquoi? — Par deux raisons, ou parce
qu'ils n'en pourraient faire un semblable,
ou parce qu'il a remporté le prix. — Mais ce
devrait être un motif de plus. — Point du
tout : ne concevez-vous pas que lorsqu'un

homme censure ce que cent quarante ont ap-
prouvé, c'est comme s'il disait : J'ai à moi seul
plus d'esprit, plus de connaissances, plus de
lumières que cent quarante? — Mais on se
moquera de lui, et on ne l'en croira pas. —
C'est de vous dont on se moquerait si l'on
vous entendait raisonner de la sorte. Ne savez-
vous pas que les neuf dixièmes des lecteurs de
journaux, et le groupe qui tout à l'heure
prenait le parti du conducteur brutal contre
le chien, sont la même chose? Mais je passerai
condamnation si vous voulez : je veux que les
six cents personnes présentes à la séance publique aient écouté avec toute l'attention ima-
ginable; je veux que les quinze cents exem-
plaires du mémoire aient été vendus et lus.
Voilà deux mille cent personnes qui en ont
eu connaissance. Et qu'est-ce que deux mille
cent personnes sur trente millions d'habitans?
N'est-ce pas comme si l'ouvrage n'existait
pas? Et sur une semblable matière qu'est-ce
qu'il importe d'éclairer? C'est le peuple, à
coup sûr; car c'est surtout le peuple qui traite
durement les animaux. Mais le peuple lit-il?
et s'il lit, que lui fait-on lire? Je vois au coin
de chaque rue des marchands d'almanachs
qui lui vendent Mathieu Laensberg, où il

trouve quel jour est salubre pour se couper les
ongles, ou quel mois sera pluvieux : je rencontre à chaque pas de sales et rauques méné-
triers qui lui distribuent des chansons de cabaret, ou des cantiques à sainte Brigitte. Mais
quoi de plus ? Rien. Ce ne sera donc point
par des mémoires éloquens et savans que l'on
parviendra à adoucir ici le sort des animaux;
ce ne sera pas non plus en prêchant au peuple
que l'humanité compatissante doit s'étendre
jusqu'à eux, parce que, de longtems du moins,
il ne vous entendrait pas, et que l'on rencon-
trerait une certaine classe d'hommes dont les
préjugés ou l'intérêt lui souffleraient bientôt à l'oreille que cette espèce d'humanité serait une impiété : mais ce serait par des réglemens sages, qui préviendraient et détruiraient
l'abus, sans avoir l'air de le combattre, qui ordonneraient, par exemple, que le nombre des
chevaux de trait serait proportionné à la
charge des voitures; qui prescriraient aux fiacres (et ce par portion, pour que le service
public ne souffrit pas) tant d'heures de repos
dans le jour; qui interdiraient cette multitude
de chiens à une foule de gens trop pauvres
pour les nourrir, dont l'esprit, se tourmentant
pour en tirer quelque profit, les soumet à un

travail étranger à leur constitution, et qui peut enfanter la rage et toutes les horreurs qui la suivent, ou qui, les laissant lutter dans les rues contre la faim, la soif et l'abandon, les dévouent à devenir les victimes des hommes qui, clandestinement, parcourent la ville pendant la nuit pour chercher au coin des bornes les chiffons dont ils font commerce, et égorger ces malheureux chiens dont ils vendent la peau : enfin, qui ordonneraient la translation des boucheries hors des villes, pour ne plus exposer les bouchers, dont le caractère est naturellement irritable, à se venger sur les animaux de l'humeur que leur inspire les embarras qu'ils éprouvent dans les rues quand ils conduisent les troupeaux. Pour remédier aux abus, et surtout à un abus de cette espèce, c'est bien moins à des prédications, à des mémoires scientifiques, à des discours de morale qu'il faut s'attacher, qu'à trouver des moyens de faire perdre les habitudes. Il est plus facile de désaccoutumer l'homme que de le corriger : il ne s'aperçoit pas qu'il oublie; il s'aperçoit toujours qu'on le sermone : l'un le distrait, l'autre l'ennuie.

LETTRE XX.

Le même au même.

Qui voit Paris et ne l'a point étudié s'imaginerait que tout le monde s'y livre au travail; en apparence il ne s'y trouve point de désœuvrés. Mais les riches? diras-tu. A Paris, Giafar, les riches ne sont point désœuvrés: ici de toutes les professions la plus rude c'est peut-être celle de dépenser deux cent mille livres de rente. A ne voir que la superficie, l'activité paraît générale: hé bien! tous les matins dans cette grande cité cinquante mille personnes ignorent comment elles vivront le reste de la journée. Deux causes engendrent ces oisifs travailleurs : l'expression te paraîtra singulière; elle est exacte. Oisifs de fait, puisqu'ils n'ont rien à faire de ce qui occupe les autres hommes; travailleurs, cependant, car leur esprit inventif saura se créer

chaque jour un emploi de quelques heures, de
quelques instans mêmes pour se procurer l'existence jusqu'au lendemain. Je dis deux causes :
la première, c'est la fausse idée que l'on se
fait de Paris dans les provinces et dans l'é-
tranger. On se figure que là coule le Pac-
tole, que là sont les mines du Potose; que là
la fortune a, comme la nature, des ma-
melles pour tous. Nous voici à l'une des bar-
rières de Paris : vois-tu cette foule de voyageurs, les uns bien nourris, bien vêtus, bien
portans, arriver dans de bonnes voitures,
dans de commodes diligences, sur de bons
chevaux; les autres à pied, un bâton à la
main, un sac sur le dos, mal vêtus, sombres
et besoigneux? Voilà deux classes bien différentes, n'est-il pas vrai? Les uns et les autres
viennent à Paris pour la première fois. A ton
avis, Giafar, quel sentiment les y conduit?
Tu me réponds que dans les uns c'est l'a-
mour du plaisir, et dans les autres la crainte
de la misère. Tu t'abuses : c'est la vanité,
rien que la vanité. Les premiers y viennent
dépenser quelques écus dans l'espoir de s'y
faire remarquer tout à l'heure; les autres viennent essayer d'y gagner quelques écus dans
l'espoir de s'y faire remarquer dans quelques

mois ; et les uns et les autres dans l'espoir de
donner le ton dans leur village quand ils le
reverront. Les gens de province, les femmes
surtout, croient qu'un voyage fait à Paris
leur donne une sorte de prépondérance dans
leurs petites villes. C'est une petite magistrature dont ils se prévalent pour critiquer, dédaigner, regarder en pitié tous les personnages
qu'ils retrouvent dans le petit cercle qu'ils re-
viennent habiter. En fait de grâces, de danse,
de bon ton, de modes, de cuisine, de spectacle, qui dans les petites villes oserait appeler des jugemens d'une femme ou d'un merveilleux que leurs hautes destinées élevèrent
à l'honneur suprême de passer huit jours à
Paris ? Tous leurs arrêts sont choses foudroyantes. Un de leurs auteurs dramatiques a
peint les ridicules des petites villes. Paris est
ingrat : la province trouve admirables tous
les ridicules de Paris, et Paris se moque sans
cesse des ridicules de la province. La pièce a
donc fait rire ; mais ce qui me faisait rire, moi,
c'était de voir le ridicule rire du ridicule ; et
ces deux frères ne pas se croire de la même
famille, parce qu'ils portaient des livrées différentes. Ce ne sont pas les ridicules des petites
villes que l'homme sage trouve insuppor-

tables : le fléau des petites villes sont les personnages dont le ridicule est de se croire pro-
priétaires des ridicules de Paris. La prétention la plus familière à ces provinciaux que la
marote de la vanité conduit à Paris, c'est de
se figurer que leur arrivée, leur séjour, leur
personne feront sensation dans une ville où
les grands de tous les empires, les ambassa-
deurs, les rois mêmes sont à peine aperçus
dans la foule. Cet espoir de faire du bruit est
la chimère de tous, depuis le plus pauvre jusqu'au plus riche : la jeune villageoise qui, du
fond de son hameau, s'achemine vers Paris
compte bien que l'on parlera d'elle ; comme
la femme de quelque matador de bourgade est
convaincue qu'elle éclipsera par ses charmes
et sa dépense le faste et les attraits de toutes
les femmes de Paris. Une dame du P***, créole,
femme d'un directeur de la compagnie des
Indes qu'elle avait éposué en Asie, accoutumée à vivre en souveraine à Pondichéry, où
elle demandait modestement à ses courtisans
si la reine de France avait de plus beaux diamans qu'elle, passe en Europe, et vient à
Paris pour la première fois de sa vie. On lui
avait arrêté et meublé d'avance un hôtel dont
madame du B. de la M. occupait une partie.

Madame du P*** arrive le soir. Le hasard
veut que ce jour-là madame du B. de la M.
donne une fête : la façade du corps de logis
qu'elle habite est illuminée, la cour est pleine
de carrosses, un feu se tire dans le jardin.
Madame du P***, à son arrivée, aperçoit tout
cela de ses fenêtres. Le tumulte des voitures,
la détonation de quelques boîtes, les sons d'un
orchestre nombreux parviennent à ses oreilles :
sa vanité lui persuade que ces honneurs la regardent. Elle fait demander par quels ordres
cette fête a été préparée. On lui rapporte que
madame du B. de la M. l'a ordonnée. Montez
chez cette femme, dit madame du P*** à un
de ses valets de chambre : dites-lui que je la
remercie de l'hommage qu'elle me rend ; mais
que je suis excessivement fatiguée, que je vais
me coucher, et qu'elle m'obligera de faire
cesser ce bruit. Le valet de chambre obéit : il
est introduit auprès de madame du B. de la M.,
et s'acquitte de son message. — Qu'est-ce que
c'est que madame du P*** ? lui demande cette
dame en riant. Connaissez-vous une madame
du P*** ? dit-elle à quelques hommes qui l'en-
touraient. — Nullement. — C'est, dit le valet
de chambre, l'épouse du gouverneur de Pondichéry. — Pas plus le mari que la femme.

Et elle croit que c'est à sa gloire que je donne cette fête? — Oui, madame. — C'est précieux! Dites-lui que je n'ai pas l'honneur de la connaître, que je ne rends d'hommages à personne, que je ne donne des fêtes qu'à mes amis, que je suis désespérée si celle-ci nuit à son sommeil; mais qu'elle trouvera bon, sans doute, que je sois maîtresse chez moi. Quand le valet de chambre rapporta cette riposte, madame du P*** ne pouvait pas concevoir que son arrivée à Paris ne fût pas la nouvelle du jour. Elle fut celle du lendemain, grâce à cette démarche ridicule. Bouffonneries d'un autre genre quand des esprits de cette trempe retournent de Paris dans leurs petites bicoques: l'une de ces Escarbagnas, si plaisamment peintes par Molière, est de retour à Séès: elle avait tout vu à Paris, tout entendu, tout connu. Les bourgeois de Séès ne juraient que par elle: buvait-on quelques bouteilles de cidre depuis son retour, c'était un thé; jouait-on le dimanche à la mouche, c'était une bouillote. L'impasse où la dame habitait était la chaussée d'Antin; le dîner de midi se nommait déjeûner; le souper de sept heures s'appelait dîner. Tout était débaptisé ainsi depuis dix-huit mois. Par hasard passe

à Séès un comédien des boulevards. Il loge au
Coq-Hardi. L'hôtesse, un peu curieuse, s'enquête de ce qu'il est, de ce qu'il fait, d'où il
vient, où il va. — Je viens de Paris, je suis
comédien, je vais à Avranches. Un comédien
de Paris! bon dieu! en une demi-heure tout
Séès est instruit qu'un comédien de Paris loge
au *Coq-Hardi*. Grande rumeur. Quel est-il?
comment s'appelle-t-il? que joue-t-il? Il faut
voir madame Bertrand, madame Bertrand qui
connaît son Paris comme la ville de Séès, madame Bertrand à qui nous devons le bonheur de vivre à Séès comme on vit à Paris. On
va chez madame Bertrand : Madame Bertrand,
savez-vous la grande nouvelle? — Quoi donc?
— Un comédien..... — De province : fi donc,
messieurs! Quand on a vu comme moi les
spectacles de Paris, on ne peut pas soutenir
l'idée.... — Eh non! il ne s'agit pas d'un comédien de province : celui-ci est de Paris. —
Oh! par exemple, on ne peut pas m'en imposer là-dessus; je les connais tous. — Il est
de Paris, vous dis-je; je le tiens de l'hôtesse
du *Coq-Hardi*. — Belle autorité! une femme
qui n'a point vu Paris. — Mais elle le tient de
lui. — Est-il grand, petit, gras, maigre? —
Mais je ne sais; je ne l'ai pas trop bien vu : il

était dans le coin de la cheminée de la cuisine;
mais il m'a paru plus maigre que gras.—Maigre?
c'est M. de Vanhove. — Eh ! tenez, tenez, le
voilà sur la porte du *Coq-Hardi* qui se chauffe
au soleil. Mettez-vous un moment sur le seuil
de votre boutique; voyez si vous le reconnais-
sez. — Ma loupe : hé bien ! je ne trouve pas ma
loupe à présent. Insupportable chose que les
domestiques de province ! cette fille m'a
laissé descendre sans ma loupe. Voyons si je
pourrai me servir de mes yeux. Où est-il ? —
Là, sur le banc, entre la maison de la com-
mère Genti et le pignon du *Coq*. — Bon
dieu ! je ne me trompe pas, c'est M. de la Rive :
messieurs ; M. de la Rive en personne ! Ah !
bon dieu ! je n'en reviens pas ; la surprise
m'a presque... Gothon : non, ce sont mes nerfs;
ce ne sera rien ; ça va se passer. Gothon, de
la fleur d'orange. — Jarni ! est-ce qui sera
dit que la ville de Sées aura la honte qu'un
homme de ce talent-là y passe sans faire la
comédie ! — Provinciale ! faire la comédie !
dites donc jouer de la comédie. C'est une
chose terrible que le patois de la province !
— Si nous allions quelques-uns le prier de
jouer de la comédie. — Fort bien : mais songez
que c'est un premier talent ; et l'on m'a dit à

Paris qu'en province ces grands talens-là se
faisaient payer fort cher. — Fort cher ! et
combien encore ? — Mais je ne sais trop. Au
reste, vous êtes prévenus ; cela vous regarde :
vous ferez les choses à la grande. Ah ! mon
dieu ! si le bonheur voulait qu'il eût avec lui
mademoiselle de Raucourt, la première co-
médienne du monde, messieurs : une carrure !
une taille ! une fraîcheur ! un embonpoint !
une voie si douce ! des gestes si nobles ! des
larmes si belles ! Mais la ville de Sées n'aura
jamais tant de bonheur que de voir mademoiselle de Raucourt. Les incroyables de la cour
de madame Bertrand la quittèrent pour aller
trouver le comédien. Monsieur, lui dirent-ils,
une dame de notre *endroit*, madame Bertrand, et puisque monsieur est comédien de
Paris, il n'est pas que vous ne la connaissiez
sûrement, car madame Bertrand a passé un
mois à Paris pour son amusement chez madame sa tante, maîtresse et marchande lin-
gère rue Tirechape ? à l'entresol, n° 27 ; et
certainement un homme de talent comme
monsieur connaît la rue Tirechape. — La
rue Tirechape. Je crois, messieurs........ —
Ah mon dieu oui, monsieur. Ce que nous
en disons n'est pas que nous doutions des

connaissances·de monsieur ; mais madame
Bertrand a reconnu monsieur pour monsieur
de la Rive , le plus grand acteur qui joue de
la comédie à Paris , et nous venons vous prier...
— M. de la Rive, messieurs ! Je vous assure,....
— Monsieur n'a pas besoin de nous assurer ;
nous savons bien que quand il s'agit de Paris,
madame Bertrand ne se trompe jamais. Elle
nous a dit que les grands talens se faisaient
payer cher en province : c'est trop juste; il
faut que chacun vive : aussi nous ne marchan-
derons pas , et si vous voulez jouer ce soir de
la comédie , nous vous donnerons vingt écus.
Oh! dame, nous faisons les choses à la grande.
Ce n'est pas à Bernay qu'on ferait cela. —Vingt
écus , messieurs ! Oh! mon dieu oui , je serai
M. de la Rive, je serai Lekain si vous voulez:
pour vingt écus il n'y a rien qu'on ne fassse.
Je jouerai la comédie tantôt , ce soir, toute la
nuit si cela vous plaît. Vingt écus! Avez-vous
des comédiens ici? — Des comédiens de province ! Pour qui nous prenez-vous? Fi donc!
— Ha! ah! et avez-vous un théâtre? — Un
théâtre? non. — Et un orchestre? — Un orchestre? non. — Mais alors comment voulez-
vous...... — Oh! ma foi , cela vous regarde;
vous devez avoir vos outils avec vous : chacun

son métier. Nous payons, jouez. — Mais tout
au moins vous me prêterez bien une chambre.
— Hé bien, dit l'hôtesse, il n'y a qu'à prendre
notre chambre du premier, où *qu'on a fait* la
noce de la petite au compère Simon. — C'est
dit. — Ça va. — Et des affiches donc? Et voilà
le fils du tabellion qui sur quatre feuilles de
papier grossoie que *M. de la Rive* , premier acteur de Paris , *passant par la ville de
Séès, à la sollicitation des amateurs, donnera
pour l'ouverture et la clôture , une première
représentation de* la Tête à Perruque , *du
Ventriloque et d'Arlequin tout Seul, pièces
nouvelles à un seul personnage , dans lesquelles il remplira les premiers rôles.* L'affiche est collée. — Quelle folie! quelle caricature!
disent deux jeunes volontaires parisiens que
leur route pour rejoindre leur corps faisait
traverser Séès : la Rive ici ! la Rive annoncé
pour jouer dans..... Allons donc; c'est quelque
mystification. Couchons ici ; nous verrons
cela, nous rirons. Ils entrent au *Coq-Hardi.*
A peine purent-ils obtenir à dîner : on ne pen-
sait qu'à M. de la Rive : valets , servantes,
voisins, amateurs, beaux-esprits, tout était
en l'air; et l'hôtesse, excellente financière ,
le Necker du pays, travaillait fortement pour

que les vingt écus ne sortissent pas de la circulation de Séès. Le soir arrive : la chambre se
remplit ; elle est pleine. Madame Bertrand a
pris place. L'alcove est le théâtre. On allume :
tout à la grande, quatre chandelles, trois dans
l'alcove, une dans la salle. Les cris de *commencez*, les battemens de mains préliminaires,
les trépignemens, ce tapage, ce tumulte, pré-
curseurs d'une grande jouissance. Madame
Bertrand était ravie : Voilà Paris ! disait-elle.
Enfin les deux rideaux de l'alcove se tirent,
le grand acteur paraît. Tiens ! s'écrie l'un des
volontaires ; eh ! c'est le Gilles de la porte de
Nicolet. Grande rumeur : *A bas ! à la porte !
à bas la cabale ! à bas les factieux !* Charmant ! répétait madame Bertrand ; voilà Paris !
La bonne dame ne se doutait guère qu'elle rai-
sonnait comme un philosophe ; et veuille le
destin qu'elle ne lise jamais cette lettre ! traiter
de philosophe une femme à la mode ! Dieu
sait quelle injure ! Il n'est pas moins vrai
qu'elle disait fort sagement en disant : *Voilà
Paris!* car les hommes sont partout les mêmes.

Eh, messieurs ! dit le volontaire en mon-
tant sur une chaise, nous ne voulons pas troubler vos plaisirs ; mais c'est vous rendre service que d'empêcher ce méchant mime d'a-

buser de votre bonne foi en se couvrant du
nom d'un homme célèbre. Le diable m'emporte si j'ai pris son nom, s'écria le Gilles du
fond de son alcove : demandez plutôt aux députés des amateurs s'ils ne m'ont pas soutenu
que j'étais M. de la Rive. Est-ce ma faute ?
ils avaient soixante francs de leur côté,
j'étais tout seul du mien; est-ce que je pou-
vais disputer contre soixante francs et toute
une ville ? — Est-ce notre faute à nous ? di-
rent les députés : madame Bertrand nous a dit
qu'il s'appelait comme cela : toute une ville
peut-elle disputer contre une dame qui a vu
Paris ? — Est-ce ma faute, dit madame Bertrand, si vos servantes sont des provinciales?
pouvais-je disputer contre toute une bourgeoisie qui s'imagine qu'on a des yeux pour y
voir ? Si j'avais eu ma loupe, je ne me serais
pas trompée. — Cela est clair, reprit le volontaire; ce n'est la faute de personne. Mais
m'en croirez-vous? vous voilà tous réunis; au
lieu de vous ennuyer à voir les grimaces de ce
bouffon, passons la nuit à danser, et puisque
vous aimez tant les modes de Paris, mon camarade et moi nous vous enseignerons les con-
tredanses les plus nouvelles. — J'appuie, dit
le Gilles, et pour les soixante francs je vous

jouerai du violon. Un bal de province! Madame Bertrand faisait la grimace. Soixante francs pour un ménétrier! Les amateurs faisaient la grimace. Mais l'hôtesse, femme de bon sens, qui trouvait qu'un bal de nuit et sa cave étaient choses qu'on pouvait concilier, se rangea du côté des volontaires. Dans une petite ville une cabaretière est une puissance : le bal eut lieu. Mais, pour éviter à l'avenir un semblable quiproquo, le conseil des *édiles* de Séès présenta une humble adresse à madame Bertrand pour la supplier de ne plus marcher sans sa loupe.

Quand la vanité qui conduit tant de gens à Paris n'a d'autre dénouement que des aventures ridicules telles que celles de la commandante de l'Inde et de la bourgeoise de Séès, tu conçois, Giafar, qu'il n'y a pas grand mal; mais les sept huitièmes de ces personnages n'en sortent pas quand ils ont mangé leur petit nombre d'écus, ou quand ils n'en ont pas gagné en y arrivant. Or, comme la seconde cause de l'embarras où chaque jour cinquante mille personnes se trouvent à Paris pour vivre vient de ce que sur cent enfans que l'on élève en France y il en a quatre-vingts à qui l'on n'apprend aucun métier, il faut bien qu'ils creusent leur imagination pour se créer des ressources. De là tant de filoux. Mais je ne veux te parler que de ceux dont les conceptions n'ont rien de répréhensible. Arrivez-vous à la porte d'un spectacle? est-ce un jour de foule? rencontrez-vous une de ces colonnes qu'ils appellent *queue*, que la police fait faire au public pour empêcher que l'on ne s'étouffe autour des bureaux où l'on distribue les billets? vous impatientez-vous d'attendre? parcourez cette colonne; il est rare que vous ne trouviez quelque homme passablement mis qui vous dira : Monsieur, une affaire imprévue m'appelle ; voulez-vous ma place? Il ne vous demandera pas d'argent pour cette place ; mais il ajoutera : J'ai donné vingt-quatre sous à un savoyard qui me la gardait. Vous entendez ce que cela veut dire. S'il est près de la tête, ce seront trois livres qu'il aura données au savoyard ; le tout est en proportion du plus ou moins de distance des bureaux. Vous payez, il s'en va. Suivez-le de l'œil, vous le verrez se replacer à l'extrémité de la colonne jusqu'à ce qu'un second chaland se présente : et ainsi deux ou trois fois dans la même soirée.

Remarquez dans cette promenade pu-

blique ces deux hommes causer ensemble : ils
parlent haut : ce sont deux associés. Voyez-
les s'approcher insensiblement de ce groupe
de cinq ou six personnes. Ils sont sûrs que ce
sont des étrangers ; ils ont un instinct particulier pour les distinguer. Ils continuent leur
dialogue. — Il est excellent ce restaurateur.—
Il se ruinera ; l'on ne peut pas traiter longtems
aussi bien et à aussi bon marché. — Point du
tout ; il est honnête, et ses confrères sont des
fripons ; voilà tout le mystère. Peut-être cette
conversation préméditée manquera-t-elle dix
fois son but : la patience triomphe de tout ; elle
réussira la onzième, et c'est assez. Ces étrangers, dont l'oreille est souvent éveillée par le
besoin de l'économie, leur demanderont avec
une politesse timide s'ils ne pourraient pas apprendre où se trouve ce restaurateur si probe?
Les deux compères répondront avec une politesse froide, mais aisée. Ils auront soin d'em-
brouiller l'indication. Les étrangers gémiront
de l'embarras où les jette leur *inconnaissance*
des rues de Paris. Les compères ajouteront avec
le ton de l'indifférence : Nous allons dîner chez
ce restaurateur; si cela vous plaît, messieurs,
vous pouvez nous suivre. Grands remerci-
mens d'un côté, légère inclination de tète de

l'autre. On marche, on arrive. Le restaurateur est au fait : ce sont des agens qu'il emploie pour se mettre en vogue. Les deux introducteurs dînent gratis, et les étrangers, sans s'en douter, paient leur dîner.

Quel est ce papier que ce jeune homme vient de donner à ce chanteur des rues, et que celui-ci parcourt en fredonnant ? Approchez et écoutez-les. — Ça ne vaut rien ; c'est trop *monsieur.* — Bah ! et Jolibois voulait bien me l'acheter tout à l'heure. — La belle preuve ! Et combien ce chef-d'œuvre ? — Parbleu, vous savez bien le prix ; six francs. — Trente-six sous. — Allons donc ; j'en ai refusé trois livres. — Ce n'est pas de moi, toujours. — Il ne tient qu'à vous. — Belle finesse ! Mais passe pour cette fois-ci, parce que vous êtes une pratique ; car sans cela.... Tenez, voilà deux pièces de trente sous. Mais faites-moi quelque chose de mieux, quelque chose du genre, du grivois par exemple, ou bien un cantique ; ça prend. — Parbleu oui, des cantiques ! je ne te ferai pas un cantique pour tes deux pièces de trente sous, entends-tu. — Tais-toi donc ; comme si ce n'était pas une chanson tout comme une autre. — Bagatelle ! La mode n'a qu'à se passer, la marchandise me resterait.

Je ne finirais pas, Giafar, si je voulais te peindre les mille et une manières dont leur esprit se replie pour trouver le moyen de vivre pendant vingt-quatre heures seulement. Ils comptent passablement aussi sur la bonhomie du peuple parisien, et placent parmi leurs ressources cette curiosité niaise et crédule, qu'ils appellent ici badauderie. Un homme coupe un verre à patte en spirale : ce n'est pas là une découverte bien neuve ni bien extraordinaire : hé bien! il montre ce verre sur les places publiques; il le retourne de cent façons. La coupe de ce verre taillée en lames circulaires s'allonge, se resserre, se renverse à volonté. La foule admire; et chacun atteste son étonnement d'une si grande merveille par l'hommage de quelques sous. Cependant il n'est aucun de ces gens qui, cent fois dans sa vie, n'ait vu comme un vitrier s'y prend pour couper le verre. Plus loin ce sont des hommes qui vendent avec une gravité comique les numéros qui sortiront à la prochaine loterie; et, ce qui est plus affligeant que comique, c'est qu'autour d'eux cent personnes leur achètent ces numéros, et, cédant leurs places aux acheteurs nouveaux qui se succèdent sans cesse, s'en vont convaincus que leur fortune est as-

surée. Ailleurs ce sont des nouvelles de leurs
amours que des hommes disent aux filles de
boutique, aux petites grisettes, aux cuisi-
nières; et ce commerce n'est pas assurément
le moins lucratif. Aux jours de la fête, à
l'anniversaire de la naissance et du mariage,
à l'époque des noces et des baptêmes, aux
étrennes, surtout, lors du renouvellement
de l'année, les parens, les amis, les hommes
de tout âge, mais principalement les jeunes
gens, et ceux entr'autres que l'on appela
long-tems petits-maîtres, ensuite élégans, et
qu'enfin l'on nomme aujourd'hui merveilleux, distribuent avec profusion aux dames des
bonbons de toutes couleurs et de toute espèce.
Chacun de ces bonbons est communément ac-
compagné d'une devise, d'un couplet, d'une
prédiction. Rien n'est plus niais, plus insi-
guifiant que ces sortes de distiques, de qua-
trains, de madrigaux. Un homme, pendant
longtems, en a fourni par entreprise tous les
confiseurs de Paris à tant le mille, et s'était
fait en ce genre de sottise une sorte de célé-
brité. Au reste, joindre ces ennuyeuses devises à des bonbons c'était se conformer aux
lois de la nature, qui mêle toujours quelque
amertume aux douceurs. Quoi qu'il en soit,

on accepte ces bonbons, on lit ces devises,
on rit de leur platitude, on les brûle, ou
on les sème sur le parquet. Grande fortune
pour les laquais quand elles échappent aux
flammes; ils les ramassent avec soin, les
conservent, et quand ils en ont un certain
nombre, ils les vendent pour quelque monnaie à ces diseurs de *bonne fortune amoureuse*, dont les trépieds sont établis sur les
quais. Ceux-ci les revendent à leur tour aux
servantes, aux paysannes nouvellement dé-
barquées, aux petites bourgeoises, quelquefois
à de grands nigauds, à d'imbécilles oisifs, qui
tous, s'imaginant que ces hommes lisent dans
l'avenir, ou sont dupes de leur ton d'inspiration triviale, ou bien ont le petit orgueil
d'affecter de s'en moquer, mais s'en vont
intimement persuadés qu'ils emportent avec
eux l'arrêt de leur future destinée. Ils y
croient, car ils paient : nul doute à cela ;
il est ici dans le caractère comme dans l'économie des dernières classes de la société de ne
rien donner pour rien. Mais, Giafar, combien ces sottises, que l'on ferait sagement peut-
être de ne pas tolérer, sèment de soupçons,
de troubles, de divisions, de rixes dans les
ménages du peuple ! Il suffit pour le prévoir

d'écouter les mots que le premier mouvement arrache aux crédules chalans de ces sycophantes lorsqu'ils lisent ou se font lire ces prétendues prédictions. Un jour j'observais un de ces groupes dont ces imposteurs sont entourés, et je gémissais : mensonge d'un côté, et faiblesse de l'autre. O mon ami ! ce spectacle n'est pas gai ! Je me trouvais près d'une femme assez jeune encore : elle portait un enfant dans ses bras ; les vêtemens de la mère et de l'enfant étaient voisins de l'indigence. Elle attendait son tour : je la vis s'approcher, jeter deux sous sur la table. Le devin lui demande son âge. Trente ans, dit-elle. Il fait semblant de lire dans un grimoire, et lui dit : C'est le numéro 29 qu'il vous faut. Alors il cherche dans les cases d'une boîte, et prend à ce numéro 29 une de ces sottes devises dont je parlais tout à l'heure. Elle disait : *Eglé, prenez garde à vous ; Iris en veut à votre époux.* Elle lut : je la vis rougir fortement, et elle laissa échapper ces mots avec un sentiment profond d'amertume : Je m'en doutais ! et elle s'éloigna. Je ne pus m'empêcher de la suivre, de l'aborder et de lui dire : Comment une pareille charlatanerie peut-elle altérer votre tranquillité ? Ne voyez-vous pas que

ces espèces d'hommes n'ont d'autre but que
de se procurer quelques misérables ressources
pour vivre? ils n'osent pas voler, parce qu'ils
seraient punis; mais ils lèvent un impôt sur la
simplicité. — Ah, monsieur! c'est le métier de
ces gens-là de dire la bonne aventure : je vous
assure qu'ils ne se trompent guère; et tenez,
je soupçonnais mon mari, et vous voyez que
le devin a rencontré juste. — Savez-vous ce
que c'est que ce billet imprimé qu'il vous a
donné? Je tirai alors de ma poche une de ces
petites pastilles que j'avais par hasard sur
moi. — Vous voyez cette dragée, lui dis-je;
elle est pour votre enfant : mais regardez ce
petit papier qui l'entoure : hé bien! celui que
cet homme vient de vous donner a eu la même
destination. Ouvrons celui que je vous présente, et vous allez voir qu'il aura de même
quelque sens vague que l'on pourra appli-
quer en réponse à cent questions différentes.
Elle l'ouvre en effet : juge de sa surprise et
en même tems de ma joie, lorsque, par une
rencontre aussi heureuse que singulière, celui-
ci se trouva être mot pour mot la répétition de
la devise qu'elle tenait du charlatan! Elle resta
confondue; mais la sérénité reparut sur sa
figure. — Ah, monsieur! me dit-elle, vous

m'avez rendu un grand service. — Non pas
moi, lui répondis-je, mais votre raison. Vous
aviez pris une fausse confiance dans un malheureux bateleur; et quand vous le voudrez
vous verrez peut-être aussi que vous avez pris
une fausse défiance de votre mari. — Eh! mon
dieu, je n'y avais jamais songé, et il ne s'en
doute pas lui-même; nous avons toujours bien
vécu ensemble. Ce n'est que depuis quelques
jours qu'une voisine m'a troublé la tête par
des contes que je ne lui demandais pas : mais
je vois ce que c'est à présent; elle est femme
d'un diseur de bonne aventure comme celui
que nous quittons : elle m'a vanté le savoir de
son mari; et elle ne m'aura donné de semblables inquiétudes que pour me faire porter
quelque argent à sa boutique.—Brave femme!
croyez à ma prédiction; elle est plus infail-
lible que celle du devin; votre mari ne vous
trompe point, j'en suis sûr : mais songez que
si ce malheur vous arrivait, vous portez entre
vos bras le meilleur secret de rappeler un in-
constant : une épouse quand elle est mère
a rarement à craindre une infidélité. Je lui
glissai un écu dans la main, et je m'éloignai
rapidement. Je crus reconnaître de loin qu'elle
me poursuivait d'un geste de bénédiction, et

que de l'autre main elle essuyait quelques
larmes que, certes, la jalousie ne faisait plus
couler. Mais, Giafar, pour une güérison que
j'ai opérée combien de plaies incurables !

Tant qu'ils auront de grandes cités, la vanité y conduira ses légions d'adorateurs : tant
qu'à cette vanité succédera la fausse honte de
ne pas oser retourner dans ses foyers quand
on a mangé son argent à Paris, ou qu'on
n'y a pas trouvé de ressources pour y en
acquérir, cette ville fourmillera d'oisifs dont
l'esprit fermentera chaque matin pour inventer des moyens d'existence pendant le
jour. Comment remédier à ce vice ? Par
le travail. Mais comment obtenir ce travail ? En sachant un métier quelconque ; et
c'est ce que la majeure partie des Français ne
songe pas à procurer aux enfans : ils sacrifient
toutes leurs heures à leur donner la somme
d'esprit nécessaire pour dépenser beaucoup,
et ne savent pas leur en ménager une seule
pour leur apprendre à acquérir un peu.
Si l'on use avec eux de cette phrase triviale : *Faites que vos enfans sachent ga-*
gner leur vie, ils froncent le sourcil; leur
orgueil est offensé : supposer que leurs enfans puissent avoir besoin un jour de tra-

vailler leur paraît un déshonneur : et cependant qu'est-ce que travailler ? Ce n'est pas simplement gagner sa vie, c'est gagner l'indépendance.

Cette manie de se reposer de l'existence de ses enfans sur les richesses qu'on leur laissera, espérance si souvent démentie par les effets, espérance que les passions, les prodigalités, les revers de fortune, les révolutions imprévues ont rendue tant de fois fallacieuse, et dont, plus que tout autre peuple, ils devraient, aujourd'hui surtout, reconnaître la chimère ; cette manie, dis-je, a des inconvéniens dont il est impossible que l'état dans son administration ne se ressente. Quelle est la plus saine ressource qu'embrasse l'esprit de tant de gens inhabiles à toute profession ? Celle de chercher à obtenir des places. Il faut que l'état donne un emploi à un homme par cette grande raison que cet homme ne sait rien faire : la belle conséquence ! Et comme il y a moins d'emplois que de poursuivans, qu'arrive-t-il ? C'est que la force des choses crée nécessairement dans la société une classe de solliciteurs ; que de la sollicitation à l'intrigue il n'y a qu'un pas, parce que le noble désir de servir la chose publique est bien moins le véhicule des demandes que le désir

intéressé de se servir soi-même; que nécessairement l'idée que l'emploi sera accordé au plus
adroit doit se présenter aux esprits; et que
dès lors il faut absolument que la manière de
solliciter, d'arriver, d'obtenir et de se maintenir quand on a obtenu, soit toujours au dé-
triment de la générosité de l'ame, de la justice du cœur et de la délicatesse des sentimens.
Quand il y a moins d'emplois que de solliciteurs (et tu conçois à merveille qu'il n'est
question ici que des emplois subalternes) combien pour écarter leurs concurrens ont re-
cours aux perfidies sourdes ! et quand ils ont
obtenu, à combien de bassesses la crainte de
perdre ne les réduit-elle pas ! Et d'après un tel
ordre de choses, d'un côté le service public doit
se faire avec moins de pureté, et de l'autre la
morale se détériorer, puisqu'enfin, si l'on sol-
licite en délateurs, il est bien difficile qu'on ne
se maintienne en esclaves. La raison voudrait,
ce me semble, que l'état offrît les emplois aux
citoyens, et non pas que les citoyens s'offris-
sent à l'état pour les emplois : alors ce serait
l'état qui rechercherait le mérite, et non les
prétendans qui feraient parade du leur. Mais
il faudrait pour cela que chaque homme sût
un métier dont l'exercice le tranquillisât sur

LETTRE XXI.

Le même au même.

Ces Français, Giafar, raisonnent quelque-fois très-plaisamment, même leurs mora-listes. Ils ont dit, ils disent, ils diront que leurs assignats ont démoralisé leur nation, et que cet agiotage a corrompu les mœurs : et moi je dis, sauf le respect que je leur dois, que cet agiotage a simplement prouvé combien les mœurs étaient corrompues. Certainement ce ne furent pas des enfans, des jeunes gens, une gé-nération nouvelle dont la cupidité abusa des as-signats pour éteindre les dettes les plus sacrées, pour rembourser les obligations, les rentes, les dots et mille autres créances sur lesquelles reposaient les fortunes des familles; ce furent des hommes qui, sans doute, jusque là, n'a-vaient porté qu'un masque de probité : dès que l'instant s'en présenta, ils s'en dépouillèrent: La corruption était donc opérée; il ne lui avait

manqué qu'une circonstance où sa difformité
n'eût plus besoin d'hypocrisie. Les assignats
n'ont point été la cause, ils n'ont été que l'occasion : ils ont développé la corruption, mais
ils n'ont pas corrompu les hommes; ils ont
simplement mis au grand jour les hommes
corrompus : voilà tout.

Je dirai plus : ils ont servi la morale en
cela, qu'ils ont appris aux gens de bien à
se compter, à se reconnaître, à se serrer;
ils ont procuré cette consolation de mettre en
évidence le nombre de ceux-là, de prouver qu'il était plus grand encore qu'on ne le
croyait, et qu'on n'avait droit de l'espérer :
et les mœurs en ont tiré cet avantage, qu'ils
ont imprimé un vernis si odieux sur ceux
qui ont abusé de leur usage, que, si une
pareille circonstance se représentait, l'indignation publique s'est prononcée à cet égard
avec un tel degré de force, que le souvenir en suffirait seul pour arrêter la crimi-
nelle improbité si elle méditait d'en abuser
encore. Pour juger si une chose est corruptrice il ne faut pas s'arrêter au parti que
peuvent en tirer les hommes corrompus, mais
au spectacle que donnent ces hommes en usant
de cette chose. Examinez alors l'impression
que fera leur conduite sur la masse générale :

plus elle sera révoltante, moins la chose en elle-même sera corruptrice. Quand vous placez les hommes dans cette hypothèse, qu'après l'évènement les uns, malgré la voix de l'intérêt qui parle au cœur de tous, disent avec orgueil : Je n'ai point fait, je ne voudrais pas avoir fait, je ne ferais jamais ce que tels autres ont fait, croyez que la morale a gagné ; car si les uns ont failli, les autres se sont affermis : et quand la société se compose d'hommes qui rougissent et d'hommes qui s'applaudissent de n'avoir pas à rougir de telle action, les mœurs ne sont déjà plus si mauvaises.

Je ne fais point de comparaison entre l'homme que les conseils de son infame cupidité portèrent à libérer ses biens avec des assignats, et l'homme dont l'esprit calculateur sut par les chances des assignats se créer une fortune qu'il n'avait pas. Le premier fut un fripon volontaire, pleinement convaincu qu'il ne donnait qu'une valeur chimérique pour une valeur réelle, et qui, gaîment chargé de son oppobre, disait à celui qu'il volait : Tu n'as pas la puissance de t'en venger. Le second fut tout simplement un intrigant heureux : il arriva à la fortune sans capitaux, comme tel autre arrive aux emplois

sans talens. Il vaudrait mieux sans doute qu'il
n'y eût pas de ces gens-là , parce que toute richesse qui n'eut pour base ni l'économie ni le
travail est d'un mauvais exemple dans la société ; mais enfin l'acquisition de leur fortune
ne fut aux dépens de personne : ils puisè-
rent dans les circonstances , et non dans la
bourse d'autrui. Il y a dans ceux-ci scandale
de succès , et dans les autres scandale de friponnerie ; ce qui est bien différent. Veut-on
sentir combien l'odieux de la conduite des
premiers l'emporte sur l'odieux de la conduite
des seconds ? il suffit de songer que le magistrat , quand bon lui semblera , peut demander
compte aux nouveaux riches de leur fortune,
et n'a nul moyen d'atteindre celle des autres.
L'état peut dire aux uns : Vous n'aviez rien ;
vous avez beaucoup : payez en conséquence.
Pour vous enrichir vous avez profité des embarras où je me suis trouvé ; il est juste qu'à
leur tour mes embarras profitent de la richesse où ils vous trouvent. Mais que deman-
dera-t-il aux autres , quand ils ne lui présentent que la même superficie de fortune ? Elle
ne s'est pas ostensiblement accrue depuis
qu'ils l'ont dégrevée par leur friponnerie. Ils
n'avaient pas mis l'état dans la confidence de

leurs dettes; ils ont ruiné leurs créanciers: en cela ils n'ont fait qu'augmenter leurs jouissances intérieures, sans augmenter au-dehors la masse de leurs propriétés, et ils peuvent répondre à l'état : Je ne dois pas vous donner aujourd'hui plus qu'autrefois, car je ne suis pas plus riche. Et quoi de plus révoltant que cette sécurité de la mauvaise foi, que les gémissemens de ses victimes ne peuvent troubler, que l'état ne peut trouver dans ses besoins, et que la loi ne peut signaler ni réprimer? Ce ne sont pas les fortunes modernes qui sont essentiellement scandaleuses, ce sont les fortunes anciennes, les fortunes ordinaires, même médiocres, qui se sont liquidées avec des valeurs chimériques.

Toutes les déclamations contre les nouveaux riches sont donc inutiles et hors de tems : des phrases empêcheront-elles que ce qui est ne soit? Est-on moraliste pour tonner contre un mal irréparable? O Giafar! j'en rencontre beaucoup de ces moralistes qui sont toujours à contre mesure : ils ressemblent aux danseurs sans oreille. Ils raisonnent comme ce chirurgien appelé par un homme pour lui remettre une jambe : Voilà, disait-il, ce que coûte une étourderie! Aussi qui jamais courut au grand

galop sur le pavé? Je vous ai vu : j'aurais parié
cent contre un que vous vous seriez cassé le
cou. Mais dites-moi donc comment une pareille sottise a-t-elle pu vous venir en tête? où
était votre bon sens? qu'aviez-vous fait de
votre raison? Quoi! vous ne prévoyiez pas
que si vous tombiez, vous vous casseriez un
bras ou une jambe? Vous voilà bien avancé
maintenant ! — Monsieur, remettez-moi ma
jambe; vous gronderez après.

Ces gens-là n'étaient pas nés pour être riches,
disent les moralistes; ils se sont enrichis d'une
manière peu généreuse : cela est épouvantable, cela révolte, cela crie vengeance. Quels
hommes! quel tems! quel siècle ! Fort bien;
mais remettez-moi ma jambe. Oui, ils sont
riches : c'est une chose affreuse, c'est tout ce
que vous voudrez; mais ils les possèdent ces
richesses, ils ne s'en dépouilleront pas pour
vous plaire; et au lieu de déclamer contre
eux, apprenez-leur à en bien user.

Mais un chapitre sur l'art de faire le bien
entre rarement dans les cours de morale de
ces messieurs. Ils parlent sans cesse de vertu, et
n'en trouvent jamais une seule à conseiller aux
nouveaux riches. Ils ont un catalogue d'invec-
tives : c'est un chapelet qu'ils recommencent

quand il est fini : ils leur reprocheront leur basse origine, leur mauvaise éducation, leurs anciens métiers, leur grossier langage. Oh ! les beaux moralistes ! Ils feront tout pour les rendre méprisables, et ne feront jamais rien pour les rendre utiles. Vous aurez beau leur dire : En agissant ainsi vous aigrissez les esprits, vous réveillez et vous alimentez les haines, vous perpétuez des souvenirs déchirans pour ceux que vous feignez de plaindre ; et, par l'intempestive ténacité de vos diatribes, vous blasez la conscience même de ceux que vous prétendez flageller. Vous finirez par rendre insupportable, à ceux dont la fortune s'est vue renversée, une patrie où sans cesse on leur retrace le tableau de leurs pertes, et vous arriverez à la rendre odieuse à ceux dont la fortune s'est élevée, en ne leur montrant jamais qu'un visage ennemi. Ils savent tout cela ; mais que leur importe ?

Pourquoi ne pas leur dire quelquefois : Vous avez attaché un grand mérite aux richesses, vous avez sacrifié beaucoup, mais beaucoup, à l'avantage de les posséder : vous avez cru qu'elles faisaient le bonheur ; mais ce bonheur vous ne le goûtez qu'en partie. Il est bien d'avoir de belles terres, de beaux châ-

teaux, de beaux hôtels; il est bien d'avoir
de beaux chevaux, de belles voitures, de
beaux bijoux; il est bien d'avoir un bon cuisinier, une loge aux spectacles, une jolie maîtresse : mais convenez qu'il vous reste encore
des instans où votre ame est vide, où l'ennui
vous assiège, où le désœuvrement vous accable. Vous ne pouvez être toute la journée
dans votre carrosse, l'on n'est pas constamment à table, on ne peut habiter à la fois sa
maison de ville et sa maison de campagne,
l'heure du spectacle est bien vite écoulée, il
est impossible de jouer à la bouillote depuis
son lever jusqu'à son coucher : étendez donc
le cercle de vos plaisirs; remplissez ces la-
cunes qui se glissent entre vos jouissances; essayez de quelques délassemens que vous
n'ayiez pas encore goûtés. Voici près de vous,
par exemple, une manufacture qui languit,
dont l'objet est précieux, dont les débouchés
sont certains, dont les bénéfices sont incontestables; jetez quelques sacs de mille francs dans
cette entreprise, non pour vous enrichir davantage, car on ne s'amuse pas quand on calcule, mais pour empêcher celui qui la fonda
de manquer à ses engagemens, de se voir réduit à la misère, de se donner la mort peut-

être pour échapper au douloureux spectacle
de l'indigence, et des larmes de sa femme et
de ses enfans : sachez-lui gré d'avoir eu une
idée lumineuse de prospérité publique que
sans vous il ne peut réaliser; sauvez à votre
patrie le désagrément et la dépense d'aller
chercher à l'étranger ce que l'industrie en-
couragée pourrait lui procurer. Vous ne con-
cevez pas combien la certitude d'avoir conso-
lidé la fortune d'un homme intelligent et honnête meuble l'imagination de pensées agréables! combien l'activité de cinquante, de cent,
de deux cents personnes à qui l'on procure
du travail est un amusement enchanteur! Demain peut-être vous devrez une indigestion
aux talens de votre cuisinier ; demain ces
beaux chevaux dont vous êtes si fier prendront
le mords aux dents, et vous renverseront dans
un fossé; demain le *brelan* que vous venez de
gagner aujourd'hui vous fera perdre un *va-
tout :* nul de vos divertissemens n'est sans mélange ni sans revers. Mais demain, dans un
mois, dans dix ans vous retrouverez encore ces
ouvriers au métier qu'ils durent à votre assis-
tance. Leur sourire annoncera votre arrivée,
la sérénité de leur front attestera votre présence, et leurs bénédictions signaleront votre

départ. Il n'y a point de chances à craindre
dans ce bonheur; il ne change jamais de
livrée.

Voulez-vous varier vos plaisirs ? Chargez-
moi de leur intendance; j'ai l'imagination
aussi féconde que tous les directeurs de Fras-
cati et de Tivoli. Faut-il pour vous charmer
que ces plaisirs soient assaisonnés par le mystère ? Hé bien , suivez-moi; montons à ce
sixième étage. Avez-vous quelques pièces d'or
dans votre poche ? Hâtez-vous de jouir; je-
tez-les sur ce grabat : voyez la santé renaître
sur le front de ce vieillard exténué ! voyez le
lait rendu au sein de cette mère vainement im-
ploré par ces enfans expirans ! voyez la douce
espérance recolorer les joues de cet homme
dont le dénuement présageait sa dernière aurore ! Elle a disparu cette paille infecte que les
larmes humectaient, et sur laquelle n'habitaient
jamais ni le repos ni le sommeil. Vous n'avez dit
qu'un mot , et des couvertures salubres se sont
placées entre le souffle des hivers et les membres
délicats de cette veuve et de ces orphelins;
vous n'avez fait qu'un geste, et le premier pain
s'est mangé sous ce toit sans exciter un soupir.
Hé bien ! mes promesses étaient-elles vaines ?
êtes-vous content de l'ordonnateur de vos

fêtes ? Avec la baguette que j'ai remise entre vos mains vous avez créé la santé, la paix, le bonheur, la joie et l'abondance : vous ne vous amusiez que comme le reste des hommes ; je vous ai procuré les amusemens des dieux. Qui vous fait réfléchir? Ah! vous cherchez si vous avez aussi créé la reconnaissance. Que vous importe? la reconnaissance prête souvent aux plaisirs du bienfaiteur cette gêne que l'étiquette répand au milieu des fêtes. Si quelque puissance dans la nature avait le droit d'interdire la reconnaissance à l'obligé, ce devrait être le bienfaiteur : elle est pour lui le quart-d'heure de Rabelais ; c'est le mémoire de sa dépense qu'on lui présente.

Que vous sert d'avoir de grandes propriétés, de pouvoir dire quand vous êtes sur la plate-forme de vos palais champêtres: Tout ce que mon œil embrasse m'appartient; il ne peut toucher l'horizon sans mesurer encore mes domaines? Si l'orgueil est un plaisir, certes, cette vue vous amuse. Vous secouez la tête : il ne s'agit pas d'orgueil, dites-vous. Mais de quoi donc? Ah! j'entends : la grande jouissance est dans le moment où vos fermiers vous apportent le produit de cette vaste superficie. Vous souriez : c'est cela. Fort bien : je

conçois que ce moment a de grands charmes,
mais il ne revient que tous les trois mois; et
que faites-vous pendant ces trois mois? Tenez,
je crains que vous ne vous ennuyiez : vîte, une
fête. Je vous propose une noce champêtre, que
vous présiderez. Voyez-vous ce petit coin de
terre inculte? voyez-vous un peu plus loin cet
homme robuste à qui la nature ne donna en
propriété que des sueurs, et qui ne trouve
pas toujours à les vendre? Voulez-vous vous
amuser? mariez cet homme à cette terre; unis-
sez à cette vierge, qui brûle de produire, le
travail qui ne cherche qu'à féconder. Dépê-
chez-vous, pressez l'heure de vos plaisirs : bâ-
tissez-y une jolie cabane, commode, riante et
salubre ; ce sera la dot de l'épousée : achetez
une charrue, une bêche, un rateau, un cheval, une génisse; ce seront les présens de noces
de l'époux : construisez un grenier où vous dé-
poserez le premier grain qu'il ensemencera ;
ce sera le lit nuptial : n'oubliez pas une petite
grange; il faut bien un berceau pour les premiers enfans. Mais la noce faite, vous crai-
gnez le retour de l'ennui. Eh, mon ami!
n'est-ce rien que les souvenirs? Faire le bien
c'est semer des moissons pour la mémoire.
Bon, voici vos fermiers; comptez avec eux :

ne trouvez-vous pas que les trois mois se sont écoulés plus vite cette fois ?

Et puis croyez-vous mon génie épuisé ? N'aperçois-je pas sur le bord de cette rivière un emplacement heureux pour construire un charmant village ? Qu'un groupe de vingt ou trente jolies maisons embellirait ce paysage ! Vous aimez le théâtre, ce me semble ; hé bien, voilà la plus délicieuse décoration. Quelle douce harmonie que le bruit de ces métiers dont vous allez remplir ces aimables asiles ! comme elle a banni pour jamais le morne silence qui régnait dans cette solitude ! Quelle grâce ! quelle légèreté ! quelle vie dans ces nombreuses nacelles que ces heureux et paisibles habitans font flotter sur cette onde ! Regardez la rame auxiliaire guider vers les cités les cargaisons de votre petite colonie. Ah ! vous avez enchéri sur l'ordonnance de ma fête : à merveille ; je vous sais bon gré d'avoir enrichi de ce petit temple à l'Eternel ce riant séjour de l'industrie : l'idée d'un Dieu protecteur donne de la majesté au mouvement des ateliers. Que l'oisiveté prie, qu'elle se dise pieuse : mensonge ; elle n'est que sacrilège. Il s'élève avec grâce ce petit temple ! quel habile architecte vous a secondé ? quels pinceaux savans en ont décoré les voûtes et les murs ? quels ciseaux précieux ont sculpté ces figures ? Aux plaisirs si doux de mes fêtes agricoles et industrielles, aux spectacles délicieux que vous sûtes vous créer sous le toit de l'indigence, vous avez encore associé les charmes si doux que procurent les arts. Continuez ; plus d'ennui pour vous. Laissez, sans vous troubler, les rhéteurs déclamer contre la source de vos richesses : vous savez en user dignement; vous êtes digne de les posséder. Mais si vous restez froid pour les plaisirs que je vous propose, les richesses vous déshonorent autant que vous déshonorez les richesses.

Crois-tu, Giafar, que dans un pays où toutes les fortunes ont changé de place, cette morale ne vaudrait pas mieux que cette satire moralisante dont on abuse ? Quand le vent n'est pas le meilleur de ceux que le nautonnier desire, quel est pour celui-ci la conduite la plus sage à suivre ? Est-ce de le maudire, ou d'en tirer le meilleur parti possible ? Bonsoir.

LETTRE XXII.

Le même au même.

Sɪ, d'après l'inévitable et funeste loi qui veut que tout périsse, le monde devait voir dans des siècles, dont il est impossible de prévoir l'éloignement, la langue française survivre à la nation elle-même, et devenir, pour les peuples de ces tems cachés encore dans l'avenir, une langue classique, comme la grecque et la latine le sont aujourd'hui pour le monde savant, il est difficile de prévoir, mon cher Giafar, à quel terme s'arrêteraient les disputes qui s'élèveraient alors entre les commentateurs. Dieu veuille, me disait un homme de bon sens, pour la tranquillité de la république des lettres dans ces âges futurs que cette immensité d'inscriptions que vous apercevez sur toutes les portes de ces maisons de commerce soient, à cette époque, si profondément ensevelies dans les entrailles de la terre, que les

21

fouilles n'en reproduisent aucune aux regards
des savans d'alors! A coup sûr il ne leur vien-
drait jamais en pensée que dans la capitale
du monde, que dans la première ville de la
France, que dans la cité la plus célèbre dans
ces siècles de lumière par son goût pour les
arts, par son urbanité, par son atticisme,
l'on ait permis, l'on ait souffert que la majeure partie des inscriptions que les citoyens
font placer sur le frontispice de leurs habitations pour indiquer quel est le genre de leur
industrie, blessent les convenances, insul-
tent à la raison, et outragent la langue dans
ses principes les plus généralement connus.
Heureux encore si ces espèces d'enseignes
étaient toujours peintes ou écrites sur le bois :
l'on aurait l'espoir que l'humidité des hivers,
les neiges, la pluie, les vers et la chaleur
desséchante d'une vingtaine d'étés les auraient bientôt réduites en poussière, et que
ces sottises n'arriveraient point à la postérité.
Mais le faste ne répugne point du tout à se
trouver en compagnie avec l'ignorance, et ces
ridicules inscriptions brillent quelquefois en
lettres d'or sur le marbre. Croiriez-vous, me
disait-il, que peu d'années avant la révolution j'ai vu, pour annoncer au public, aux

voyageurs, aux étrangers un fort bel hôtel
garni, que le propriétaire avait jugé convenable de nommer hôtel de la Reine; que j'ai vu,
dis-je, sur un grand marbre noir cette inscription ainsi gravée : *Hôtelle de la Reyne?* Hé
bien! qu'un jour à venir, comme je le suppo-
sais tout à l'heure, la langue française devienne langue savante, qu'on se livre à l'é-
tude de cette langue morte comme nous nous
livrons à celle des peuples célèbres de l'antiquité, et que, par hasard, quelque *archéo-*
logue vienne à déterrer ce marbre, pressen-
tez-vous les difficultés, les contestations, les
querelles qui s'élèveront entre les érudits, et
combien l'ignardise d'un *peintureur* de bâti-
mens fera écrire de mémoires, enfanter de
volumes, et perdre de tems à de graves académies? Est-ce que l'on présume qu'il puisse
arriver un jour que les académies n'aient
plus rien à faire sur la terre, pour leur ménager ainsi d'avance des matériaux de disputes,
à peu près comme les peuples à foi punique
glissent dans leurs traités de paix quelques
faux-fuyans, quelques expressions capticuses
pour rallumer la guerre?

Qui sait? à cette indifférence pour les enseignes, dont l'orthographe blesse la gram-

maire, est attaché peut-être quelque respect humain pour le titre d'académicien. Pourquoi non ? Ce titre n'est-il pas une enseigne ? Les académiciens dont le mérite justifie ce titre sont semblables aux enseignes bien orthographiées; mais ceux qui ne possèdent pas ce mérite à quoi ressemblent-ils ? Si l'on ne s'occupe pas de la correction des enseignes, ne serait-ce pas que l'opération irait plus loin qu'on ne le voudrait ?

Ne t'ai-je pas dit ailleurs, Giafar, que je t'expliquerais un jour ce que c'est qu'une académie ? C'est, ou ce doit être, chez une nation éclairée, la réunion de tous les hommes les plus distingués dans les sciences, dans les lettres et dans les arts. Pour décider si ce but est vraiment rempli, et si la composition d'une académie est conforme à cet esprit, il ne faudrait pas toujours, surtout en France, consulter le public; car, naturellement malin, il est constamment enclin à rire de ceux qu'on lui présente comme des prodiges dans leur espèce : il faudrait encore moins s'en rapporter aux savans, aux littérateurs, aux artistes qui ne sont pas de cette académie; car l'amour-propre blessé jouerait inévitablement un grand rôle dans leur réponse. Comment donc faut-il s'y prendre pour prononcer? demandai-je à l'homme avec qui je causais. Il s'agit seulement, me répondit-t-il, d'examiner quels sont les moyens reçus pour y parvenir, ou, pour mieux me faire entendre, quel est le mode consacré pour en ouvrir les portes à ceux qui n'en sont pas encore. Si l'académie va chercher les hommes, il est évident que la composition sera toujours bonne : si les hommes vont chercher l'académie, l'alliage sera inévitable. Je ne parle ici qu'en thèse générale, et je n'entends faire l'application de ces réflexions à aucune académie de l'Europe ; je parle seulement comme si l'idée de la formation d'une académie me frappait pour la première fois, et comme si j'étais consulté sur les meilleurs principes à adopter pour le chapitre des réglemens relatifs aux réceptions ; et comme il devrait être pour la plus grande gloire de ces corps savans, il faudrait qu'il fût interdit à tout homme d'afficher d'autres prétentions aux académies que l'éclat de ses talens, et que ce fût par le bruit seul de sa renommée qu'il lui fût permis d'exprimer son desir d'y arriver. Il faudrait que, lorsqu'une académie aurait une place vacante à donner, il ne lui fût pas loisible d'ouvrir une liste de candidats ; mais qu'elle jetât les yeux sur les hommes qui s'oc-

cupent du progrès des connaissances hu-
maines, qu'elle pesât leur plus ou moins de
mérite, et qu'elle appelât enfin celui qu'elle
croirait être parvenu au degré d'excellence
convenable pour être appelé. Ainsi, elle choi-
sirait toujours bien, parce qu'il est naturel
de penser que des hommes d'un mérite réel
seraient jaloux de ne s'associer que leurs pairs.
Il arriverait alors que l'on entrerait à l'académie au moment que l'on s'y attendrait le
moins, et que l'on n'aurait pas perdu à solliciter la faveur d'y être admis un tems qu'il
serait plus convenable et plus utile d'employer
à mériter d'y être reçu. Si l'on s'arrêtait au
parti contraire, je crois que les inconvéniens
l'emporteraient sur les avantages. Je suppose,
par exemple, qu'une académie raisonnât
ainsi : L'honneur d'être reçu dans mon sein
vaut bien la peine d'être recherché, d'être
demandé : présentez-vous, faites-vous inscrire ; j'examinerai ensuite si je dois accueillir votre demande. Je ne m'arrêterai point à
examiner si ce ton de supériorité est convenable ou non, mais je dirai seulement que ce
mode peut entraîner des résultats peu heureux ; et d'abord, plus un homme a de mérite
réel, plus il en doute lui-même, et de ce

doute naît une modestie honorable. Il réunit
donc sur sa tête la double gloire et de son
talent et de sa modestie. Tout en se défiant
de lui-même, il n'en a pas moins la confiance
de sa force; tout en connaissant les bornes que
doit avoir sa modestie, il n'en est pas moins
convaincu du lustre qu'elle ajoute encore à
ses connaissances supérieures. N'attendez donc
pas qu'il fasse aucune démarche capable de
compromettre l'un et l'autre : savoir, d'un
côté sa suprématie, en s'inscrivant sur une
liste où son nom, se trouvant placé avec beaucoup d'autres, l'exposerait à une sorte de parallèle et de balotage avec des personnages qui
lui seraient inférieurs, et lui feraient courir
la chance du caprice; et de l'autre sa modestie, en démentant par l'espèce de jactance de
cette inscription, sa réserve accoutumée sur
l'étendue de ses connaissances. N'attendez jamais qu'un homme vraiment délicat se ré-
solve à faire sans répugnance cet aveu, pour
ainsi dire public, de sa haute opinion pour
son propre mérite. Je suis loin de censurer
ceux qui pourraient triompher de cette répugnance : mille raisons peuvent les y déterminer; mais il peut arriver enfin qu'un
homme n'en triomphe jamais; et le voilà, par

le vice du mode de réception, irrévocablement privé de sa plus honorable récompense, tandis que l'académie elle-même perdra l'avantage de posséder un homme qui l'honorerait. La question la plus funeste à la gloire de ces corps savans que puisse faire le public, c'est lorsqu'il est fondé à demander : Pourquoi tel homme n'est-il pas de l'académie, et pourquoi tel autre en est-il? Ce que je viens de dire prouve qu'il peut arriver quelquefois qu'il ait le droit de faire la première partie de cette question ; ce que je vais ajouter prouvera qu'il peut aussi acquérir le droit de faire la seconde.

Si une inscription de candidats est permise, si elle est même exigée comme condition préliminaire, la médiocrité ne balancera pas à s'en emparer : on verra pour une place vacante cinquante prétendans; et à peine sera-t-il possible de faire parmi ces noms le triage de deux ou trois noms d'hommes recommandables, j'entends par les talens. D'abord il en rejaillira une sorte de ridicule sur l'académie elle-même par les allusions que la faiblesse des concurrens fournira à la malignité publique : il en résultera encore que l'homme de mérite se félicitera tout bas

d'avoir résisté à la velléité de s'inscrire, et
par conséquent évité de se trouver enveloppé dans les épigrammes lancées en général sur cette masse de candidats; et de là son
éloignement pour se soumettre à ce mode
d'inscription s'accroîtra de plus en plus.
N'est-il pas évident ensuite que l'académie,
en exigeant cette inscription, se sera, de fait,
imposée l'obligation d'examiner les titres de
tous ceux qui s'inscriraient; et certes, ce sera,
à coup sûr, un tems bien gratuitement perdu,
puisque tel homme pourrait s'inscrire, sur lequel il ne fût jamais tombé en pensée à l'a-
cadémie d'arrêter son attention. Enfin, et
ceci serait un grave inconvénient, car la
morale y serait intéressée, ne peut-on pas
demander si, en mettant de la sorte un certain nombre d'hommes en présence pour disputer la même place, ce n'est pas ouvrir
entre eux une lutte sourde, secrette et
cruelle, en leur permettant de concevoir l'espérance d'arriver à un rang auquel peut-être
ils n'eussent jamais osé prétendre? N'est-ce
pas, en quelque sorte, les inviter à se faire
une petite guerre souterraine pour s'écarter
réciproquement? N'est-ce pas les enhardir
à faire usage contre leurs rivaux de critiques

injustes, de mépris affectés, de calomnies
mêmes pour les évincer? N'est-ce pas, pour
ainsi dire, leur recommander d'user de
toutes les ressources de l'intrigue, de la flatterie, des fausses louanges pour capter leurs
juges? Et s'il est dans la possibilité que quelques-uns d'eux réussissent à en imposer à la
vérité, à la puissance et à leurs protecteurs,
n'est-il pas clair que l'académie, croyant n'a-
voir adopté qu'un mode capable de l'éclairer elle-même sur le mérite de tel ou tel individu, se trouvera insensiblement influen-
cée sur le choix qu'il lui faudra faire, ne
s'apercevra qu'elle aura donné la place au
moins digne que lorsqu'il ne sera plus tems
d'y remédier, et se verra, malgré les intentions les plus droites, l'objet des sarcasmes
publics, du ressentiment des candidats re-
jetés, et de l'indifférence des hommes d'un
vrai talent, qu'un semblable dénouement ins-
truira à ne jamais en encourir la honte?

En supposant qu'un pareil mode pût être
adopté par une académie quelconque, on dirait, pour le justifier, que c'est pour elle l'u-
nique moyen de s'assurer de l'intention réelle
de ceux dont les titres, pour y être reçus, sont
recommandables; de lui épargner le reproche

d'oublier les hommes qui possèdent ces titres, et de sauver à sa dignité le désagrément d'en nommer qui se refuseraient peut-être à cet honneur. Ces objections seraient toutes également frivoles : d'abord elle ne connaîtrait point ainsi les intentions des hommes distingués qu'elle voudrait honorer de son choix. Je viens de prouver que plus un homme aura de mérite, plus il répugnera à venir, en quelque sorte, dire publiquement : J'ai du mérite; songez à moi. N'est-il pas bien juste de lui souffrir le noble orgueil de s'en reposer sur l'éclat de sa renommée ? En l'obligeant à s'inscrire, c'est lui faire tacitement une sorte d'injure, c'est le mettre au-dessous de sa réputation : or, si le mode en lui-même l'empêche d'exprimer son vœu, on ne le connaîtra donc pas, et l'académie n'aura réussi qu'à connaître, non l'intention, mais les prétentions, ou pour mieux dire la jactance ordinaire de la médiocrité; et ce n'est pas, à coup sûr, ce qui lui importe. Mais, dirait-on, elle veut éviter le reproche d'oublier les hommes dignes de partager ses honneurs : on vient de voir que par le mode lui-même elle se serait mise dans la nécessité de les oublier constamment; mais cela ne fût-il pas, pourquoi sa mémoire serait-elle plus mal servie pour les hommes de sa propre nation qu'elle ne l'est ou ne le serait pour les hommes illustres des pays étrangers? Supposons pour un moment qu'elle voulût s'associer quelques-uns de ceux-ci, la verrait-on ouvrir un registre où ils seraient obligés de s'inscrire ? Elle saurait bien, sans recourir à cette ressource, discerner ceux à qui elle devrait cette faveur; elle ne craindrait pas que la voix publique s'élevât contre ses décisions; sa sagacité ne la trahirait pas sur le choix du plus digne. Pourquoi donc son jugement serait-il plus en défaut pour ses compatriotes ? pourquoi plus de restrictions dans la justice qu'elle leur devrait que dans celle qu'elle accorderait aux étrangers ? pourquoi les priverait-elle du charme attaché à la dignité de cette pensée? J'ai été appelé, tandis qu'elle en assurerait la jouissance entière aux savans des autres climats. Quoi donc! elle saurait bien apprécier le mérite de l'homme qu'une distance de trois, quatre, cinq cents lieues peut-être séparerait de ses frontières, et il lui faudrait exiger qu'une demande spéciale l'éveillât sur celui de l'homme qui vit à sa porte! Cette différence, dans la manière de procéder n'impliquerait-telle pas contra-

diction dans les principes, et l'une ne serait-
elle pas la juste critique de l'autre? Mais, ajouteront les défenseurs du systême que je discute,
l'académie ne devra-t-elle pas, avant tout,
songer à sa dignité, et n'est-il pas sensible
qu'elle serait compromise par le refus d'un
individu qu'elle aurait choisi? Et en quoi
donc? Il me semble que le déshonneur est
tout entier pour celui qui rejette une faveur
dont tous les hommes célèbres sont jaloux.
Est-il quelque excuse valable pour se refuser à
un tel honneur? peut-on placer un homme
dans une hypothèse telle, qu'il puisse tirer vanité d'un tel refus? et croit-on, d'ailleurs, que
les exemples de semblables refus seraient si
communs? Et si de loin en loin il s'en présentait quelques-uns, pense-t-on que le public n'en chercherait pas les motifs; et que
s'il reconnaissait, par aventure, que l'esprit
de parti a seul présidé à ce refus ridicule,
il n'en fît pas rejaillir la honte toute entière
sur l'homme qui s'en serait rendu coupable,
et n'entourât, au contraire, de toute son estime le corps savant qui, par cette nomination même, se serait montré supérieur à
toutes ces vaines considérations d'opinion.

Telles sont, mon cher Giafar, les ré-

flexions sérieuses où la remarque badine sur
les enseignes ridicules conduisit insensiblement l'homme sensé avec lequel je m'entre-
tenais. Comme il affectait constamment d'ar-
gumenter par supposition, je ne voulus
point gêner sa véracité en cherchant à pénétrer indiscrètement sa pensée pour connaître
si ses observations s'appliquaient à quelque
corps savant de la France : je me permis simplement quelques questions sur l'origine de
ces académies. Je ne vous dirai rien, me répondit-il, de celle du mot académie que
tout le monde connaît ; je remarquerai simplement, en passant, que les modernes lui
donnent, à mon avis, une acception toute
différente de celle que lui donnaient les anciens : ils entendaient par académie la réunion de quelques sages, et chez les modernes une académie n'est souvent rien moins
qu'une réunion de philosophes. Les deux
idées ont cependant ce point de contact que
les académiciens de l'antiquité formaient une
secte, et que ce titre de secte aurait pu convenir quelquefois aux académiciens modernes.
A l'instar de toutes les sectes, il fut bien quelques académies sujettes aux erreurs ; elles en
eurent par fois l'intolérance, les préventions,

l'esprit persécuteur , le fanatisme même.
Toutes ne méritent pas ce reproche, mais
toutes ont eu du penchant pour la domination. Cela devait être : créées par l'autorité ,
les académies devaient contracter quelque
chose du caractère de leurs créateurs. L'autorité leur disait en les créant : Je vous ordonne d'éclairer. Par conséquent les académies durent dire aux hommes : Vous serez
éclairés comme nous l'ordonnerons. Et de quel
droit? Du droit que tout délégué de l'autorité
suprême reçoit de l'autorité même qui le dé-
lègue de gouverner comme il l'entend dans
la partie qui lui est confiée. La solution n'est
pas sans importance, car voilà les lumières
entre les mains de l'autorité. Il me semble cependant que les lumières devraient remonter
des hommes vers l'autorité, et non pas descendre de l'autorité vers les hommes. Cette
marche inverse explique bien des phénomènes littéraires : de là, la condamnation du
Cid ; de là, le panégyrique de saint Louis et
de Richelieu pendant cent cinquante ans; de là
tant de prix accordés et tant de prix refusés;
de là tant d'hommes écartés et tant d'hommes
reçus; de là tant de choses arrivées.

Charlemagne eut une académie dans son

palais. Cette tentative n'a point jeté de ridicule sur Charlemagne; elle n'en a jeté que sur son siècle. Au contraire, Richelieu, en créant une académie, en recueillit seul le ridicule, et honora son siècle. C'est que Charlemagne, en créant la sienne, n'avait en vue que les lettres, et Richelieu que son amour-propre. Charlemagne ne mit en évidence que la faiblesse des connaissances de son tems, et Richelieu ne mit en lumière que la vanité des siennes. Sous Charlemagne les hommes furent au-dessous de son idée, et sous Richelieu ils furent au-dessus; et quoique l'un et l'autre eussent meublé leur académie de personnages ridicules, quoiqu'il n'y eût aucune différence entre Colletet qui prenait le titre de Thucidide, et le jeune Ilgebert qui s'intitulait Homère, celle de Charlemagne dut périr, parce qu'enfin il avait choisi les premiers hommes de son siècle, et celle de Richelieu prospérer, parce qu'il avait appelé les plus médiocres du sien, et que par conséquent ici tous les matériaux pour perfectionner étaient prêts, tandis que là ils manquaient en totalité.

Dans tous les tems on a beaucoup trop déprimé ou beaucoup trop loué les académies. Je ne crois pas que l'on ait bien aperçu la

véritable raison de ces deux excès. Elle n'est
point, ce me semble, dans les travaux des académies : ils méritèrent en général toujours
beaucoup plus l'estime que l'enthousiasme ;
et en cela je crois en faire l'éloge moi-même,
mais jamais ils ne descendirent à mériter le
mépris. Ainsi, l'engouement et l'improbation
étaient également injustes, l'un parce qu'il
nuisait à l'estime, et l'autre parce qu'elle la
refusait en entier. Il faut donc chercher cette
raison ailleurs : elle ne sera pas difficile à
trouver ; et c'est que pour former une académie l'on s'y est toujours mal pris. L'autorité veut qu'il y ait une académie ; en cela
toute autorité a raison. Une institution semblable est le lustre des états : c'est l'exposition publique de leurs richesses pour l'a-
vancement des connaissances ; c'est la plus
honorable partie du faste permis aux nations puissantes et civilisées. Mais pour que
cela soit en effet, que doit faire l'autorité ?
Il faut qu'elle dise : J'ordonne qu'il y ait
une académie, et j'entends que cette académie soit composée de tant de membres, quarante, cinquante, cent, si elle le veut, et
qu'elle s'arrête là. Et qui donc les nommera ?
Cela ne sera pas difficile : il faut que l'auto-

rité dise à la masse entière des hommes qui pro-
fessent les lettres, les sciences et les arts : C'est
votre affaire : vous connaissez les plus dignes ;
choisissez, indiquez vous-même. Vous verrez alors la vérité se prononcer. Vous n'en-
tendrez pas l'homme médiocre dire : C'est à
moi qu'appartient cet honneur ; il ne l'osera
pas : mais il dira : C'est à un tel. L'homme de
mérite ne s'indiquera pas lui-même non plus,
parce qu'il sera sûr que la voix publique le dé-
signera. L'autorité n'aura pas même besoin
d'exiger que ce grand jury aille aux voix ; il lui
suffira de recueillir les conversations, et c'est
dans ces conversations qu'elle entendra : C'est
tel, tel, tel qui doivent entrer. Mais si l'autorité
nomme, comment sera-t-elle alors en garde
contre les prétentions des courtisans dont la
classe se retrouve dans les sciences, les lettres
et les arts, comme partout ailleurs ; contre les
sollicitations des femmes, toujours *laudatives*
à l'excès du mérite de leurs protégés, et dont
on capte si facilement le suffrage par un ma-
drigal ou par un portrait ; contre les prédilec-
tions des hommes puissans ; contre les sugges-
tions, les préventions, les préjugés enfin de
ceux qu'il lui faudra nécessairement employer
pour organiser cette institution ? Il arrivera

donc, malgré elle, en dépit même de son excellente volonté, qu'elle ne réunira que des
élémens disparates, incohérens, insignifians
peut-être : et ne se trouvât-il qu'un seul mauvais choix dans ceux qu'elle aurait faits, cela
suffira pour ameuter les murmures, le mécontentement, le blâme et l'ironie contre la totalité.
Combien de gens, cent cinquante ans même
après la nomination faite par le cardinal de
Richelieu, se figuraient toujours, en venant
écouter l'académie française, y rencontrer
encore Colletet ! Combien de gens, à la même
époque, prodiguaient de leur côté l'encens à l'a-
cadémie française, parce que Richelieu y avait
placé Gombaud, et que ce souvenir leur con-
servait l'espoir de s'y glisser quelque jour !
Il résultera de ce vice qu'une académie quelconque ne fera jamais que la moitié du bien
qu'elle pourrait faire, parce que le public
sera divisé en deux portions, l'une qui lui
refusera toute espèce de confiance, l'autre
qui trouvera toujours admirable ce que même
elle fera mal. Que l'on mêle trop d'alliage
à une monnaie, elle perd nécessairement de
son crédit. Il en est de même d'une académie : qu'il s'y mêle un grain de plomb, on ne
parlera que de ce plomb ; et seul il suffira pour

faire oublier l'or. Tel est le monde. Vous
voyez donc que ma comparaison du titre
d'académicien avec les enseignes mal orthographiées n'était pas si extravagante, relativement à quelques personnes.

Un peintre d'enseignes était un jour chargé
d'écrire sur la porte d'un marchand de vin,
dans les environs du Louvre, cette phrase :
Magasin de vins fins ; et il avait écrit : Magazin de vins *fains*. Il y travaillait encore lorsqu'un artiste, d'un caractère un peu goguenard, passe et aperçoit la faute. Il s'approche
de cet homme, et lui adressant la parole,
mais à voix basse, et comme s'il eût craint de
l'humilier : Mon ami, lui dit-il, vous vous
trompez ; on se moquera de vous : vous avez
écrit vins *fains* : ce n'est pas comme cela ; il
faut mettre vins *feints*. Le ton, tout à la fois
sérieux et persuasif avec lequel il lui donnait
cet avis plaisamment perfide, inspira une
vive reconnaissance au peintre d'enseignes ; il
le remercia sincèrement de ce service, et, se
hâtant d'effacer sa faute première, ne manqua
pas d'écrire en toutes lettres : Magazin de vins
feints. Croiriez-vous que, pendant six mois
au moins, ni l'épigramme qu'une semblable
inscription faisait porter sur le marchand de

vin, ni l'idée plaisante qu'elle offrait sans
cesse à l'esprit du public, ne firent naître
l'idée d'ôter l'enseigne; et que, quoique tout
Paris passât en riant devant cette boutique,
cela ne l'empêcha pas de venir y chercher,
acheter ou boire ces vins *feints* avec une tranquillité imperturbable?

Maintenant faites l'application : les solliciteurs qui parviennent à faire nommer un
homme sans talent à une académie ne res-
remblent-ils pas à cet homme qui écrit une
enseigne sans connaître les mots qui doivent la
rendre régulière? le bouffon dont le conseil
lui fait substituer un mot épigrammatique à
un mot impropre n'est-ce pas le public? et
le titre d'académicien dû à une semblable pro-
motion n'est-il pas l'enseigne qui provoque le
rire de tous les passans?

N'a-t-on pas vu long-tems sur une enseigne
l'oiseau favori de Léda pressant un crucifix
contre son sein avec une expression d'amour
égale à celle qu'il prodigua jadis à la mère de
Castor? Qui croirait que cette impertinente impiété voulait dire : *au Signe* (cygne) *de la
Croix ?* N'a-t-on pas vu le frontispice d'une
boutique offrir un tableau représentant un
singe enveloppé d'une pièce de toile blanche?

cela voulait dire : *Au saint Jean-Baptiste*
(au singe en batiste.)

Vous voyez, continua le critique, jusqu'où
l'on pourrait pousser la comparaison entre les
hommes usurpateurs du titre d'académicien
et les enseignes ridicules. Indiquer le signe
le plus sacré parmi les chrétiens par le déplorable calembourg que présente l'association
du nom d'un oiseau avec l'un des instrumens
les plus révérés dans leur culte; accoupler le
nom d'un animal à celui d'une étoffe pour en
composer indécemment le nom de l'un des
hommes les plus fameux parmi les fondateurs
d'une religion , ces sottises n'offrent-elles pas à
l'esprit une idée toute pareille à celle que fait
naître la vue d'un homme sans talent assis
au rang de ceux dont on est accoutumé à admirer l'excellence? L'homme qui n'a d'autre
signe de l'académicien que le diplôme qu'il
tient entre ses mains, et l'animal qui n'a
d'autre connexité avec la religion que la
croix qu'il tient entre ses pattes, ne provo-
quent-ils pas également le rire , quand on
trouve le mot de leur énigme? Et le singe ,
qui doit à une enveloppe de batiste l'honneur
de figurer à la place du précurseur du Christ,
blesse-t-il plus la vérité que l'être nul qui doit

à l'enveloppe d'un fauteuil académique la gloire d'être appelé le confrère de Racine?

Le frondeur me quitta, et fut promener ailleurs son bon sens et sa bile : je dis son bon sens, parce qu'il me parut en déployer beaucoup quand il ne s'attacha qu'au mode des réceptions : je dis sa bile, parce que ses applications ne m'en parurent pas exemptes. Il est des hommes, et ils sont assez communs ici, qui s'attachent beaucoup plus à saisir le mauvais que le bon côté des choses : ils croient apercevoir des vices dans les meilleures institutions, et ne s'aperçoivent pas que le vice est dans leur amour-propre, bien plus que dans l'objet de leur censure. C'est surtout dans la classe qui, par état même, doit être la plus instruite, c'est à dire parmi les savans, les lettrés et les artistes, qu'ici cet amour-propre est le plus irritable. Ils ne se pardonnent pas plus, entre eux, l'infériorité que la supériorité du mérite : la première, qui ne devrait exciter que l'indulgence, ne leur inspire que le dédain ; la seconde, qui ne devrait les porter qu'à l'admiration, ne les détermine qu'à la jalousie. Ils se font ainsi un supplice des talens mêmes qu'ils reçurent de la nature, ou qu'ils acquirent par l'é-

tude, et qui ne leur furent donnés que pour
faire le charme de leur vie. Dès qu'ils ont
atteint la renommée, il semblerait qu'ils se
dépouillent du caractère de l'homme pour
revêtir celui des femmes : ils en prennent
la petite coquetterie, les petites rivalités,
les petites perfidies. A peine est-il un dixième
de ces hommes, dont se compose ce qu'ils appellent la république des lettres, qu'un bon
esprit, un sentiment naturel de droiture, une
philosophie éclairée mettent au-dessus de
ce défaut déplorable, et dont la malheureuse
puissance empoisonne les jouissances de tous
les autres. Si tu crois, Giafar, que ce soit le
public instruit dont le jugement assigne,
d'abord du moins, les rangs entre les lettrés,
tu t'abuses. Sans doute, à la longue, ce public
arrive à user de ce droit avec l'empire qui lui
appartient ; mais que de tems avant que ce
jour de justice vienne à luire ! Chaque savant, chaque littérateur, chaque artiste voit
long-tems, entre lui et le public, les savans,
les littérateurs, les artistes, c'est à dire ses
rivaux, ses ennemis souvent : c'est une barrière qu'il lui faut franchir. Il éprouve bien
moins d'inquiétude de l'opinion que le public aura de son ouvrage que de l'opinion

qu'en donneront ses pairs. En général, qui
dans les sciences s'élève de prime abord contre
les découvertes? Ce sont les savans. D'où
part dans la littérature la première indis-
crétion contre un ouvrage, le premier trait
malin, la première épigramme, la première
défaveur, si ce n'est des littérateurs? Qui
dans les arts se hâte de fourvoyer, si j'ose
le dire, le goût encore incertain du public
sur une production nouvelle? Les artistes.
Tous ces hommes on ne les entend jamais
blâmer de haute lutte; leur première phrase
est presque toujours un éloge. Mais le re-
doutable arsenal des MAIS arrive avec toutes
ses foudres: les salves en sont longues; et jusqu'à ce que les bienheureux N'IMPORTE du
public viennent imposer silence à cette as-
sourdissante artillerie de MAIS, les anxiétés,
les angoisses se font rudement sentir. Ecoutez-
les; ils se plaindront tous des malheurs de
cette guerre intestine: suivez-les; vous verrez
que tous en sont soldats.

Si vous avez un enfant, m'avait dit le critique pendant notre entretien, et que vous
vouliez qu'il ne conçoive que des notions raisonnables sur certains objets, ne le conduisez pas dans les rues fécondes en boutiques
décorées d'enseignes; car il s'imaginera que

les tours sont d'*argent*, que les pommes sont d'*or*, que les corbeaux sont *blancs*, que les singes sont *verts*, que les chats sont *bottés*, que les femmes sont *sans tête*, que le roi de Perse est *maure*. Si vous voulez qu'il prenne une juste idée des douceurs attachées à la culture des connaissances, ne le conduisez pas parmi certains savans, certains littérateurs; certains artistes; car il croira que les sciences sont cultivées par les *ours*, les lettres par les *chats*, les arts par les *couleuvres*.

LETTRE XXIII.

Le même au même.

C'ÉTAIT hier, Giafar, un jour de fête publique : j'aime ces sortes d'institutions. On m'affirme que les fêtes nationales actuelles n'ont aucune analogie avec les fêtes nationales d'autrefois : tant pis pour les anciennes. Jadis les évènemens rappelaient les fêtes ; aujourd'hui ce sont les fêtes qui rappellent les évènemens : elles étaient autrefois une conséquence convenue de la joie supposée ; aujourd'hui elles sont une conséquence avouée de la grandeur reconnue. Ainsi, les premières ne faisaient qu'une date, tandis que les secondes font monument. Ce qui prouverait presque que les évènemens que l'on célébrait jadis par des fêtes publiques n'étaient pas toujours un véritable objet de réjouissance nationale, c'est que les Français alors n'avaient aucunes fêtes fondées.

Quoi qu'il en soit, n'ayant point vu les fêtes anciennes, je ne sais si les nouvelles sont préférables; mais telles qu'elles sont, elles sont bien, quoiqu'à mon avis il fût possible de les perfectionner encore. Mais enfin, faites pour le peuple, c'est du peuple dont on s'y occupe avec décence, avec une sorte de gravité, avec une espèce de dignité sérieuse, qui tient presque du respect : et quand ce serait avec un respect sans réserve, qui pourrait s'en plaindre? On ne s'aperçoit jamais si bien que le peuple n'est autre chose que la masse entière de la nation, et l'on ne sait jamais aussi parfaitement que l'on fait partie de ce peuple que dans les fêtes nationales. Quel fou s'offenserait donc que le respect y fût fortement senti? s'offense-t-on d'être honoré? Il en est de ces fous.

Ce n'est que par l'élévation du génie que l'on juge bien du style le plus noble pour les grands édifices. Il en est de même quand il s'agit d'une nation en corps : il faut une ame élevée pour discerner quel hommage à lui rendre est plus convenable. Des feux d'artifice, des illuminations, des danses, des jeux gymniques, des courses où les vainqueurs soient noblement couronnés, tout cela ne

s'appelle pas, au dire de certaines gens, s'occuper du peuple : à les entendre, il faut le
faire manger et boire, il faut lui jeter de l'argent. Ils ont deux motifs pour raisonner ainsi:
comme ils ne mangeraient pas, comme ils ne se
baisseraient pas pour ramasser cet argent, on
s'apercevrait qu'ils ne sont pas peuple. Ces
hommes et moi nous ne nous entendons pas :
à mon avis, ce n'est pas s'occuper du peuple
que de l'avilir. Je n'aime pas non plus les
spectacles gratis : il ne faut pas que les plaisirs
soient une aumône.

Parmi les nombreuses et magnifiques décorations de cette fête, j'ai, entre autres, remarqué un superbe temple à l'Industrie. Nul
peuple n'a plus de droit au culte de cette
déesse. En fait d'industrie, l'Europe est un
grand corps dont la France est la Mi-
nerve : c'est de cette tête que partent toutes
les conceptions; c'est dans ce cerveau que s'é-
labore tout ce qui est grand, utile, produc-
tif, agréable dans les arts, les sciences, les
métiers, les inventions. Et dans cette comparaison, Giafar, rien d'insolent pour les autres
nations; car c'est en France qu'est née cette
belle pensée, que *l'univers est la patrie de
l'homme dont les travaux quelconques sont*

au profit de l'humanité. Quel que soit le climat qui l'ait vu naître, un homme utile est Français aux yeux d'un Français. Il faut le dire avec franchise ; dans tout ce qui peut honorer le génie de l'espèce humaine il n'est point de nation plus dignement rivale des autres nations que la nation française ; car elle n'est point jalouse : donc elle n'étouffe rien.

La vie que répand chez elle l'étonnante et généreuse activité de cette industrie est telle, qu'ici l'aspect d'un personnage volontairement oisif est plus extraordinaire que révoltant : c'est un homme assis dans une rue que l'on ne remarque que parce tout le monde y marche. J'examinais ce temple dont je te parlais tout à l'heure ; j'en admirais l'élégante et riche architecture, j'en parcourais avec enchantement les immenses portiques ; j'étudiais avec intérêt les bas reliefs ingénieux dont ils étaient décorés, et les allégories dont le statuaire avait orné l'autel de la déesse. Un homme, que la même curiosité paraissait conduire, approuvait souvent, critiquait quelquefois. Je liai conversation avec lui. L'idée d'un temple à l'Industrie paraissait le ravir : On n'a jamais rien imaginé, me disait-il, de plus digne de la nation fran-

çaise : j'ai vu beaucoup de fêtes, mais dans
aucune l'on n'a rendu un plus véritable, un
plus digne témoignage au génie de nos compatriotes. Comme il causait avec esprit, je l'en-
courageai à continuer : alors il entra dans un
long détail sur les découvertes des Français,
sur leurs voyages maritimes, sur l'immense
variété de leurs mécaniques, sur la perfection à laquelle ils avaient porté leurs manufactures en tout genre, sur les procédés de
leur agriculture, sur les progrès qu'ils avaient
fait faire à toutes les sciences mathématiques, physiques et naturelles, enfin sur ce
caractère infatigable qui tendait sans cesse à
découvrir, à inventer, à perfectionner, et sans
cesse éprouvait le besoin d'apprendre, lors
même qu'il jouissait avec profusion de tout
ce qu'il avait appris. A l'entendre, je le pris
pour un intendant du commerce, ou tout au
moins pour une des premières têtes du né-
goce de quelques-unes de leurs principales
cités. Si j'en juge, lui dis-je, par le feu dont
brillent vos discours, et par le juste enthousiasme que vos connaissances vous inspirent
pour la fécondité des esprits de votre patrie, vous devez mener, monsieur, une vie,
non pas orageuse, mais furieusement agitée.

Je prévois qu'aucunes de vos heures ne sont
perdues pour la prospérité publique. Quand
on peint si bien le mouvement nécessaire à
cette prospérité, on ne doit guère connaître
le repos. — Moi? me répondit-il : point du
tout; j'approuve, j'admire ce mouvement,
je l'accélère de tous mes vœux, je donnerais même à cet égard de très-bons conseils; et s'il prenait fantaisie au gouvernement de me consulter quelquefois, il ne s'en
trouverait point mal; mais je ne me mêle
point de tout cela. Je suis comme ces hommes
qui, tranquillement assis sur le rivage,
jouissent avec délices du spectacle de la majestueuse agitation des flots; mais faire l'é-
preuve moi-même de cette agitation, je n'ai
garde. Si vous me rencontrez ici c'est par
hasard; c'est la fête qui m'attire. Au reste,
l'on peut bien, une fois dans l'année, déroger à sa manière de vivre. — Hé, quelle
peut donc être, monsieur, la manière de
vivre d'un homme si sensible à la vue d'un
temple de l'industrie, si elle n'a aucun rapport avec cette industrie même? — Je vous
ai dit, monsieur, que mes conseils étaient
fort bons : il est peu de jours que je ne parle
sur cette matière; et l'on m'écoute, j'ose

dire, avec quelque attention. — Ah, je vois
que je ne m'étais pas trompé dans mes
conjectures ; vous êtes membre de quelque
chambre de commerce ou de quelque conseil....... —. Nullement. Ce n'est pas toujours
le mérite que l'on va chercher ; et tout bien
examiné, les emplois ne sont peut-être qu'un
esclavage que j'ambitionne peu.—Mais enfin...
— Non : ma vie est toute simple ; en deux
mots je vais vous la peindre ; je n'ai nulle
raison de la cacher : J'ai mille écus de rente,
je suis garçon, je n'ai point les embarras qu'en-
traînent après eux un ménage, une femme
et des enfans. J'ai soumis toutes mes actions
à un ordre invariable : l'ordre ! c'est mon
bien suprême. Je me lève exactement à huit
heures : mon perruquier vient ; je m'habille.
A neuf heures précises je sors ; je vais à mon
café de prédilection : j'entre, je m'assieds,
je déjeûne, et je lis les papiers. Quelques personnes surviennent ; l'on cause. Deux heures
sonnent ; je prends ma canne, mes gants,
mon chapeau ; je vais dîner. A trois heures
je reviens, je prends mon café. Quelque discussion s'élève : on me prend pour arbitre ; je
prononce. A cinq heures je fais une partie
de domino ; à neuf heures je bois une bou-

teille de bière, et je lis le journal du soir. A
onze heures les garçons avertissent qu'ils vont
fermer : je reprends ma canne, mes gants,
mon chapeau, et je vais me coucher. — Certes, vous avez raison, monsieur; l'on ne peut
mener une vie plus régulière. Mais par quel
hasard avez-vous interrompu cet ordre admirable? car il me semble que vous n'avez
point parlé, dans les détails que vous venez
de me donner, de... — De promenade, n'est-
il pas vrai? — Justement. — Oh, il n'y a
point d'homme qui ne se relâche quelquefois
de la sévérité de ses principes. Je me per-
mets ces petites.... gaités deux ou trois fois par
an; et puis demain, après demain, quelqu'un de ces jours enfin, n'est-il pas possible que dans mon café il s'élève quelque
question sur les décorations de cette fête?
Qui consultera-t-on? Moi sans doute. Il faut
bien que j'aie vu de mes propres yeux. —
J'entends; vous êtes l'oracle de ce café. —
Je ne voulais pas le dire, mais vous l'avez dit.
— Ainsi, toutes les fois que l'on parle d'arts,
de commerce, d'agriculture, de législation...
— En doutez-vous? — Dieu m'en garde. Ne
vous ai-je pas vu tout à l'heure vous extasier sur la beauté de ce temple érigé en

l'honneur de l'Industrie ; et il est évident
que vous aviez des droits incontestables pour
l'admirer. D'après la vie que vous menez,
un temple à l'Industrie doit être une chose
très - importante pour vous ; et certes, si
une nation était composée d'hommes qui
vécussent de la sorte, il n'est pas dou-
teux qu'elle ferait de grands progrès en
ce genre. Mais enfin l'on ne vient pas au
monde avec la science infuse. On vous con-
sulte, dites-vous, sur tout ; vous résolvez
toutes les questions parfaitement bien, je le
veux croire : cependant il faut bien, pour
être arrivé à ce haut degré de connaissances,
que vous n'ayez pas toujours vécu comme
vous le faites aujourd'hui : il faut...— Monsieur, depuis l'âge de dix-huit ans, je n'ai
pas varié : je sortais du collège, où, dieu
merci, je n'avais rien appris de tout ce fatras
de grec et de latin que l'on y enseignait.
J'avais malheureusement perdu mon père et
ma mère dans mon enfance. Mon tuteur me
laissa libre de ma destinée : tous les six mois
il me payait exactement mon petit revenu.
Je n'aimais point l'état militaire, parce que
le sang me déplaît : je n'aimais point la
robe, parce qu'on peut condamner des inno-

cens : je n'aimais point le commerce, parce
qu'on peut, sans le vouloir, être entraîné
dans des spéculations injustes : je n'aimais
point l'agriculture, parce que la campagne
m'ennuie : je n'aimais point le mariage,
parce qu'on peut avoir une méchante femme :
je n'aimais point l'étude, parce que souvent
on ne se meuble la tête que pour obliger des
ingrats : je n'aimais point le spectacle, parce
qu'il y fait trop chaud. J'aimais beaucoup
le café ; je venais le prendre tous les jours
dans la maison que je fréquente encore. Depuis quarante ans elle a changé dix fois de
propriétaire ; dix fois les habitans se sont re-
nouvelés : seul je suis resté inamovible. Quand
mon tuteur me rendit ses comptes, mon revenu se montait à quinze cents francs : j'en
ai réalisé le capital. Rien n'est affreux comme
l'égoïsme ; mais quelquefois il faut songer à
soi : j'ai mis cet argent à fonds perdu : je me suis
fait mille écus de rente. J'ai eu le bonheur
qu'ils ont échappé à la révolution, parce
que j'avais placé sur des particuliers. Et me
voilà. — D'après cela, je vois, sans beaucoup
de peine, que vous vous entendez aussi bien
aux arts, à la politique, aux lois et à mille
autres choses qu'à l'industrie ; et je sens que

les avis d'un homme qui n'a jamais rien appris peuvent avoir autant d'importance que la vie d'un homme doué d'aussi bonnes raisons que vous pour n'avoir jamais rien voulu faire, peut avoir d'utilité pour son pays. — J'eusse été bien fou de me casser la tête à apprendre quelque chose. Est-ce que depuis quarante ans je ne lis pas au moins quatre journaux chaque matin : donc j'en sais autant que le premier homme de l'état. — Ce sont là vos régulateurs? Peste! je ne m'étonne pas que vous ayez rendu d'aussi prodigieux services à la France. — Ils m'ont donné un tact dont vous ne vous faites pas d'idée : je suis toujours au courant de ce qu'il faut admirer ou déchirer. Je ne lis jamais un livre : hé bien, je sais à point nommé ce qu'il faut prononcer quand on parle par hasard de littérature. Cite-t-on un ouvrage, il me suffit de demander s'il est écrit depuis l'an 1700, et je décide, sans coup férir, qu'il est détestable. — Même Montesquieu, Voltaire, Rousseau, Helvétius, Mably? — Que me fait tout cela? Ce n'est pas ma faute : que n'ont-ils écrit sous Louis XIV. Je n'ai jamais mis le pied au jardin des Plantes : hé bien, cela m'empêche-t-il de répondre, quand on

parle de Buffon, que ce ne fût qu'un rhé-
teur, un faiseur de romans. Je n'ai point
encore vu la galerie du Louvre : qu'importe?
ne sais-je pas affirmer que l'école italienne
est de cent piques au-dessus de l'école française? S'agit-il de l'école flamande, les journaux ne m'ont-ils pas appris que Louis XIV
la dédaignait? D'après un semblable avis,
qu'est-ce que l'école flamande? Et ce Musée
des monumens ! n'est-ce pas une chose
épouvantable? Je ne le connais pas; mais
cela doit être; les journaux l'ont dit : cent
fois je l'ai jugé tel; et personne n'osait me contredire. — Cela est admirable. Que la chose
publique est heureuse d'avoir des hommes
comme vous ! Vous êtes, j'en suis sûr, unique
dans votre espèce : quel dommage ! sans cela
la France irait loin. — Seul ? Vous me faites
bien de l'honneur : chaque café de Paris a
bien quelques hommes qui me ressemblent.
— Vrai? — A peu près du moins. Il est certain que j'ai peut-être un peu plus de sagacité qu'un autre : et elle est tellement exercée cette sagacité, que dernièrement encore,
en voyant dans les Petites-Affiches la manière dont était rédigé un article par lequel
une demoiselle demandait un mari, je pa-

riai qu'elle était sujette aux vapeurs, et je
rencontrai juste. — Quoi! l'on demande ici
une femme ou un époux par la voie des journaux! — Hé! d'où venez-vous? Sans doute,
cela se fait tous les jours : cela vous étonne?
— Ce qui m'étonne, c'est que cela ne vous
étonne pas. — Moi? point du tout : rien
n'est plus commode que cette invention, et
j'ai vu le moment qu'elle se perfectionne-
rait. Il y a quelques années que je lus
dans un journal, très en vogue alors, le
projet d'un homme qui se proposait de former un établissement pour améliorer encore
cette invention. Il venait, disait-il, de louer
un hôtel magnifique, superbement décoré,
distribué en appartemens élégans et commodes. Son intention était d'établir une pension de demoiselles à marier. Moyennant un
prix honnête, elles y auraient été logées et
nourries. Trois jours de la semaine auraient
été consacrés à des bals et à des concerts; les
quatre autres auraient été remplis par des
assemblées de jeu. Ces jeunes demoiselles
auraient eu seules le droit d'y être admises.
Son épouse, disait-il, accoutumée à toutes
les manières du beau monde, aurait fait les
honneurs de la maison. Tout se serait passé

dans la plus exacte décence : il n'aurait reçu chez lui que des cavaliers dont la fortune, l'éducation et la figure eussent été convenables. De la sorte, ces demoiselles auraient eu le tems de connaître et d'étudier le caractère de ceux qu'elles auraient, dans la suite, honoré de leur choix; et l'un des avantages de son établissement aurait été, selon lui, d'épargner aux jeunes demoiselles, pour une modique somme, l'embarras de se faire inscrire dans un journal, et le désagrément d'attendre une réponse, ou de revenir plusieurs fois sur la même demande, si ceux qui se présentaient ne leur convenaient pas.

Jusque là l'extravagance de cet homme m'avait fait rire; mais ici elle me pétrifia. Quelles mœurs! m'écriai-je. Quoi! ce n'était pas assez que la jeunesse et la beauté se missent sans pudeur en vente dans des feuilles périodiques; il fallait encore qu'un homme fondât un projet de fortune sur ce même oubli de toute décence, et s'imaginât qu'il était possible d'élever un bazard d'hymen comme on établit une boutique d'orfévrerie! O lois de l'hymen! si sacrées chez tous les peuples policés, vous qui servîtes de base à

la gloire de Sparte, d'Athènes et de Rome,
qu'êtes-vous donc ici? Quoi! les idées religieuses que ce nom faisait naître étaient tellement enracinées chez les anciens, que César
même, qui foula aux pieds tant de vertus,
n'osa s'élever au-dessus de la vénération que
l'on doit à l'hymen, et prétendit que sa femme
ne devait pas être même soupçonnée; et ici
l'on souffre que l'on s'accoutume insensiblement à négocier ce lien sacré, comme s'il s'a-
gissait du marché d'une terre ou d'une maison!
Une jeune fille, un jeune homme demandent une épouse; un mari, par des affiches,
avec la même légèreté, que dis-je? avec cent
fois moins de précaution que l'on n'en ap-
porterait pour procéder à l'acquisition d'un
jardin ou d'un bijou! Une jeune fille décrit
ses charmes dans un journal, comme un marchand expose les agrémens d'un meuble ou
d'un vêtement : elle ose dire : J'ai tant; je
veux tant. Elle prescrit les qualités qu'un
homme doit apporter pour être adjudicataire
dans un tel encan : elle indique l'âge, la
taille, la figure qu'il doit avoir. Est-ce donc
ainsi qu'on se dispose à l'auguste obligation
d'être mère; et qu'on se prépare à obéir à
la plus sainte loi de la nature? et que fe-

ront les enfans d'une femme qui se met,
pour ainsi dire, en vente comme une esclave, et qui, se dégageant de ces soins
délicats, délicieux préliminaires du mariage, ne cherche dans l'hymen qu'un
homme, et non pas un époux? Ce n'était pas
ainsi que dans Athènes on montait les marches du temple de l'hyménée, ni qu'on se
préparait à donner le jour à des Aristides et
à des Miltiades.

Ces réflexions m'avaient tellement distrait,
que mon homme s'était perdu dans la foule
sans que je m'en fusse aperçu. Je rentrai chez
moi assez tristement, en gémissant que dans
un pays, dans une ville dont les habitans
sont justement célèbres par leur activité, leur
génie, leur esprit d'invention, l'on souffrît
des maisons publiques, appelées *cafés*, où
une certaine classe d'hommes eût le droit
de s'établir pendant tout le jour pour jouir
du privilège de ne rien faire pour la société,
et où l'habitude de vivre entourée d'oisifs de
son espèce ne fît que l'enchaîner au célibat.

Cette journée, je l'avoue, m'avait occa-
sionné un peu d'humeur. J'avais toujours
pensé, jusqu'à ce moment-là, que toutes ces
maisons que l'on nomme *cafés*, et que l'on

trouve à chaque pas dans Paris, n'étaient tolé-
rées que pour la commodité publique : que l'on
y entrait le matin pour y prendre rapidement un
déjeûner nécessaire et léger ; que l'on s'y rendait après le dîner pour y savourer, pendant
quelques instans, l'infusion salubre de cette
fève délicieuse que notre féconde Arabie
fournit à l'univers ; et que le reste du jour
ces maisons étaient désertes : point du tout ;
je venais d'apprendre qu'elles étaient un asile
continuellement ouvert à la paresse, à l'oisiveté
et au bavardage ; que là une foule d'ignorans
se rendait journellement pour écouter les
arrêts de quelques radoteurs inutiles, semblables à celui que je venais de voir ; de babil-
lards qui, sans autre instruction, sans autres
connaissances, sans autre science que celles
qu'ils avaient puisées depuis vingt ou trente
ans, dans quelques feuilles publiques, se mê-
laient de discourir sur la politique, de juger
les opérations des gouvernemens, de prononcer sur les arts, sur le théâtre, sur les
découvertes, sur les auteurs, sur le goût ; de
sophistes qui ajoutaient la fausseté de leur jugement aux préventions assez habituelles des
journaux, leurs uniques instituteurs ; d'insou-
cians qui n'avaient d'autre état dans le monde

que de surcharger leur patrie du poids de leur existence inutile, que de donner, du matin jusqu'au soir, de fausses notions sur les hommes et sur les choses, non-seulement à des oisifs de leur genre, dont la seule occupation était de les écouter, mais encore au public, que la commodité des rafraîchissemens, toujours préparés pour ses besoins, faisait entrer à chaque instant dans ces sortes de maisons. Et je concevais difficilement comment, dans un état bien policé, on souffrait des établissemens où une portion de la société s'érigeait en droit de ne rien faire, où le citoyen perdait insensiblement le goût de tous les liens domestiques, trouvait un délassement contre le célibat, dont l'ennui le poursuivrait s'il n'avait pas cette ressource pour se tenir éloigné de chez lui, et acquiérait un égoïsme révoltant par la possibilité de se séparer de tout ce qui attache les autres hommes, par la facilité de se faire une espèce de retraite où il n'était obligé ni de dépenser ni de gagner, et par l'habitude qu'il contractait de vivre entouré de personnages qu'il ne connaissait, ni n'estimait, ni ne chérissait.

Mais ce n'est pas là le seul inconvénient des cafés : la liberté que l'on y respire, les liqueurs que l'on y distribue, le joug de la contrainte et de la décence qui ne s'y fait jamais sentir, les jeux que l'on y permet, y attirent, y retiennent, y enchaînent les jeunes gens; et le tems qu'ils devraient consacrer à l'étude, aux exercices nécessaires à leur âge, à la fréquentation des gens de bien, d'une compagnie choisie, de leur famille même, s'y dépense en pure perte. Il est tels quartiers de Paris où ces cafés sont le repaire de la débauche; où l'oreille s'y trouve déchirée par une musique discordante; où les yeux y sont souillés par l'aspect des plus sales courtisanes; où l'air est infecté par la présence des brigands, des espions, des filous et de toute la populace des mauvais lieux; et où la licence, régnant en souveraine, appelle ces mêmes jeunes gens, se joue de leur inexpérience, dénature leurs mœurs, leur inculque le germe de vices qu'ils n'eussent jamais connus, les délivre en peu de tems de l'embarras de rougir, tarit dans sa source l'espoir d'une honnête famille, efface tous les élémens d'une bonne éducation, et condamne quelquefois à l'opprobre une vie dont la patrie attendait des fruits utiles et heureux. Si l'homme, parvenu à l'âge où l'on rougit des erreurs, à l'âge où il est si difficile

de les réparer, voulait être sincère, il dirait
que c'est à dater du premier instant qu'il
mit le pied dans un café qu'il commença à
éprouver le dégoût pour le travail, l'éloignement pour la bonne compagnie, l'insouciance pour son état futur; que ce fut dans un
café qu'il rencontra les premiers compagnons
qui l'enhardirent au désordre, la première
courtisane, dont la connaissance détruisit
sa santé et sa fortune, les premiers débauchés
qui le familiarisèrent avec le libertinage, l'i-
vresse et la prodigalité; que ce fut dans un
café qu'il ressentit les premières pointes de
la passion du jeu, qu'il se procura les premières ressources honteuses pour réparer
ses pertes, qu'il rencontra les premiers usu-
riers qui lui vendirent sa ruine au poids de
l'or, qu'il brava peut-être les derniers efforts
de sa raison pour le détourner de la route du
crime.

L'usage de ces cafés n'est cependant pas très-
ancien chez eux. Il est assez bizarroque, lorsque
l'espèce humaine tend sans cesse à se perfectionner, un mauvais génie se plaise, pour ainsi
dire, à placer constamment à côté d'elle quelque nouveauté qui la détériore. Il y a cent ans
que leurs pères allaient encore au cabaret. Au-

jourd'hui un homme bien élevé rougirait d'y
paraître : cependant les cabarets que fréquen-
taient leurs pères étaient moins indécens,
moins dangereux pour la santé comme pour
les mœurs. Le vin, seule liqueur que l'on y
buvait, était-il aussi funeste que ces flots
parfumés de poisons à l'esprit de vin que
l'on distribue dans les cafés ? On ne s'y rendait qu'avec ses amis, on ne s'y mêlait pas
avec des inconnus, on ne s'y trouvait pas
en contact avec toute la terre ; et si les vices
y pénétraient, ils se renfermaient dans leur
cotterie, et ne s'y frottaient pas contre les gens
honnêtes qui s'y délassaient quelquefois,
puisque tel était l'usage alors. Ils ne vont plus
au cabaret : ce n'est pas un grand mal ; ce
serait un bien même, si un usage plus vicieux
n'eût remplacé celui-là. Ils n'y vont plus par
cette grande raison que leurs pères y allaient : il semble qu'à leurs yeux c'est vertu
de ne pas faire ce que faisaient leurs pères.
Leur parle-t-on d'une mode, d'un usage,
d'un plaisir, leur réponse ordinaire est :
Fi donc ! c'était bon pour mon aïeul. Ils se
trouveraient déshonorés de se conduire
comme ceux qui leur donnèrent le jour. Il
serait difficile de calculer combien cette ma-

nie de ne vouloir jamais ressembler à ses pères
a nui aux mœurs des Français. Changer n'est
pas perfectionner. Les cafés sont mieux ornés,
plus brillans, plus élégans sans doute que n'é-
taient les cabarets : ils sont décorés de glaces,
de lustres, de marbres, de tableaux. Les
maîtres ou les maîtresses d'un café sont parés
comme des particuliers de cinquante mille livres de rente le sont quand ils tiennent cercle :
les nombreux garçons employés au service sont
autant de petits maîtres ; ils le disputent, pour
la figure, la coiffure, la chaussure, la fatuité, aux merveilleux les plus recherchés.
Les cabarets n'offraient rien sans doute de
cette délicatesse ; mais l'on sortait quelquefois gai et toujours honnête homme du cabaret ; et l'on sort quelquefois vicieux et toujours triste du café. A ce changement le luxe
seul a donc gagné, et les mœurs se sont affai-
blies ; et quand on ne perfectionne que ce qui
déjà est une imperfection dans les sociétés,
ce n'est pas faire un pas ; c'est reculer. Que
l'on passe dans une rue, que l'on se promène sur un boulevard ; l'œil sans doute
s'amuse du brillant éclat de ces cafés, des
mouvemens de la foule qui se presse autour
de leurs portes pour y pénétrer ou pour en

sortir ; de la grotesque et niaise figure des ad-
miratifs auditeurs de ces orchestres *inharmo-
niques ;* des agaceries de ces femmes dont
l'imposture promet des liaisons aussi trom-
peuses que leurs attraits ; de l'imprévoyance
de ces jeunes gens qui , par l'épigramme et
le persifflage , entament avec elles un entretien que la faiblesse continue , et que le délire termine ; de la grossière et factice gaîté
de ces bourgeois que le bon ton du dimanche y
conduit , que le gros rire y signale , et dont les
quolibets applaudis dans la soirée, rempliront
les souvenirs de la semaine ; de la caricature
de ces vieillards, dont l'antique et diurne fréquentation est attestée par le délâbrement de
ces banquettes, sur lesquelles ils sont assis ,
et que les murs de ces cafés ont vu s'affaisser
insensiblement sous le fardeau de l'habitude
et de l'inutilité. Mais si l'œil s'amuse, le cœur
gémit. Que d'hommes perdus et que d'hommes qui se perdent ! et que la bruyante et
naïve joie d'un cabaret inspire alors à l'imagination bien moins d'alarmes ! La consommation , dira-t-on , gagne à cela : il faut bien
sans doute qu'il y ait une raison, puisqu'on le
souffre ; mais est-ce bien raison , que le fisc
s'enrichisse, et que les mœurs s'appauvrissent ?

24

LETTRE XXIV.

Le même au même.

PARIS possède trois établissemens magnifiques. Que ne peux-tu les parcourir avec
moi, ô mon cher Giafar ! ton cœur, ton
esprit et tes yeux jouiraient à la fois. Ces
trois établissemens sont le Muséum d'Histoire naturelle, le Muséum central des Arts,
et la Bibliothèque-Nationale : dans le premier se trouvent toutes les merveilles de la nature; dans le second toutes les merveilles de
la peinture et de la sculpture; dans le troisième toutes les merveilles de la pensée écrite.
Le premier rassemble tout ce que les trois
règnes de la nature ont produit de plus
riche et de plus rare : les arbres, les fleurs,
les fruits des quatre parties du monde se rencontrent étonnés, poussent, croissent, se
multiplient dans un jardin magnifique. Là,

grâce au génie industrieux de ce peuple, l'art
a créé un printems éternel pour les tendres
enfans des bords du Gange et de l'Indus : là,
dans le sein des hivers, les végétaux nés sur
les rives brûlantes de la Gambie, du Nil et
des Amazones, retrouvent le climat de feu
qui leur donna le jour. Hygie y moissonne
dans toute leur vigueur les baumes dont la
nature tapissa le globe pour soulager les malheureux humains : là tous les parfums que
la volupté réclame, tous les bois que le luxe
emploie, toutes les plantes que la délicatesse
recherche, toutes les graines que la teinture
combine, couvrent la terre, enchantent les
regards, embaument les airs. La timide ga-
zelle et l'énorme éléphant, l'innocente bre-
bis et le tigre ensanglanté, le cerf rapide et
l'ours indolent, le paisible chevreuil et le
lion superbe, l'aigle et la colombe, le co-
libri et le vautour, le cygne d'albâtre et le
duc nocturne vivent sous le même ciel, habitent le même asile. Entrons dans ce palais : les trésors des nombreux océans,
les peuples variés des airs, de la terre et
des ondes, depuis le narval jusqu'au polype,
depuis le condor jusqu'à l'oiseau-mouche,
toutes les richesses cachées dans les entrailles

du globe, depuis l'or jusqu'au plomb, depuis
le diamant jusqu'au simple caillou, depuis
le porphire jusqu'au grès, étalent sous des
glaces brillantes, et leurs surfaces polies, et
l'éclat de leurs feux, et leur pompe opulente,
et leurs robes diaprées. C'est aussi là que le
desir de l'étude se fait véritablement remarquer. Il semble que la présence de la nature
en impose aux jeunes gens que le besoin
d'apprendre y amène : une sorte de mélancolie touchante est répandue sur leurs traits;
l'étourderie de l'âge est moins marquée,
leur front est calme, leur œil méditatif,
leur contenance religieuse. Le public même
que la curiosité y conduit, perd de cette
agitation bruyante, tumultueuse, inconsi-
dérée, indiscrète même, qui le suit dans
tous les autres établissemens de science ou
d'arts. On dirait que les mœurs de l'homme
s'adoucissent dès qu'il est entré au jardin
des Plantes ; ou peut-être ne serait-ce point
que, pour éprouver le desir de voir et de
fréquenter ce beau lieu, il faut n'avoir que
des passions douces, et que la portion de la
société que l'on y rencontre est celle dont
les mœurs sont les plus pures, dont l'ame est
la plus sensible et le cœur le plus aimant?

ou bien disons plutôt que c'est là le plus
beau temple que l'homme ait érigé sur la
terre à la nature, et que, s'il y plaça l'autel
de la mère de tous les êtres, tout doit s'y
ressentir de sa piété filiale. Que de sublimes
interprètes des miracles et des lois de cette
nature bienfaisante ont habité, ont enrichi
ces lieux! Que de grands hommes les cultivent encore! La cendre des uns, la parole
des autres; que de sujets y commandent le
respect! que de souvenirs!

Je l'avoue, Giafar, je n'ai point éprouvé
un sentiment aussi délicieux en visitant leurs
magnifiques bibliothèques. Ils en ont plusieurs : la plus admirable est celle qu'ils appellent Nationale, immense tombeau de l'esprit de vingt siècles. C'est là que dorment
toutes les erreurs. Le cœur se brise : un seul
de ces livres a peut-être fait couler plus de
sang que la démence de dix conquérans. La
première fois que j'entrai dans cet orgueilleux monument : Que l'homme est grand! me
dit celui qui me conduisait : quel audacieux
oserait mesurer le génie de l'espèce humaine?
Que l'homme est petit! me disais-je tout bas :
quel téméraire se flatterait de mesurer toute
l'étendue de sa faiblesse? Des millions de

livres, et toujours des passions, toujours la
vérité méconnue, la justice sans crédit, la
sagesse combattue! Seize cent mille volumes,
et pas une vertu de plus sur la terre! Un
homme au milieu de ces énormes bibliothèques! quel spectacle! Il me semble assister
au jugement suprême. Là se trouve étalé,
sous les regards de ce malheureux, tout ce
dont il fut entouré pour devenir meilleur.
Qu'apporte-t-il? Rien; ses mains sont vides.

Un silence profond règne sous ces voûtes
prolongées. Que d'hommes, chaque jour,
assis autour de ces longues tables! Ils lisent,
ils écrivent, ils méditent. Sont-ce des sages?
Quelques-uns peut-être, mais bien peu; tout
le reste ouvriers, manœuvres, copistes : ils
sont là comme dans un magasin de costumes:
ils viennent chercher parmi les dépouilles
des morts un vêtement pour habiller leur
incapacité. Quelquefois aussi ce sont des spé-
culateurs sur la malignité humaine : ils ex-
hument la méchanceté des âges passés; ils la
restaurent, et la revendent à la méchanceté
du leur. Quelquefois c'est pis encore : dangereux charlatans, ils colligent les poisons;
et c'est la mort des générations qu'ils prépa-
rent. Ah, Giafar! sortons : l'aspect de ces

infatigables compilateurs, et cet inconcevable
amas de livres m'affligent. As-tu vu quelquefois, le lendemain d'une bataille, des corbeaux planer sur le champ immense où les
cadavres gisent entassés ? tels sont ces compilateurs : même instinct, même voracité.
Lorsque dans les fêtes ou les cérémonies publiques je considère ces flots de peuple dont
les rues, les places, les jardins sont inon-
dés : Parmi tous ces hommes, me dis-je, combien peut-être il en est peu que je voulusse honorer du nom d'ami! Une bibliothèque et ce
peuple c'est pour moi la même chose.

J'aime leur Muséum central des Arts. J'ai
vu tes regards se promener avec complaisance sur les énormes débris des monumens
des anciens peuples de l'Egypte : hé bien !
Thèbes, Memphis, Alexandrie ne possédè-
rent peut-être point de monument comparable
à celui-ci : figure-toi une galerie de quatorze
cents pieds, colossale jonction de deux palais
colossaux, galerie dont les murs, de trente
pieds d'élévation, sont couverts des plus magnifiques tableaux qui, depuis quatre cents
ans, soient sortis de la main des hommes.
Ainsi, tu vois que c'est une superficie de deux
mille huit cents pieds, entièrement garnie

de chefs-d'œuvres : chefs-d'œuvres c'est le mot ; car la délicatesse de ces Français, leur goût exquis, leur fierté nationale, si flattée par l'importance de ce monument unique sur la terre, n'ont pas souffert que rien de médiocre pénétrât dans ce sanctuaire des arts.

Trois nations en Europe se sont illustrées dans l'art de la peinture : l'italienne, la française et la flamande ou hollandaise. Les Européens les distinguent sous le nom d'école, et ils disent : École d'Italie, école française, école flamande. De ces trois écoles, l'italienne a seule des subdivisions : ainsi, l'on dit école lombarde, école florentine, école romaine, école bolonaise, école vénitienne, etc.; et celles-ci diffèrent entre elles autant que l'école italienne, spécialement dite, diffère de la française et de la flamande. En général, ces trois écoles se reconnaissent à des caractères bien distincts : l'italienne à la pureté du dessin et à la beauté de l'exécution ; la française à la sagesse de l'ordonnance, à la grandeur des compositions, et à la vérité des sujets ; la flamande à l'extrême magie de la *couleur*, à la finesse du faire, et à l'exacte imitation de la nature. Aussi long - tems que chacune des

trois nations renferma chez elle la totalité,
pour ainsi dire, de ses morceaux capitaux,
elles se disputèrent la prééminence, et ce
grand procès resta indécis. Aujourd'hui que
toutes les pièces de comparaison sont rappro-
chées, il est jugé : et l'école française, que la
jactance·et le *parlage* des Italiens prétendi-
rent ravaler si fort au-dessous de la leur,
a repris son rang, et marche son égale. Quelques gens feignent encore que l'arrêt ne soit
pas porté, et raisonnent comme s'il ne l'é-
tait pas. C'est un reste de préjugé ; car il est
des préjugés parmi les peintres comme parmi
les autres hommes. Ceux que le mécanisme de
l'art attache ou séduit davantage que le génie
répandu sur une production de ce même art
combattent encore pour l'école italienne ; mais
le sentiment les repousse, et c'est le sentiment
qu'il faut surtout en croire dans les arts. Quand
on sait réfléchir, et qu'en parcourant la galerie du Louvre, on voit les chefs-d'œuvres
italiens à côté des chefs-d'œuvres français,
on cherche à se rendre raison de cette supériorité que l'opinion avait presque accor-
dée aux premiers. Je vois, par l'habitude que
j'ai contractée d'étudier le cœur humain, que
les Italiens, malgré leur excessive vanité,

ont été la dupe de la vanité secrète des artistes des autres nations, et que l'opinion
s'est formée de ce qui précisément devait
l'étouffer. Avant de te développer cette idée,
je dois te rendre compte des questions que je
me suis faites. Je me suis demandé : Quelle qualité mérite d'abord le plus d'estime dans une
production de l'art ? Indubitablement c'est le
génie, ou, pour parler moins vaguement, c'est
la pensée première, ou, si l'on veut, la création
de la pensée. Le premier sujet venu inspire
cette pensée. Dix peintres traiteront ce même
sujet : si dans ces dix tableaux je cherche la
pensée, celui qui m'offrira la plus grande, la
plus vraie, la plus juste sera celui où je re-
trouverai l'homme de génie. Le génie, voilà
donc ce qu'il faut d'abord avoir. Ensuite l'expression ; car il ne s'agit pas simplement de bien
concevoir, il faut encore savoir exprimer,
c'est à dire faire entendre aux autres ce
que l'on a conçu. Ensuite l'harmonie ; car
il ne suffit pas de bien exprimer partielle-
ment, il faut encore que toutes les phrases
d'un tableau, si j'ose parler ainsi, soient
parfaitement d'accord, parfaitement liées
ensemble ; qu'elles soient virgulées et ponc-
tuées convenablement au sens qui leur est

propre; qu'elles aient la force, l'éloquence, l'élévation, l'élégance, la mollesse, la simplicité relatives à la place qu'elles occupent: et ici je n'entends pas par l'harmonie ce que les peintres entendent; j'entends l'harmonie de sentiment dans le procédé. Ensuite le dessin. Là commence le mécanisme : tout ce qui précède ne s'apprend pas ; ce sont des bienfaits que la nature prodigue plus ou moins aux hommes. Le dessin donc. Ensuite la perspective, la disposition des ombres, l'habileté des reflets, l'empâtement des couleurs et la charlatanerie des repoussoirs. Pour produire un chef-d'œuvre reconnu tel par la société entière des hommes bien organisés, il faut la réunion des dons accordés par la nature à ceux du mécanisme acquis par l'étude. Pour produire un chef-d'œuvre aux yeux des hommes de génie, il suffit de la première partie de ces qualités requises. Pour produire un chef-d'œuvre aux yeux des peintres, ou du moins de certains peintres, il ne faut souvent que la seconde, c'est à dire le mécanisme.

Ouvrons maintenant le cœur humain, et lisons : Qu'est-ce que l'homme estime supérieurement en toute espèce de création ? Le

génie. Si le génie est l'objet de son admiration suprême, à qui en accorde-t-il la faculté
dans un degré supérieur ? A lui d'abord :
ainsi procède la vanité. En faisant de cette thèse
générale une application particulière, je con-
duirai, je le suppose, un peintre, quelque célèbre qu'il puisse être, devant un tableau
aussi beau qu'on puisse se l'imaginer. Je veux
même que l'auteur de ce tableau soit présent, que le public entier soit là, s'il se
peut, pour entendre l'arrêt que ce peintre
va porter. Que louera-t-il ? qu'exaltera-t-il ?
L'exactitude, la pureté, la correction du dessin ; la beauté, la rondeur, la noblesse et
la proportion des formes ; la connaissance de
l'anatomie, la manière dont les muscles sont
sentis, dont les membres sont attachés, dont
la charpente intérieure est prononcée ; la vérité des chairs, la vérité de la pose, la
vérité des draperies ; la rapidité de la main,
la science de la palette ; enfin tout ce qui est
compris dans ce mot technique : *le faire*. Et
du génie ? Pas un mot. Pourquoi ? Parce
que, comme je le disais tout à l'heure, ce
juge se présumera tacitement bien supérieur à
l'homme en cette partie sur le tableau duquel il
viendra de prononcer : qu'en conséquence il

dédaignera, à coup sûr, de parler de celui
qu'il aura pu reconnaître dans ce tableau,
et qu'il n'admirera que ce qu'il sait bien
que tout homme peut apprendre à faire, s'il
est né avec les dispositions nécessaires pour ce
métier; car la peinture sans le génie n'est qu'un
métier. C'est cependant d'après cette marche
constante du cœur humain et de l'orgueil
qui le domine que la prétendue suprématie de
l'école italienne s'est établie. En conséquence,
les artistes français ou étrangers à l'Italie
n'ont jamais manqué, depuis trois cents ans
d'exalter dans les tableaux italiens tout ce qui
constitue le métier de la peinture, parce qu'en
effet cette partie est admirable en eux ; mais ils
n'ont presque jamais dit un mot du génie de
leurs auteurs, soit par la raison que je disais
tout à l'heure, soit que réellement, dans le
plus grand nombre de ces tableaux, le génie ait
eu fort peu de part. Les peintres italiens, de leur
côté, en examinant les tableaux de l'école française, n'auront pas loué avec le même enthousiasme le mécanisme proprement dit,
parce qu'il est moins parfait peut-être : mais,
orgueilleux autant et plus que tous les autres
hommes, ils auront gardé un silence d'autant plus absolu sur le génie, partie bril-

lante de l'école française, qu'ils se seront
tacitement trouvés bien inférieurs sous ce rapport. Ainsi, comme on le voit, ce fut de
cette petite jalousie, qui porte toujours les
peintres, et en général tous les hommes
d'une profession quelconque, à s'extasier
sur la partie la plus faible des ouvrages
de leurs rivaux, que naquit l'opinion er-
ronée, qui prêta à l'école d'Italie cette suprématie dont quelques connaisseurs sans
préjugés s'étonnent si justement : et ce
fut donc à la raison même qui devait la
ranger au second rang qu'elle dut d'être
placée au premier. Si deux parties essentielles
constituent l'art de la peinture, savoir, *le
génie* et *le faire*, n'était-il pas naturel que
celle des deux écoles qui ne possédait éminemment que *le faire*, cédât le pas à celle
qui possédait éminemment *le génie*. Au reste,
ce grand lustre de l'Italie, et même de la Flandre, s'est furieusement éclipsé depuis cent
ans; l'une et l'autre écoles ne produisent plus
rien de bien recommandable. Il est vrai de dire
aussi que, jusqu'aux deux tiers du siècle dernier, l'école française était tombée plus bas
encore; mais elle s'est relevée tout à coup
avec une vigueur extraordinaire, et elle est

aujourd'hui, par les hommes qu'elle possède,
parvenue à un point que ne surpassèrent ni l'I-
talie ni la Flandre dans leurs plus beaux tems.
Dans le fait, il n'est, dans ce moment en
Europe, que les Français qui comptent de
grands hommes dans l'art de la peinture.
L'Italie fait encore quelques efforts pour la
sculpture; mais, en vérité, la ridicule manie
des Français d'admirer tout ce qui n'est pas
Français sert à merveille les Italiens dans cette
prétention, et je ris souvent d'entendre, au
milieu de Paris, et aux oreilles mêmes des
meilleurs sculpteurs français, donner, pro-
diguer l'épithète de célèbres à de chétifs tail-
leurs de pierre, dont tout le mérite est de
porter un nom ultramontain; et de voir apporter à grands frais, pour décorer les ca-
binets de quelques prétendus amateurs, les
informes mannequins que des ciseaux italiens
ont taillés, et que le dernier élève des sculpteurs
français rougirait de présenter et bien plus
encore d'exposer.

Indépendamment de l'admirable galerie
dont je t'ai parlé plus haut, il en est une autre
dans le même palais, moins longue, mais également magnifique, qu'ils appellent *galerie
d'Apollon*. Celle-ci, jusqu'à ce jour, n'a servi

qu'à l'exposition des dessins. Ces dessins flattent moins la curiosité du public ; mais ils sont chers aux hommes de génie : presque toujours première pensée des plus grands maîtres, ils sont l'éclair, l'étincelle électrique que la première idée d'un sujet a soudainement fait jaillir de leur cerveau. C'est un grand trésor que cette galerie. Au rez-de-chaussée et au-dessous de cette galerie d'Apollon se voient les superbes salles où l'on admire les chefs-d'œuvres de la sculpture antique. Tel est, Giafar, l'ensemble de cet immense monument des arts. Il est bien beau, bien étonnant, bien admirable ce monument. Je te l'ai dit ; il flatte leur fierté nationale : ils ont raison ; c'est le plus beau trophée de leurs victoires.

Depuis vingt-cinq ou trente ans, l'inspiration de la nature, les progrès du goût, l'attention donnée par des voyageurs éclairés aux vestiges de l'antiquité, les découvertes faites dans les fouilles, enfin cette certaine puissance invisible qui fait naître les époques à son choix pour illustrer les peuples, avaient donné une grande commotion à leur génie pour les arts. L'incroyable amas de richesses que ce Muséum a tout à coup offert à leurs re-

gards a considérablement accru ce mouvement. Jadis ils envoyaient leurs élèves étudier en Italie. Pour juger de leurs progrès, on
exigeait qu'ils en rapportassent des copies de
quelques tableaux. Funeste préjugé ! dangereuse habitude! Dans les arts copier, c'est se
condamner à la médiocrité. Il faut voir, et se
pénétrer : INVENTE, ET TU VIVRAS. Ils persis-
tent cependant à envoyer encore leurs jeunes
gens à Rome. Mais puissent-ils m'entendre !
qu'ils ne copient plus. Qu'ils jouissent du climat, des sites et du ciel; qu'ils parcourent les
débris des temples et des palais; qu'ils se nour-
rissent de souvenirs ; qu'ils s'inspirent, et ne
copient jamais; alors ils seront artistes. Je crois
que cette vérité commence à les frapper. J'observe ici leurs maîtres les plus célèbres : je
ne les surprends jamais dans ce Muséum un
crayon à la main. Ils y viennent cependant :
ils marchent, s'arrêtent, regardent en silence, et se retirent. Quand ils s'en vont, leur
tête est chargée de dépouilles divines ; car leur
marche est religieuse.

A voir cependant cette foule d'hommes entourés de pinceaux et de palettes, enchaînés tout le jour à ces nombreux chevalets
épars dans cette galerie, l'observateur super-

ficiel s'imaginerait que tous ces gens se consacrent à l'étude de la peinture. Erreur : ce sont des ouvriers plus ou moins habiles ; voilà tout : ce sont des faiseurs de copies, les unes médiocres, qu'ils vendent quelques écus : à la bonne heure. Les autres très-belles, que l'on revend dans l'étranger comme des originaux : c'est un grand mal.

Ce beau monument est ouvert à certains jours à la curiosité du peuple : c'est fort bien ; c'est hommage à sa majesté. Mais le peuple devrait rendre hommage pour hommage. A la manière dont il s'y présente quelquefois, il est facile de reconnaître que, si les arts sentent la dignité du peuple, le peuple ne sent pas toujours la dignité des arts. Cette publicité n'est souvent que prostitution. Ce Muséum est la propriété du peuple : d'accord ; mais c'est la propriété de sa grandeur. On ne lui apprend pas assez, ce me semble, que lorsqu'il pénètre dans un établissement public, il comparaît devant sa puissance. Que lui rappelle ce Muséum ? La gloire et le sang de ses enfans. S'il visitait leurs tombeaux, n'en approcherait-il pas avec un front recueilli ? Pourquoi s'en dépouille-t-il en parcourant des lieux où leur immortalité est écrite sur tous les murs?

Les Français sont réellement jaloux de ce monument sublime. Mais comment peut-on allier tant d'indifférence à cette noble jalousie? O toi, Giafar, qui, peut-être au moment même où j'écris, debout, immobile et pensif sur les ruines d'Alexandrie, cherches d'un œil affligé la place où pesait ce monument si cher à l'orgueil des Ptolomées, incommensurable dépôt de l'esprit du passé et de l'espoir de l'avenir; toi qui, sans doute, maudis l'élément barbare dont la fureur dévora tant de richesses, croirais-tu que ces Français souffrent, à quatre pas d'un monument dont la perte serait plus irréparable encore, souffrent, dis-je, tous les élémens de l'incendie? Sa façade nord n'est séparée que par une rue étroite, de vilaines et sales baraques, dont l'aspect misérable, dégoûtant et informe, cache de ce côté la belle prolongation de l'architecture de cette galerie. Mais c'est peu : quels sont, ô Giafar! les habitans de ces bicoques? Des cafetiers, des cabaretiers, des boulangers, des épiciers, des hommes enfin dont le commerce n'emploie que des matières combustibles, dont

les caves, les cours, les magasins sont remplis de liqueurs, de fagots, d'eau-de-vie, de
térébenthine; que sais-je? de mille ingrédiens
qu'une étincelle peut allumer, dont l'em-
brasement dévorerait dans un instant cet
amas de maisons presque toutes construites
d'un bois que le tems a desséché, et dont
la flamme, poussée par le vent le plus léger du nord-ouest, du nord ou du nord-est,
franchirait avec la rapidité de la foudre un
espace de moins de vingt pieds, s'étendrait,
se déroulerait, se développerait sans aucun
obstacle sur cette galerie, dépôt de tant de richesses, que tous les trésors du monde ne suffiraient pas pour payer, et que tous les talens de l'homme ne parviendraient pas à remplacer. Et c'est un monument où le génie de
tant de siècles apporta son tribut, un monument dont on doit compte à toutes les
nations policées, un monument dont la pos-
session appelle en France tous les curieux de
l'univers, rend par sa magnificence inouie
tous les peuples tributaires des Français, et
fait importer dans la circulation plus de
trois millions par an, peut-être, de capitaux étrangers, que l'on laisse de la sorte à
la merci des évènemens! J'avoue que cette

réflexion me pétrifie, et que je ne conçois pas comment il est possible, quand des hommes sont si dignes de posséder cette merveille unique dans le monde, par leur grandeur, par leur puissance, par leur génie, par cette élévation sublime que la victoire, les talens, l'esprit et les vertus leur ont donnée sur tous les peuples, ils se ravalent à cette honteuse insouciance que l'on excuserait à peine dans les hordes les plus barbares.

Mais où suis-je? O jour fortuné! jour de félicité suprême! une lettre de toi! Giafar en France! Giafar conduisant mon père! O mes amis! ô les hommes les plus aimés! je pars, je vole; je serai à Marseille avant que vous ayez quitté ses murs; et puisse la joie n'avoir pas tranché mes jours avant de me trouver dans vos bras!

FIN.